신의 전설 ❸ 기적과 영웅

신의 전설 ❸ 기적과 영웅

초판1쇄 발행 | 2015년 5월 22일
초판1쇄 발행 | 2015년 5월 29일

지은이 | 이원호
펴낸이 | 박연
펴낸곳 | 스토리뱅크

등록일자 | 2009년 11월 17일
등록번호 | 제313-2009-250호
주소 | 서울시 마포구 모래내로 83 한올빌딩 6층
전화번호 | 02 · 704 · 3331
팩스번호 | 02 · 704 · 3330

ISBN 978-89-6840-209-8 04810
ISBN 978-89-6840-206-7 (세트)

신의 전설 ③ 기적과 영웅

이원호 지음

스토리뱅크
story bank 2010

목 차

네 번째 전설

기적

4장

옆집 중길 엄마한테 말했더니 울며불며 경찰에 신고를 해주었고 아래층에서 뛰어 올라온 윤철 엄마는 방바닥을 치면서 울었다. 불쌍하다는 것이다. 죽은 엄마도 불쌍하고 살아남은 기용이도 불쌍하다며 울었다. 김기용이 우두커니 방구석에 앉아있는 사이에 옆집 아줌마들이 나서서 다 처리를 해주었다. 가게에 연락을 안 할 수가 없어서 박남철한테 전화를 했더니 한 시간도 안 되었을 때 후배 대여섯 명을 데리고 왔다. 모두 검정색 양복에 넥타이까지 매어서 조폭단 같았다. 그리고 오후 5시가 되었을 때는 순미 누나도 왔다. 시선이 마주쳤을 때 눈을 크게 뜬 순미 누나의 눈동자 속으로 온몸이 빠져 드는 것 같은 느낌이 들었다. 안방에 어머니 시신을 모셔 두고 아파트 마당에다 장례용 천막을 치고 손님을 받았는데 오후 10시가 되었을 때는 천막 두 개에 손님이 꽉 찼다. '그리스'의 유은주 사장도 다녀갔고 특히 박남철의 친구, 후배들이 수십 명이나 되었다. 임대주택 주민은 대부분 못살고 노인네가 많다. 천막 하나에는 아파트 노인들이 가득 모여 있었는데 떠들썩했다. 박남철이 바깥일은 다 맡았고 안살림은 순미 누나가 아줌마들하고 손을 맞춰 능숙하게 처리해서 김기용은 어머니 옆에 앉아있기만 하면 되었다. 다음날 오전 김기용은 어머니를 화장장에서 태워 유골을 받았다. 이틀장인 셈이었는데 화장 절차는 김기용이 경험이 있었던 터라 금방 처리했다. 그래서 오후 3시경이 되었을 때 김기용은 유골 박스를 가방에 넣고 아파트로 돌아왔다. 박남철과 일행들은 화장장에서 헤어졌으므로 이젠 혼자가 되었다. 아파트 마당에 쳐놓았던 천막도 깨끗하게 치워졌고 모든 것이 이틀 전으로 돌아가 멀쩡했다. 계단을 올라 열쇠로 문을 연 김기용이 현관으로 들어서자 방에서 순미 누나가 나왔다.

"조금 전까지 아줌마들하고 같이 있었어."

순미 누나도 잠을 못 자 눈이 빨갛다. 그러나 집안은 깨끗하게 치워져 있다. 등에 멘 가방을 내려놓은 김기용이 순미 누나를 보았다.

"누나, 고마워."

김기용이 말하자 순미 누나는 왈칵 눈물을 쏟는다.

"바보같이 인사는."

손등으로 눈물을 닦은 순미 누나가 다가와 김기용의 손을 잡는다. 물기에 젖은 두 눈이 김기용을 올려다보았다.

"기용아, 피곤하지?"

"아니?"

"밥 줄까?"

"잠 좀 잘래."

"그래."

순미 누나가 마치 어머니처럼 김기용을 방 안으로 데리고 들어갔다. 그러더니 김기용의 윗도리와 바지를 벗긴다. 김기용이 셔츠와 팬티 차림이 되었을 때 순미 누나가 침대로 눕히며 물었다.

"나도 옆에 누울까?"

김기용의 시선을 받은 순미 누나가 결심한 듯 말한다.

"나도 잘래."

순미 누나가 옷을 입은 채로 김기용의 옆으로 눕더니 팔을 뻗쳐 허리를 감아 안는다. 김기용은 천장을 향하고 누운 채 길게 숨을 뱉는다. 순미 누나의 머리칼에서 옅은 향내가 맡아졌다. 가슴에 붙여진 순미 누나의 볼에서 따뜻한 온기가 전해져 온다. 길게 숨을 뱉은 순미 누나의 입김이 김기용의 목덜미에 닿았다. 김기용은 눈을 감았다. 빈틈없이 침대에 붙여진 몸이 점점 아래로 빨려 들어가는 느낌이 든다.

"미안해."

눈앞에 어머니가 나타나더니 부드럽게 말한다.

"미안해, 기용아."

김기용의 얼굴에 웃음이 떠올랐다. 그리고 다음 순간 깊게 잠이 들었다.

눈을 뜬 김기용은 된장국 냄새부터 맡았다. 그래서 문득 어머니가 국을 끓이고 있는 줄로 생각했다. 하지만 다음 순간에 방안에 배어있는 향냄새가 맡아졌다. 눈동자에 힘이 풀린 김기용은 벽시계를 본다. 오후 6시 반. 세 시간쯤 잤다. 주방에서 달그락 거리는 소리가 들리는 것은 순미 누나일 것이었다. 같이 누워 있었던 것 같은데 먼저 잠이 들었다. 누운 채 눈만 껌벅이던 김기용은 방안으로 들어선 순미 누나를 보고는 상반신을 일으켰다.

"응, 일어났네."

순미 누나의 표정은 밝다. 머리는 뒤로 묶었고 윗도리는 김기용의 셔츠로 갈아입어서 허벅지까지 내려왔다.

"된장국 끓였어. 밥 먹어."

다가선 순미 누나가 김기용의 팔을 잡더니 당겨 일으켰다. 그때였다. 김기용이 순미 누나의 허리를 두 팔로 감아 안고는 침대위로 넘어뜨렸다.

"어머, 기용아."

순식간에 얼굴이 빨개진 순미 누나가 두 손으로 김기용의 가슴을 밀었지만 시늉뿐이다. 김기용이 서둘러 순미 누나의 반바지를 끌어 내렸다.

"잠깐만. 불 끄고."

순미 누나가 다시 말했지만 김기용이 팬티까지 끌어 내리자 시트를 당겨 아래를 가렸다. 김기용은 팬티를 벗어 던지고는 순미 누나의 위로 덮쳤다. 그때 순미 누나가 두 팔로 김기용의 목을 감아 안으면서 가쁜 목소리로 말한다.

"서둘지 마."

그러나 김기용은 서둘러 순미 누나의 다리를 벌리고는 진입했다. 신음을 뱉은 순미 누나가 눈을 감았다. 순미 누나의 몸은 뜨거웠다. 그리고 한없이 부드러웠다. 김기용은 자신의 몸이 순미 누나의 뜨거운 굴 안으로 빨려 들어가는 느낌을 받는다. 머리가 폭발할 것 같았고 멀리서 순미 누나의 탄성이 울려왔다.

'그리스'에 다시 출근 한 것은 어머니의 장례를 치루고 돌아온 그 다음날이다. 그래서 결근은 이틀밖에 안 한 셈이 된다. 7시에 나온 김기용이 대걸레로 홀 청소를 하고 있을 때 뒤에서 유은주의 목소리가 울렸다.

"너, 왜 나왔어?"

같이 청소를 하던 보조 서대균이 놀란 얼굴로 허리를 폈다. 유은주의 목소리가 날카로웠기 때문이다. 김기용이 유은주를 향해 머리를 숙여 인사를 했다.

"할 일이 없어서요."

"바보 같은 자식."

이맛살을 찌푸린 유은주가 옆을 지나면서 말을 잇는다.

"자식아, 좀 쉬었다 나오지 누가 너 자른대?"

잠시 후에 출근한 박남철도 그랬다. 어깨를 부풀린 박남철이 주먹으로 김기용의 등을 치면서 말했다.

"자식아, 사장한테 개근상 받을래? 받아서 뭐 할 건데? 사장이 한 코 준다고 하디?"

고참 웨이터들도 김기용을 반겼다. 모두 상가에 다녀간 데다 웨이터 부조금도 2백만 원이나 되었고 유은주는 따로 2백만 원을 주었다. 그래서 김기용은 장례를 치르고 나서도 돈이 2백만 원이 넘게 남았다. 바쁘게 일하는 동안은 딴 생각이 안 난다. '그리스'는 여전히 손님이 많았으며 시끄러웠고 새벽 3시경에 싸움까지 일어나서 김기용은 말리다가 옷까지 찢어졌다. 박남철이 옷 찢은 손님한테 옷값에다 다쳤다고 공갈을 쳐서 40만 원을 받아 김기용한테 20만 원을 주었다.

"너! 인마, 며칠 쉬어야 긋다."

화장실에서 씻는 김기용에게 다가온 박남철이 앞쪽 거울을 보면서 말했다.

"눈동자에 초점이 없어. 건덩거리면서 다니는 것이 꼭 자다 깬 놈 같아."

"괜찮아요, 형."

"어디 바닷가나 아니면 배낭 메고 중국이나 돌고 와라. 한 열흘간, 뒤는 내가 책임질게."

"그냥 일 할게요."

"사장도 가라고 할 거다. 사장이 널 좀 애끼더라. 니가 함 달라고 해도 줄 거다."

소변기에서 오줌을 다 싸고 난 박남철이 제 자지를 내려다보면서 말을 잇는다.

"순미를 데꼬 가든지, 걔도 네가 가자면 갈 꺼다."

그러더니 눈을 가늘게 뜨고 김기용을 보았다.

"너, 먹었냐?"

"아뇨."

했지만 김기용은 시선을 내린다. 박남철이 몸을 돌리며 말했다.

"얼릉 얼릉 먹어둬, 새끼야. 여자는 기회만 생기면 먹어야 쓴다."

"당분간은 그냥 집에 가."

하고 아침에 유은주가 말했으므로 김기용은 돈 가방 따라다니지 않고 곧장 집으로 올 수 있었다. 그래서 집에 도착했을 때는 오전 9시 반이다. 어제 오후까지 순미 누나하고 함께 있었기 때문에 집안에는 아직 온기가 남아 있는 것처럼 느껴졌다. 순미 누나의 기운일 것이다. 집안은 청소와 정돈이 잘 되었지만 어머니 방은 순미 누나가 건드리지 않았다. 이 방에서 어머니가 목을 매었기 때문에 찜찜하기도 했을 것이다. 어머니 방으로 들어선 김기용이 옷장 문을 열고 어제 넣어둔 가방을 꺼내었다. 가방의 지퍼를 열었을 때 안에 보자기에 싼 박스가 드러났다. 분홍빛 싸구려 보자기에 싸인 베니어 판 박스에 어머니의 유골이 들어있는 것이다. 보자기를 앞에 놓은 김기용이 말한다.

"엄마, 내일 좋은 박스를 사다가 옮겨 줄 테니까 오늘만 참아."

그러더니 열려진 옷장 안에 놓인 수진의 유골 박스에게 말한다.

"수진이 넌 엄마하고 같이 있어서 좋겠다."

김기용이 어머니 유골 박스를 들어 옷장 안의 수진이 옆에 딱 붙여 놓았다.

"나, 아침 생각 없어."

김기용이 어머니 박스에 대고 말했다. 그러고는 수진이 박스를 보며 묻는다.

"넌 배고파?"

그러더니 머리를 끄덕이며 일어섰다.

"엄마한테 말해서 먹겠다고? 알았다. 그럼 난 내 방에서 잘란다."

김기용의 눈동자는 또렷하다.

꿈이다. 분명히 꿈속에서 이것이 꿈이라고 의식 하면서도 김기용은 빠져나오지 않는다. 침대에서 일어나면 꿈에서 깨게 될 것이다. 그러나 김기용은 눈을 감고 꿈을 계속한다. 꿈속에서 어머니, 아버지, 수진이까지 다 모여 앉았다. 식탁에 둘러앉아 있는 것이다. 어머니는 아까부터 계속해서 웃었다. 수진이도 따라 웃는다. 아버지의 말이 우스웠기 때문인 것 같다. 그런데 김기용은 바로 옆에 앉아 있는데도 아버지의 말이 들리지 않는다. 그래서 혼자만 인상을 쓰고 있다. 따돌림을 당한 느낌이 든다. 그러나 이 좋은 분위기를 깨뜨리기는 싫다. 그래서 참고 있는 것이다. 그때 아버지가 머리를 돌려 김기용을 보았다.

"봐라, 네 엄마가 얼마나 행복한가를."

아버지가 웃음 띤 얼굴로 말을 잇는다.

"왜 너만 울상을 짓고 있는 거냐? 어서 너도 끼어들어라."

그러자 김기용이 아버지에게 물었다.

"그럼 아버지, 저도 죽을까요?"

그때 어머니가 와락 소리쳤다.

"안 돼!"

수진이도 따라서 악을 쓴다.

"안 돼!"

놀란 김기용은 머리를 들었다. 그러고는 놀라 눈을 치켜떴다. 목을 매단 어머니가 눈을 치켜뜨고 있었다. 피 범벅이 된 수진이가 이쪽을 바라본다. 그 순간 김기용은 깨어나야겠다고 마음먹고는 벌떡 몸을 일으켰다. 아직 햇살이 들어오고 있는 한낮이다. 어느새 온몸은 식은땀으로 젖었고 숨이 가빴다. 벽시계가 오후 2시 반을 가리키고 있다.

"아, 시바."

어깨를 늘어뜨린 김기용이 혼잣소리로 말한다.

"왜 그렇게 사람 놀라게 하는 거야? 시바, 나 혼자서 어쩌라고?"

아버지의 전화가 왔을 때는 오후 5시 10분. 이른 저녁밥을 챙겨먹고 출근 준비를 하던 참이다. 사장 유은주는 말할 것도 없고 박남철도 어디 가서 쉬라고 했지만 당치도 않는 소리였다. 엄마와 수진이를 남겨놓고 며칠간이나 집을 비울 수는 없었기 때문이다.

"나다."

딱 한마디가 수화기를 울렸지만 술에 취한 분위기, 냄새까지 수화기를 통해 품어지는 것 같다. 눈을 치켜뜬 김기용이 가만있었을 때 김동균이 소리친다.

"이 새끼, 듣고 있어?"

"예."

"이 호래자식. 너, 돈 좀 가져와."

"……."

"야, 듣냐?"

"예."

"너 이 새끼, 내가 너 어디 다니는지 모르고 있는 줄 알아?"

그 순간 몸을 굳힌 김기용의 귀에 김동균의 짧은 웃음소리가 울린다.

"흐흐흐, 그리스, 맞지?"

"……."

"이 새끼, 쥐새끼처럼 이리저리 뛰어서 나를 떨쿠더니 어제는 얌전히 가더구만, 흐흐흐."

"……."

"네 엄마 시켜서 집 담보로 은행에서 빼든지 네놈이 회사에서 가불을 해."

"……."

"알았어?"

김동균이 와락 소리쳤을 때 김기용은 어깨를 늘어뜨리면서 길게 숨을 뱉는다. 그 소리를 들었는지 김동균이 혀가 말린 상태로 말을 잇는다.

"이 새끼야, 한숨 쉬고 자시고 할 것 없다. 내가 회사에 가서 난리를 치기 전에 돈 맹글어와!"

"……."

"그래, 잡아넣어라, 이 새끼야. 그럼 풀려 나와서 또 찾아 갈 테니까."

그러더니 김기용이 끊어버릴 것을 예상한 듯 서둘러 덧붙인다.

"내일 이 시간까지다, 알간?"

통화가 저쪽에서 끊겼다. 휴대폰을 귀에서 뗀 김기용이 어머니 방을 보았다. 그러나 입을 열지는 않았다.

"잘했어."

앞쪽 자리에 앉자마자 순미 누나가 말한다. 그러나 시선을 마주치지는 않는다. 오후 7시 반. 종로 3가의 떠들썩한 커피숍 안이다. 순미 누나는 김기용의 만나자는 연락을 받더니 이유도 묻지 않고 와준 것이다. 그러고는 대뜸 잘했다는 칭찬을 한다. 순미 누나가 외면한 채 말을 잇는다.

"그래, 며칠 쉬어. 남철 오빠도 걱정하더라."

주위는 젊은 남녀로 가득 찬데다 소란해서 순미 누나는 소리를 쳤다. 그래도 아직 시선을 주지 않는다. 김기용의 얼굴도 어느덧 달아올라 있다. 어제 낮에 끝없이 순미 누나의 몸을 탐닉하던 장면이 떠올랐기 때문이다. 순미 누나도 그것 때문에 얼굴을 붉히고 있을 것이었다. 이윽고 김기용이 말한다.

"누나, 나하고 여행 갈 수 있어?"

"여행?"

주위가 시끄러웠지만 순미 누나는 여행이란 말은 들은 것 같다. 눈을 크게 뜬 순미 누나가 상반신을 앞으로 기울였다.

"뭐라고 했어? 여행가자고?"

"응, 나하고."

김기용도 상반신을 굽혀 순미 누나의 귀에 입을 가깝게 대고 말한다.

"지금 당장."

"지금? 어디로?"

순미 누나의 눈동자가 반짝인다. 김기용이 심호흡을 하자 순미 누나의 냄새가 맡아졌다. 이런 소음 속에서도 순미 누나의 향기가 맡아지는 것이 신기하다.

"아무데나. 누나가 좋다는 곳으로."

"좋아."

순미 누나가 커다랗게 머리를 끄덕였다.

"가자."

"어디로?"

이번에는 김기용이 묻자 순미 누나가 이를 드러내고 웃었다.

"아무데나."

"짐을 다 싸왔구나."

가방을 어깨에 둘러메고 커피숍을 나왔을 때 순미 누나가 웃으며 말한다. 가방을 손으로 만져본 순미 누나가 웃음 띤 얼굴로 물었다.

"뭘 이렇게 많이 넣었어? 야숙하려고 텐트하고 담요까지 넣은 것 아냐?"

"아냐."

"그럼 나도 짐 싸와야겠네. 그런데 어디로 가지?"

했지만 순미 누나의 표정은 밝다.

"지금 집에 가서 짐 싸갖고 나오면 엄마가 놀랄 텐데."

머리를 돌린 순미 누나가 김기용을 보았다. 두 눈이 반짝이고 있다.

"며칠간 도망 나갈까? 사흘? 나흘? 닷새? 닷새 이상은 무리야. 실종 신고를 할 거야, 엄마가."

들뜬 순미 누나가 김기용의 팔을 쥐더니 거리로 끌고 나간다. 행인으로 가득 찬 거리는 활기가 흐르고 있다. 휘황찬란한 불빛에 덮여서 오히려 대낮보다 밝은 것 같다.

야간열차 안은 조용하다, 모두 잔다. 서울을 출발해서 목포가 종착역인 호남선 야간열차는 역마다 쉬면서 끈질기게 달려가고 있다. 밤 12시 반. 천안을 지나면서 창가에 앉은 순미 누나는 잠이 들었다. 머리를 김기용의 어깨에 기대고 있었지만 검은 유리창을 보면 옆얼굴이 선명하게 비쳐졌다. 마치 검은 인화지에 박은 사진 같다. 들떠 쉴 새 없이 이야기를 하던 순미 누나는 동생 같았다. 그러나 이쪽 대답이 필요 없는 순미 누나의 일방적인 대화는 자신에 대한 배려라는 것을 김기용은 안다. 객차 안의 손님은 절반도 못 된다. 더 빠르고 더 비싼 열차가 있었지만 순미 누나는 가장 느리고 가장 싼 열차를 골랐다. 너하고 더 오래 있고 싶기 때문이라는 것이다. 하루가 24시간이지만 느린 열차를 타면 29시간으로 늘어난다는 말 같았다. 순미 누나의 자는 얼굴은 평온했다. 머리가 조금 옆으로 비틀려져 있는 것이 검은 인화지를 통해서 보니까 반대편까지 다 드러났다. 본인은 그쪽이 감춰졌다고 믿으면서 자겠지. 김기용은 어깨를 들썩여 순미 누나의 머리가 더 편안하게 붙여지도록 한다. 순미 누나가 탄성 같은 한숨을 내뱉더니 머리가 더 깊게 어깨에 눕혀졌다. 이제는 익숙해진 향내가 순미 누나의 머리에서 풍겨 나온다. 김기용은 손을 뻗쳐 순미 누나의 어깨를 감아 안는다. 그러자 가슴이 내려앉는 느낌이 들면서 찌릿찌릿했다. 가슴 안에서 몇 개의 불꽃이 터진 것 같다. 작은 폭죽 같은 느낌이 든다. 소리 없고 보이지도 않는 폭죽. 김기용은 다시 유리창에 박힌 순미 누나의 모습을 보았다. 누나의 얼굴에 불덩이가 지나가고 있다. 마을의 불빛이다.

민박집 마루에 앉으면 아래쪽 바위투성이의 바다가 보인다. 거친 바위가 많아서 틈만 있으면 꼬이는 관광객이 이쪽에는 한 명도 없다. 볼 것도 없기 때문이다. 검은 바위에 부서지는 파도뿐. 게다가 수심도 꽤 깊어서 놀기에도 마땅치가 않다. 오전 10시 반. 온몸으로 따스한 햇살을 받으며 마루에 앉은 김기용에게 이곳은 딴 세상 같다. 눈앞에 해변의 바위와 푸른 바다가 펼쳐졌고 갈매기가 난다. 어선 한 척이 앞바다에 떠 있었는데 선원은 보이지 않았다. 무엇을 기다리는지 가다가 잠이 들었는지도 모른다. 그때 뒤쪽 방문이 열리더니 순미 누나가 나왔다. 반바지에 티셔츠로 갈아입었고 방금 세수를 한 얼굴에 윤기가 난다. 순미 누나가 무릎위에 턱을 고인 자세로 김기용의 옆에 앉는다.

"언젠가는 이렇게 좋아하는 사람하고 같이 있는 꿈을 꾸었어."

순미 누나가 햇살보다 밝은 표정으로 말했다. 턱이 무릎에 붙여졌고 두 팔은 무릎 밑에서 깍지를 껴서 잡았다. 나란히 놓인 맨발 발가락이 가끔씩 꼬물거린다.

"그런데 그 꿈이 바로 지금이야, 행복해. 나 지금처럼 행복해본 적이 없어."

앞쪽을 향한 채 순미 누나가 말했을 때 김기용은 숨을 죽였다. 마치 숨만 쉬어도 뭐가 달아나기라도 하는 듯이 꼼짝 않고 바다를 본다. 얼굴도 긴장으로 굳어져 있다. 그때 순미 누나가 말을 이었다.

"넌 강해, 이겨낼 수 있을 거야."

"……."

"내가 네 옆에 있잖아, 나도 도와줄 테니까."

"……."

"이제 집 나간 수진이도 돌아오게 될 거야, 내가 같이 기다려줄게."

김기용은 가만있었다. 수진이가 죽었다는 이야기를 하지 않았다. 아버지가 행패를 부리고 있다는 이야기도 물론 안 했다. 그 이야기를 다 했을 때 순미 누나의 표정을 상상만 해도 얼굴이 뜨거워진다. 이젠 정말 싫다. 그 놀랍고 동정심이 가득 찬 표정, 처음 몇 번은 그 시선에, 부드러운말에 이쪽 가슴이 떨렸고 고마웠다. 그런데 시간이 흐르자 그것은 독이 되었다. 마약은 해보지 않았지만 그런 증상하고 비슷하지 않을까? 중독이 되어서 점점 더 강한 반응을 기대하는 것, 동정심 중독, 당연히 감싸 주리라는 중독성 기대, 그러다가 동정에 지친 상대가 떠나면 몇 배나 더 외로워졌고 반발하게 되었던 것이다. 그것을 피하려면 처음부터 문을 잠가놓고 있는 것이 낫다. 그래왔는데 이번에 순미 누나한테 다 열린 것 같다. 그것도 너무 활짝.

오후 6시 반. 미리 바닷가에 혼자 내려가 있던 김기용이 김동균의 전화를 받는다. 오늘 5시 반에 만나기로 했던 것이다. 김동균은 공중전화를 쓴다.

"너, 안 나와?"

김동균이 대뜸 고함을 질렀다.

"너, 이 새끼. 도망 다닐 수 있을 것 같으냐? 너, 내가 지금 '그리스'로

간다."

그러더니 김동균이 잇사이로 말한다. 말이 마치 이로 자근자근 씹힌 후에 나오는 것 같다.

"이 새끼, 두고 봐. 그놈의 가게 장사 못하게 할 테니까."

"나, 오늘, 가게 안 가요."

마침내 김기용이 바위에 붙은 조개껍질을 떼며 말한다. 김동균이 놀란 듯 가만있었고 김기용은 말을 이었다.

"믿지 못하겠다면 오늘 가게에 가서 확인을 해 보세요."

"이 새끼 봐?"

했지만 김동균의 말문이 막혔다. 흰 조개껍질을 물속에 던진 김기용이 머리를 들고 말했다.

"나, 아버지 죽이려고 칼을 갖고 있어요. 아버지는 죽는 것이 낫다는 생각을 했거든요."

김기용은 제 말이 정확하게 발음되어 나오는 것을 제 귀로 듣는다. 그러자 두 눈에 생기가 띠어졌다.

"어디를 찌를까 오래 생각했어요. 지난번에는 수진이가 등을 찌르려다가 긋기만 했는데 난 목을 찌를 겁니다."

"……."

"심장이 있는 가슴을 찌를까 했는데 거긴 옷에 가려졌고 가슴 주머니까지 붙여져서 칼이 잘 들어가지 않을 것 같더군요. 내가 가져온 식칼은 길이가 20센티미터나 되지만 끝이 날카롭지는 않아요."

"……."

"다음에 아버지 만나면 꼭 찌를 겁니다. 아버지 눈을 똑바로 보면서 찌르겠어요. 그러려고 지금도 연습하고 있어요."

김기용이 이제는 칼로 찌르는 시늉을 한다. 빈손이었지만 칼을 쥔 것처럼 주먹을 쥐고 바다를 향해 찔렀다가 내렸다. 그때 귀에 붙인 휴대폰에서 통화가 끊긴 신호음이 울렸다. 휴대폰을 주머니에 넣은 후에도 김기용은 칼을 찌르는 연습을 했다. 눈을 크게 뜨고 앞을 향한 채로 찔렀다 빼기를 반복한다. 아버지한테 수진의 죽음을, 어머니의 자살을 말해줄 생각은 없다. 그럴 생각은 꿈도 꾸지 않았다. 그래서 아버지의 동정심을 산단 말인가? 그래서 아버지의 학대를 그치게 만든다고? 이를 악문 김기용이 눈앞에 떠있는 아버지를 향해 힘껏 팔을 뻗었다가 내렸다. 그것은 수진과 어머니의 죽음을 팔아먹는 짓이다. 나만 편하겠다고 수진과 어머니의 죽음을 싸구려로 팔아먹는 것은 비겁한 짓이다. 동정을 받을 인간이 따로 있지 둘을 죽게 만든 아버지한테 동정을 받아? 안 된다, 아버지는 내가 죽이는 순간까지 둘의 죽음을 알면 안 된다. 그리고 나는 아버지가 죽는 순간까지 둘의 죽음을 가슴에만 담고 있을 것이다. 그 아픔을 그대로 겪어 내는 것이 자식과 오빠로서의 도리다. 나만 편하려고 털어놓는 것은 말도 안 돼.

마루 옆쪽 뒷마당으로 슬리퍼를 신고 나왔던 순미가 바다를 보았다. 바위 사이에 선 김기용이 주먹을 쥐고 앞으로 내지르는 시늉을 반복하고 있다. 처음에는 팔 운동을 하는 것처럼 보였는데 움직임이 이상했다. 팔이 죽 뻗쳐졌다가 오므려 진다. 눈을 가늘게 뜬 순미가 허리에 두 손을 짚고 서서 김기용을 본다. 김기용과의 거리는 50미터쯤 되었다. 뭔지는 모르지만 열심히 움직이는 모습이 우습기도 했고 사랑스러웠으므로 순미는 두 손을 입가에 붙였다가 곧 내렸다. 부르려다가 만 것이다. 서쪽 바다에 석양이 내려앉아 바다위는 황금색으로 물들었다. 옆쪽 부엌에서 매운탕 냄새가 풍겨 나왔다. 오늘 밤에는 민박집 아줌마한테서 사 놓은 광어회와 오징어로 소주를 마실 것이다. 순미는 조금 있다가 김기용을 부르기로 하고 방으로 들어갔다. 저녁이 되어서 반바지에 반팔 셔츠로는 서늘했기 때문이다. 윗목에 김기용이 가져온 배낭이 놓여있었으므로 순미는 지퍼를 열었다. 배낭 안에 든 옷을 뒤적여 긴팔 셔츠를 꺼내던 순미가 문득 움직임을 멈춘다. 그러고는 손을 더 깊이 넣더니 눈을 크게 떴다. 지퍼를 더 연 순미가 가방 바닥에 놓인 상자 두 개를 꺼내 방바닥에 놓았다. 검게 옻 칠이 된 보석 상자 두 개, 자개 장식까지 박혀 있었는데 보자기로 단단히 싸서 윗부분만 드러났다. 정육면체로 각각 장폭고가 15센티미터쯤 되었는데 두 개가 배낭 바닥에 나란히 놓여 있었던 것이다. 한동안 두 개의 보석 상자를 내려다보던 순미가 문득 손을 뻗쳐 왼쪽 상자의 보자기를 풀었다. 옻칠 장식 옆쪽에 종잇조각 같은 것이 보였기 때문이다. 보자기를 푼 순미는 닫혀있는 보석상자의 눈부신 모습을 보았다. 자개로 산수도를 그린 상자는 꽤 비쌀 것 같다. 순미는 옆에 떨어진 종잇조각을 집어 들었다. 글씨가 적혀져 있다. 김기용의 필체다.

"수진."

꽤 큰 글씨로 딱 두 자. 처음에는 무슨 말인지 몰랐던 순미는 조금 후에야 김기용의 집 나간 여동생 이름이 수진이었다는 것을 깨달았다. 그 순간 화들짝 놀란 순미의 얼굴이 하얗게 굳어졌다. 한동안 순미는 상자를 내려다본다. 상자에는 자물쇠가 채워져 있어서 열 수는 없다. 이윽고 어금니를 문 순미가 다시 손을 뻗쳐 다른 상자를 싼 보자기를 풀었다. 똑같은 장식의 상자, 안에도 종이가 있다. 쪽지를 집어든 순미의 얼굴이 이번에는 나무토막처럼 굳어졌다. 쪽지에도 딱 두 자가 쓰여 있었던 것이다.

"엄마."

민박집 아줌마는 음식 솜씨도 좋았을 뿐만 아니라 인심도 후했다. 차려 나온 1만 원짜리 저녁상은 그야말로 진수성찬이었는데 생선회에 매운탕, 젓갈 종류만 5개가 되는데다 김치도 세 가지, 홍어삼합까지 놓여졌다. 김기용은 밥을 두 그릇이나 비웠고 순미가 남긴 밥까지 먹었는데 순미는 매운탕 국물만 찔끔찔끔 마셨다. 밥상을 물린 김기용이 밤에 마실 술을 사러 가겠다고 나서자 순미가 따라 나온다. 마을 가게는 바닷가 제방 길을 따라 5백 미터쯤 떨어져 있다. 밖은 이미 어둡다. 파도 소리만 들릴 뿐 바다와 하늘은 구분이 안 되었다. 밤이 되면서 바람이 세어지더니 바람 끝에 물기가 느껴진다. 좁은 제방 길로 들어서자 순미 누나가 김기용의 한 쪽 팔을 두 팔로 감싸 안았다. 그러더니 매달리듯 걸으면서 머리를 김기용의 어깨에 붙인다. 바람에 머리칼이 날린다. 그러나 바닷가가 멀어지면서 주위는 점점 조용해졌다. 한 걸음씩 둘은 앞쪽에서 반짝이는 마을의 불빛을 향해 걷는다. 사방은 텅 빈 것 같다. 제방 위에는 둘뿐이다. 그때 순미 누나가 불쑥 말했다.

"자기야, 사랑해."

김기용이 머리를 돌려 순미 누나를 보았다. 그러자 순미 누나가 얼굴을 보여주지 않으려는 듯이 겨드랑이에 바짝 붙인다. 김기용이 큭큭 웃었다.

"누나, 자기라고 했어?"

"사랑해."

"그럼 키스해줘."

하고 김기용이 멈춰 서자 순미 누나가 이번에는 가슴에 얼굴을 붙이더니 두 팔로 허리를 감싸 안았다. 빈틈이 없다. 김기용이 손끝으로 순미 누나의 턱을 치켜 올렸다. 그러자 순미 누나가 얼굴을 들어 올린다. 별도 보이지 않는 밤이었지만 순미 누나가 눈을 감고 있는 것은 알겠다. 김기용은 머리를 내려 순미 누나의 입술을 빨았다. 그때 순미 누나가 두 팔로 김기용의 목을 감싸 안는다. 그러고는 입을 열어 혀를 내밀었다. 곧 뜨겁고 말랑한 순미 누나의 혀가 맹렬하게 김기용의 혀를 감고 비틀고 문지르기 시작했다. 처음 있는 일이어서 김기용은 와락 들떴다. 전에는 순미 누나의 혀가 이렇게 격렬하지 않았다. 오늘은 마치 미친 것 같다.

민박집에서 나흘 밤을 잤다. 그리고 닷새째가 되는 날 저녁에 둘은 다시 가장 느린 열차를 탄다. 서울행. 이번에도 역마다 쉬면서 달려 깊은 밤중에 도착할 것이었다. 서울행 완행열차. 정이 든 민박집 아줌마는 좋아했던 밑반찬을 여러 개 싸 주었으므로 김기용에게 보따리가 하나 늘어났다. 꼭 고향에 다녀가는 젊은 부부 같다. 오늘도 창가에 앉은 순미 누나가 대답할 필요 없는 이야기를 늘어놓기 시작한다. 상행선은 하행선 때와는 달리 손님이 꽤 많았기 때문에 김기용의 귀에 대고 말한다.

"비결 하나 알려줄게. 여자 놓치지 않는 비결이니까 잘 들어."

김기용은 눈만 껌벅였고 순미 누나의 말이 이어졌다.

"섹스를 많이 하는 거야. 그래서 그 남자에게 익숙해지는 거지. 그럼 그 여자는 다른 남자 못 만나."

"……."

"만일 다른 남자하고 섹스 할 기회가 있어서 만족 못 할 때 여자는 두 번 다시 그런 실수를 반복하지 않게 돼."

"……."

"그런 의미에서 자기는 성공했어. 대성공이야. 난 자기만 보면 몸이 근질근질 하니까, 지금도 그래."

김기용의 시선을 받은 순미 누나가 시침미를 뚝 뗀 얼굴을 짓더니 다시 입을 귀에 붙인다.

"우리가 4박 5일간 몇 번 한지 알아? 모두 스물네 번 했어. 하루 평균 여섯 번."

"……."

"하긴 아줌마 나갔을 때 낮에도 했으니까, 낮에 한 것이 여덟 번, 아주 좋았어."

"……."

"대낮에 하는 게 자극이 되더라니까?"

다시 김기용의 시선을 받은 순미 누나가 정색하고 말한다.

"나, 어떡해. 흘러나와서 팬티 버렸어. 이야기 하다보니까 달아 오른 거야."

그러더니 엉거주춤 자리에서 일어선다.

"나, 화장실에서 닦고 올게."

김기용이 화장실로 다가가는 순미 누나의 뒷모습을 본다. 흘러내린 사람 같지 않게 당당하게 걷던 순미 누나가 끝 쪽 문 앞에 서더니 이쪽을 돌아보았다. 그러고는 김기용의 시선과 마주치자 활짝 웃었다. 객차 안이 환해지는 것 같은 웃음이어서 김기용은 정신이 번쩍 들었다.

순미는 화장실로 가지 않았다. 객차 사이의 빈 공간에 서서 창밖을 본다. 흘러 내렸다는 말은 물론 거짓말이다. 김기용의 눈을 보면 자신도 모르게 자극적인 말이 뱉어지는 것이다. 그저 말만 뱉어진다. 몸은 반대로 차갑게 가라앉는 것이 느껴진다. 김기용의 눈동자가 그렇다. 흰 창에 파여진 깊은 우물 같다. 끝이 닿지 않는 우물. 점퍼 주머니에서 담배를 꺼낸 순미는 입에 물고 라이터를 켜 불을 붙였다. 깊게 한 모금을 마신 순미가 연기를 한숨과 함께 길게 품는다. 이번 남도 여행은 넷이 했다. 김기용과 나. 그리고 배낭 속에 든 김기용 어머니와 여동생. 다시 유리창에 대고 연기를 뱉은 순미가 등을 객차의 벽에 붙였다. 동생 수진은 어떻게 죽었을까? 묻고 싶은 마음이 하루에도 열두 번 씩 목구멍까지 올라왔지만 참았다. 그 순간부터 분위기가 산산조각으로 깨질 것이 분명했기 때문이다. 김기용의 성품으로는 틀림없다. 그래서 그 충동이 일어날 때마다 김기용에게 덤벼들었던 것이다. 가만있을 수가 없었다. 섹스라도 해야 잊을 수 있었다. 머리맡에 어머니와 여동생을 둔 섹스는 엄청난 자극을 주기도 했으니까 일석이조도 염두에 두었을까?

순미 누나는 화장실에 가더니 아직 돌아오지 않는다. 의자에 등을 붙인 김기용이 창밖에서 시선을 떼었다가 머리를 들고 위쪽 선반을 보았다. 배낭이 놓여 있다.

"엄마, 나, 어떻게 하지?"

김기용이 입술만 달싹이며 배낭을 향해 묻는다. 열차가 대답이라도 하는 것처럼 덜커덩 거리며 흔들렸다.

"다시 집에 들어가야 돼?"

눈을 가늘게 뜨고 기다렸지만 다른 기척은 없다. 뒷자리 승객이 두런거리고 있다. 중년 부부인데 남편이 잔소리를 하는 것이다. 뭘 잘못 팔았다는 내용이다. 어깨를 늘어뜨린 김기용이 말을 잇는다.

"엄마, 나, 더 이상 행복해질 수가 없을 만큼 4박 5일간 다 겪었어. 그곳에 엄마도 수진이도 함께 있었지, 안 그래?"

어머니는 말이 없고 김기용의 말만 입술 안에서 계속 되었다.

"지금부터는 내리막길이야, 아버지도 결국 나타날 것이고 내 사랑도 내려가게 돼, 이런 식의 사랑이란 계속 이어질 수가 없는 것이거든."

남의 이야기를 하는 것처럼 김기용의 얼굴에 차가운 웃음기까지 떠올랐다.

"천천히 싫증이 나기 시작하고 차츰 뜸해지면서 사라지는 거야, 엄마. 난, 그 동안이 싫어. 뜨거운 물에 빠져 천천히 익으면서 죽어가는 낙지처럼 될 거야, 난."

"……."

"엄마, 나도 엄마 따라갈까?"

하고 김기용이 입속으로 물었을 때 옆에서 인기척이 났다. 순미 누나가 돌아왔다.

서울역에 도착했을 때는 오전 4시 반. 새벽 기차에서 내린 승객들의 얼굴은 모두 지쳐 보인다. 대합실로 나왔을 때 순미 누나가 물었다.

"너, 집에 갈 거지?"

"그럼."

당연하지 않느냐는 표정을 지은 김기용에게 순미 누나가 웃어보였다.

"나도 닷새나 집을 비운 건 첨이야. 빨랑 집에 가서 의심을 불식시켜야겠어."

순미 누나는 시골 친구네 집에 다녀오는 것으로 되어있다. 다가선 순미 누나가 김기용의 점퍼 깃을 두 손으로 움켜쥐었다. 어느덧 얼굴에서 웃음기가 지워져 있다. 순미 누나가 입을 열었다.

"내가 옆에 있어, 알지?"

김기용의 시선을 받은 순미 누나가 점퍼 깃을 더 세게 쥐었다.

"기운 내, 응?"

"응."

"오늘 일 나갈 거야?"

"응."

"그럼 내가 한가할 때 전화할게."

"고마워 누나."

그러자 순미 누나의 눈썹이 좁혀졌다.

"싫어, 그런 말. 사랑한다고 말해봐."

"사랑해."

"사랑해."

그러고는 순미 누나가 점퍼 깃을 놓더니 한 발짝 물러선다. 눈을 크게 뜬 순미 누나가 다음 순간 몸을 돌리더니 발을 떼었다. 발걸음이 한 걸음씩 딛다가 점점 빨라졌다. 나중에는 뛰다시피 대합실을 나갔는데 뒤를 돌아보지 않았다.

어제 저녁에 시켜 먹었던 자장면 그릇을 치우던 박기대는 문이 열리는 기척에 머리를 든다. 20대 초반쯤의 청년이 들어서고 있다. 큰 키에 등에는 커다란 배낭을 메었고 얼굴에는 수심이 덮여있다. 시선이 마주쳤을 때 얼른 얼굴이 돌려지는 것을 본 박기대의 가슴이 차분해졌다. 인상도 좋고 착한 성품의 청년이다.

"무슨 일로?"

박기대가 묻자 청년이 소파 옆에 선 채로 말한다.

"저기, 전 한동 임대아파트 B동 303호에 살고 있는데요."

"아, 한동."

머리를 끄덕인 박기대가 한 걸음 다가가 섰다. 한동 임대아파트는 매물이 없다. 오직 임대자가 계약 기간이 끝나 나가겠다고 구청에 신고를 해야만 한다. 계속 눌러 살겠다고 하면 구청에서 계약 연장을 해주는데 기간은 5년. 그러나 그런 경우는 극히 드물다. 보증금 2천만 원으로 한 달 20만 원의 임대료만 내면 되는 터라 신청자가 줄을 서 있는 것이다. 그때 청년이 말한다.

"방 빼고 싶은데요, 될까요?"

"으응?"

놀란 박기대의 눈이 커졌다. 숨도 잠깐 멈췄다. 되다마다, 30분 안에 구청 신고까지 마치고 새 주인과 계약을 성사 시킬 수가 있는 것이다. 수수료는 말만 잘하면 1백만 원도 가능하다. 아침부터 이런 복덩어리가 굴러들다니. 그러나 박기대는 진정했다. 서둘다가 실수한다.

"왜 빼려고?"

"어머니가 돌아가셔서요. 저 혼자 살기에는 좀 그래서."

"아이고, 저런, 그럼 학생은 혼자?"

"예."

"어머니 사망 신고는 했고?"

"예."

"학생 주민등록도 이곳에 되어있지?"

"예."

"언제 뺄 건데?"

"빠를수록 좋아요."

그러자 박기대의 참을성이 한계를 넘어갔다. 박기대가 팔을 뻗어 김기용의 손을 잡는다.

오후 3시 반. 김기용은 충북 보은의 고속버스 정류장을 나와 인도를 걸어 내려간다. 다시 마을버스를 타려는 것이다. 서울에 도착해서 집 근처 부동산에 들러 임대아파트 이전 수속을 마치고는 집에 들러 옷 몇 벌만 다시 챙겨 넣고 나온 것이다. 외할머니를 만나야만 한다. 어머니가 죽었을 때 제일 먼저 떠오른 것이 외할머니였지만 기를 쓰고 참았다. 외할머니를 만난 적도 있는 윤철 엄마나 중길 엄마가 연락했느냐고 물었을 때 아파 누워 계시다고 거짓말로 넘겼다. 그러나 이렇게 세월을 보낼 수는 없는 노릇이다. 이 사실을 알려야만 한다. 등에 멘 배낭이 갑자기 무겁게 느껴졌으므로 김기용은 끈을 고쳐 메었다. 그러자 문득 셋이 함께 여행 다닌 적은 이번이 처음이라는 생각이 든다. 첫 번 코스는 목포 바닷가였고 두 번째는 외할머니 집.

네 번째 전설

기적

5장

산에서 내려오던 외할머니가 산길에 우두커니 서 있는 김기용을 보더니 주춤 멈춘다. 5월 중순, 산은 짙은 풀냄새로 덮여 있다. 그러나 울창한 산길에는 둘이 마주보며 서 있을 뿐 인적은커녕 날짐승 자취도 없다. 이윽고 할머니가 발을 떼더니 십여 보쯤 앞에서 다시 멈춰 선다. 그러더니 주름진 얼굴에 더 주름을 잡고 이쪽을 보면서 물었다.

"누구여?"

"할머니."

하고 김기용이 메마른 목소리로 불렀을 때 할머니가 들고 있던 망태기를 내던지며 달려왔다.

"아이고, 내 새끼."

할머니의 외침이 옆쪽 골짜기에 부딪쳐 길게 들린다. 달려온 할머니가 거칠게 허리를 부둥켜안았으므로 김기용이 비틀거렸다. 머리를 든 할머니가 진물이 번진 눈으로 김기용을 올려다본다.

"너 혼자 왔냐? 에미는?"

묘지기의 집이어서 마당 구석에는 갖다놓은 비석도 있고 뗏장이 수북하게 쌓여있다. 창고 옆에 세워놓은 제초기는 낡아서 시뻘겋게 녹이 쓸었다. 산속 외딴집이라 아래쪽 마을과는 백 미터쯤 떨어져서 어렸을 때 김기용은 화장실도 못 갔다. 마루에 앉은 김기용을 향해 할머니가 쉴 새 없이 말을 걸면서 저녁을 짓는다. 오후 5시가 조금 넘었을 뿐인데도 산골에는 그늘이 졌다. 햇살은 어디에도 보이지 않는다.

"그래, 니 엄니는 잘 댕겨?"

하고 부엌에서 할머니가 소리쳐 물었으므로 김기용이 심호흡부터 했다. 산길에서 할머니가 묻기에 엉겁결에 일 나갔다고 해버린 것이다. 김기용이 대답한다.

"으응."

그때 할머니가 부지깽이를 들고 부엌 밖으로 나오더니 김기용에게 또 묻는다.

"전화요금 못 내서 전화 안 되는 건 아니지?"

"그럼. 엄마가 전화 바꾸려고."

어머니 핸드폰을 꺼놓았기 때문이다. 그러자 입맛을 다신 할머니가 마루 옆 귀퉁이에 쌓아둔 장작을 안아들고 다시 부엌으로 들어간다. 마루에 앉아 있던 김기용이 신발을 꿰어 신고 부엌으로 따라 들어가 할머니와 함께 아궁이 앞에 쪼그리고 앉았다. 방금 밀어 넣은 장작에서 연기가 피어오른다.

"니가 잘허면 그놈이 못 온다."

부지깽이로 아궁이를 쑤시면서 할머니가 말했다.

"니가 엄니를 지켜줘야 되어."

"할머니."

연기에 쏘인 눈에서 눈물이 질질 나오는 바람에 손등으로 눈물을 닦은 김기용이 부른다.

"할머니, 왜 이렇게 되었지?"

어머니 이야기를 하려다가 또 입 밖으로 다른 말이 나왔다. 할머니가 신음을 뱉으며 일어나더니 무거운 솥뚜껑을 조금 열어보고 도로 닫는다.

"뭐가 말이여?"

"엄니 하고……."

"그놈 말이지?"

다시 김기용 옆에 쪼그리고 앉은 할머니가 긴 숨부터 뱉었다. 바닥의 마른 솔잎들이 숨길에 날려 흩어졌다.

"니가 어렸을 때만 혀도 그럭저럭 잘 살았다. 그놈이 회사에 나가 꼬박꼬박 월급이랍시고 타 왔응게."

"난 잘산 기억이 없어."

김기용이 불길이 오르는 아궁이를 향한 채 머리를 젓는다.

"맨날 싸웠어. 고함을 치고, 부수고, 어머니를 때린 기억만 나."

"그 썩을 놈이 회사에서 무능허다고 짤린 후 부터다."

할머니가 부지깽이로 부엌 바닥을 치면서 말을 잇는다.

"그 후부텀 석 달 이상 댕기는 회사가 없었다. 맨날 술 퍼먹고 그 개지랄을 한 것이여."

"……."

"오죽허면 내가 쫓아올라가 이혼을 시켰긋냐? 그놈은 미친놈이여."

"……."

"너, 술 먹지 마라."

"응."

"니 엄니 잘 돌봐."

그러더니 할머니가 와락 눈을 치켜뜬다.

"근디, 그 썩을 년은 요즘 왜 전화도 안한다냐? 손구락이 문드러졌다드냐?"

다음날 오전 김기용은 등에 뗏장을 지고 산으로 올라갔다. 할머니가 봐주는 묘 중의 하나인 박 교수님 묘에 뗏장을 입히려는 것이다. 물론 묘에 누운 송장은 박 교수가 아니다. 할머니한테 묘지기 수당을 주는 인간이 박 교수이기 때문에 그렇게 부른다.

"봐라, 죽으먼 다 흙이 된다."

먼저 올라와 마른 떼를 뜯어내고 있던 할머니가 묘 위에서 말했다. 머리에 수건을 동이고 쪼그려 앉은 할머니가 말을 잇는다.

"난 묘에 오면 맘이 편타. 이렇게 편안허게 누워 있으면 무신 걱정이 있겄냐? 잠잘 때 쑤시지도 안코 일어날 때 허리가 아프지도 않을 거 아니냐?"

김기용이 건네는 떼를 할머니가 익숙한 솜씨로 심는다. 박 교수한테서 인부 두 명의 일당을 각각 10만 원씩 20만 원, 300원짜리 떼 2천 장 값 60만 원에다 운반비 20만 원까지 1백만 원을 할머니가 받았다고 했다. 그래서 떼 값 60만 원은 이미 줬고 운반비, 인부 값까지 40만 원이 남았는데 할머니는 그것을 다 먹겠다는 것이다. 인부 둘을 안 사고 할머니가 혼자 끝낼 작정이었다. 물론 떼를 이곳까지 운반하는 운반비도 할머니가 먹을 작정이었는데 마침 김기용이 온 것이다. 그래서 운반비 20만 원을 김기용한테 주기로 했다. 인부 둘이 하루면 끝낼 공사를 할머니는 지금 나흘째 일하는 중이었는데 닷새

째인 내일 떼가 다 덮여질 것이었다. 할머니 옆에다 떼를 쌓아놓은 김기용이 다시 산을 내려가려고 거적과 끈을 챙겨 들었다. 떼를 다 나르려면 다섯 번쯤은 더 올라와야 할 것이다.

"아가, 기용아."

호미로 묘 위를 고르던 할머니가 머리를 들고 김기용을 부른다.

"니 엄니하고 수진이를 일로 데꼬 와야 쓰겄다. 수진이는 저그 마을 아래 행길까정만 가면 읍내 여고까지 버스가 댕긴다. 30분배끼 안 걸려."

일 하다만 할머니가 묘 위에 쪼그리고 앉은 채 호미를 휘두르며 말을 이었다.

"내가 묘 여덜 개 봐주고 3백만 원 벌이는 되는디 뗏장 일에다 잡일, 명절 때 인사 받는 것 까정 합허면 일년에 6백은 되얏다, 그러고."

숨을 고른 할머니가 김기용을 보았다.

"내가 안 쓰고 모은 돈이 천이백이 되얏구나. 그만허면 니 엄니가 일 안허고 수진이 고등핵교 졸업 시킬 때꺼정 여그서 나허고 살 수 있을 거다."

"……."

"수진이가 고등핵교 1학년이니께 2년 남었다. 내가 읍내 고등핵교 알아보았더니 아주 좋다고 하더라. 농협에 취직헌 아들도 있대여."

"……."

"니가 걱정인디."

호미로 김기용을 가리킨 할머니가 말한다.

"내가 이달 말에 서울 올라가 모녀를 데꼬 내려올 거다. 그라먼 너만 남는디, 아가."

하고 할머니가 말을 이으려고 할 때 김기용이 몸을 돌리며 말한다.

"난 괜찮아, 할머니."

산을 내려오면서 김기용이 혼잣소리로 말한다. 외진 산길에 혼자뿐 이었으므로 목소리가 크다.

"아, 시바. 큰 났네."

앞쪽이 트여서 끝말이 골짜기에 부딪쳐 길게 울린다.

"말하면 할머니가 죽겠다."

"괜히 왔어."

"이달 말까지는 버틸 수 있겠다."

"하지만 그때 들통 나면 어떻게 되지?"

"거짓말을 해?"

"어머니 중국으로 일하러 갔다고?"

"수진이는?"

"수진이는 안 되잖아?"

"할머니 못 오게 해봐?"

"전화도 안 되잖아? 왜 전화 안 하냐고 물으면 어떡해?"

"에라."

하고나서 한참을 내려간 김기용이 뱉듯이 말한다.

"할머니가 말한 것처럼 죽어 누우면 아무 걱정 없겠지."

저녁밥을 먹고 난 김기용이 방바닥에 드러누워 있을 때 할머니가 들어왔다. 설거지를 마친 할머니가 수건으로 손을 닦으며 말한다.

"니 엄마 불러."

"응?"

놀란 김기용이 일어나 앉는다.

"왜?"

"왜는 왜냐? 이야기 좀 할라고 그런다."

"엄마 일하는 곳 전화번호를 모르는데."

"그, 썩을 년."

털썩 방바닥에 앉은 할머니가 길게 숨을 뱉고 나서 말한다.

"요새 자꾸 니 에미가 꿈자리에 나와."

"……."

"전화를 혀도 집 전화고 뭐고 받아야 말이지. 몇 시에 집에 들어온다냐?"

"어, 어떤 때는 집에, 안 들어 올 때도 있어서."

"그 미친년이."

눈을 치켜뜬 할머니가 다가앉는다.

"남자 생겼냐?"

"할, 할머니는 무슨."

얼굴을 하얗게 굳힌 김기용이 머리까지 저었다.

"말두 안 돼."

"집에 별일 없지?"

할머니가 눈을 가늘게 뜨고 노려보았으므로 김기용은 어금니를 물었다가 푼다.

"그, 그럼."

그래놓고 덧붙인다.

"내, 내가 할머니한테 놀러 간다니까 꼭 꿀을 사 가라고 나한테 돈을 줬는데."

김기용이 손을 들어 선반에 놓인 꿀 병을 가리킨다. 보은 시외버스 정류장 근처 가게에서 산 꿀 병이다.

"할, 할머니가 꿀을 좋아 한다고."

그러고는 김기용이 어깨를 늘어뜨린다. 너무 나간 것이다. 이젠 말하기가 더 어렵게 되었다.

"어디야?"

수화기에서 순미 누나의 목소리가 울렸을 때는 오전 3시경이다. 산속 외딴집은 너무 조용해서 귀 울림소리만 난다. 순미 누나의 목소리는 맑은데다 주위에 잡음 하나 없다. 목소리가 산속으로 들어오면서 숲이 체가 되어 걸러지는 것 같다. 옆방의 할머니가 깰세라 김기용은 소리죽여 일어나며 대답한다.

"응? 나, 시골."

"시골 어디?"

"할머니."

문을 열고 나온 김기용이 슬리퍼를 신고 마당을 가로지른다.

"으응, 할머니한테 갔구나."

안심하는 것 같으면서도 어딘가 쓸쓸한 여운이 남는 목소리. 그때 김기용은 문을 나와 고추밭 가의 바위 위에 앉았다. 삼방은 숲. 아래쪽으로 구불구불 뻗친 길만 희미하게 드러났다. 포장된 길이 아니고 경운기나 다니는 흙길이라 바퀴가 지난 자리가 두 줄로 그어졌다.

"난 가게에 나간 줄 알고."

순미 누나가 가만가만 말한다.

"옆에 할머니 계셔?"

"아니, 집 밖으로 나왔어."

김기용이 주위를 둘러보며 말을 잇는다.

"산속이야."

"으응."

"누나, 그런데."

"응?"

"할머니한테 엄마 이야기를 하려고 내려왔는데 못 하겠어."

"……."

"하루 종일 할머니하고 일만 했어."

"……."

"아마 이야기 하면 할머니는."

했다가 김기용이 길게 숨을 뱉는다. 다른 때 같으면 이런 말 안 했다. 상대가 누구라도 동정을 유발시킬 수 있는 이따위 대사는 뱉지 않았다. 이를 악물었다 푼 김기용이 혼잣소리처럼 말한다.

"정말 조까터."

"으응?"

하더니 순미 누나가 낮게 말했다.

"그래, 말하지 마."

"이달 말에 서울 가신다는 거야."

"……."

"엄마 전화를 꺼놓았더니 통화도 못했다면서, 엄마하고 수진이를 데리고 내려오신대."

"……."

"정말 웃겨."

"……."

"뭐 해?"

하고 김기용이 물었으므로 순미 누나가 깜짝 놀란 목소리로 되묻는다.

"으응? 나?"

하더니 말까지 더듬는다.

"나, 난, 침대에서, 자다가……."

"나, 면사무소에 갔다가 보건소까지 들렀다 온다."

아침을 먹고 난 할머니가 말하자 김기용은 머리를 들었다.

"떼는 어쩌구?"

"다녀와서 할란다, 하루 늦으면 어뗘?"

밥상을 들고 나가면서 할머니가 혼잣소리처럼 말한다.

"누워있는 송장은 떼 입히건 말건 상관 안혀. 밖에서 산 놈들이 체면 때문에 지랄하는 거제."

"갑자기 면사무소는 왜?"

했지만 문이 닫힌 바깥에서는 대답 소리가 들리지 않는다. 할머니는 몸도 마음도 빠른 노인이다. 기어코 어머니를 이혼시킨 것을 봐도 그렇다. 한번 말을 뱉으면 꼭 끝을 낸다는 것이다. 그래서 아래쪽 마을 할마씨 중에서 척진 사이도 있지만 가까운 사이도 많다고 했다. 할머니가 아랫마을 쪽으로 내려가자 김기용은 해를 올려다보았다. 산골에 온 지 이틀밖에 되지 않았지만 시간을 알려고 해를 보게 되었다. 해는 중천 아래쪽. 오전 10시쯤이다. 떼가 두 번 짐 분량쯤 남아 있었으므로 김기용은 점심 무렵까지 다 묘에 올려놓기로 마음을 먹었다. 집에 혼자 남게 되자 오므라들었던 심장이 좀 펴진 것 같다. 그래서 마루에 앉아 신발 끈을 매면서 커다랗게 말했다.

"엄마, 할머니하고 여기 있을 거야?"

머리를 돌려 방에 대고 묻는다.

"수진아, 할머니가 널 여기 학교로 전학시킨다는데."

다시 커다랗게 말한 김기용이 허리를 펴고 일어섰다.

"할머니랑 여기서 셋이 살면 좋겠지? 내가 놓고 갈까?"

마당 뗏장 옆에는 거적과 나일론 줄로 만든 멜빵이 놓여있다. 거적에 뗏장을 옮겨 담으면서 김기용이 말을 잇는다.

"놓고 갔다가 할머니가 열어보면 어떻게 하지? 어디 숨겨놓기 좋은 곳이 있을까? 할머니가 찾지 못하는 곳 말이야."

집안에서는 아무 소리가 들리지 않는다. 이윽고 입맛을 다신 김기용이 입을 다물고는 거적에 멜빵을 둘러매었다.

"아이고, 오셨어요?"

40대 초반의 김 서기는 아랫마을 안동 댁의 둘째 아들인데 분가해서 보은 읍내의 아파트에 산다. 그래서 할머니 장말순을 보면 인사가 깍듯했고 다른 일 젖혀놓고 일을 맡아주었다. 오늘도 면사무소에 들어선 할머니를 보더니 자리에서 일어나 다가왔다.

"내가 면사무소 간다고 혔더니 자네 엄니가 자네 갖다 주라고 이걸 주데."

할머니가 들고 있던 보자기를 김 서기에게 내밀었다.

"고추장 떨어졌대며? 고추장여."

"아이고, 무거우셨을 텐디."

고추장 단지를 내려놓은 김 서기가 허리를 굽혀 절을 했다.

"근디, 무슨 일이신디요?"

그러자 할머니가 주위를 둘러보면서 떠들썩한 목소리로 말한다.

"내가 서울 사는 내 딸허고 손녀딸을 여기로 이전시킬라는디, 어치케 허면 좋은가?"

"여기로 말씀입니까?"

우선 손으로 땅바닥을 가리켜 보인 김 서기가 정색하고 할머니를 보았다.

"애기 엄마는 그렇다고 치고 손녀딸은 핵교 댕기겠지요?"

"그럼, 여고 1행년여."

"뭐, 간단합니다."

김 서기가 마치 제가 해주는 일처럼 어깨를 펴고 말한다.

"전입신고만 하시면 됩니다. 지가 맡아서 책임지고 해 드리지요."

"서울에 손주 놈만 남어."

"아하."

"내가 이달 말에 가서 데꼬 올틴디, 지금 수속 헐 수 없을까?"

"그건 본인이 해야되는디."

했다가 할머니 눈치를 살핀 김 서기가 사무실 안쪽으로 안내하며 말을 잇는다.

"우선 그럼 따님 서울 주소를 말씀 해보시지여, 지가 전입 수속을 싹 해놓고 있다가 오시는 즉시로 끝내드릴 테니께요."

"음, 그러서 내가 갸 서울 주소를 여그 가져왔네."

만족한 표정이 된 할머니는 김 서기가 권하는 소파에 앉더니 딸의 주소가 적힌 종이를 꺼내 내민다.

뗏장을 내려놓은 김기용이 목에 두른 수건을 풀어 얼굴의 땀을 닦는다. 해를 보니 11시는 되었다.

"선생님이 누구신지는 모르지만."

떼는 윗부분만 남기고 삼분지 이쯤 입혀졌는데 흙이 말라서 꼭 머리털이 빠진 머리통 같다. 김기용이 묘를 향해 말을 잇는다.

"남 시켜서 묘 가꾸고 저는 얼굴도 내밀지 않는 후손은 다 필요 없는 겁니다, 하긴."

거적과 멜빵을 집어든 김기용이 발을 떼면서 말한다.

"죽어 누우면 아무것도 모른다고 할머니가 말씀 하시더군요. 살아남은 사람들만 지랄하는 것이라고."

문득 방안의 배낭에 넣어둔 어머니와 수진이가 떠올랐으므로 김기용이 길게 숨을 뱉는다.

"난 엄마하고 여동생을 메고 다닙니다. 선생님처럼 한곳에 둬야 할 텐데요."

"아니."

서울 노원구 상계동의 주소로 유선옥의 호적등본을 컴퓨터로 받아본 김 서기가 와락 이맛살을 찌푸린다.

"이게 도대체."

투덜거린 김 서기가 다시 한 번 호적등본을 뽑아내더니 옆에 앉은 9급 조선자에게 눈을 흘겼다.

"이거 아무래도 이상한데?"

"왜요?"

하면서 호적등본을 내려다본 조선자가 중얼거린다.

"멀쩡하잖아요? 유선옥, 사망, 4월 27일. 김수진 사망, 1월 22일. 잘 나왔구만요."

산길을 내려오던 김기용은 아래쪽에서 달려 올라오는 할머니를 본다. 할머니는 두 팔을 흔들면서 뭔가 소리를 질렀는데 누구를 부르는 것 같기도 했다.

"할머니!"

하고 김기용이 불렀지만 멀다. 모퉁이를 돈 할머니의 모습이 보이지 않았으므로 김기용의 마음이 급해졌다. 뛰듯이 산길을 십여 미터 내려갔을 때 할머니의 모습이 나타났다.

"아이고오."

할머니가 지르는 소리가 노래 같기도 했다. 끝이 내려가면서 리듬이 붙여졌다.

"할머니!"

"아아이고."

그때 할머니가 머리를 들고 김기용을 보았다. 거리는 50미터쯤 되었을까? 그러나 또 바위가 앞을 가려서 할머니의 모습이 사라졌다.

"할머니! 왜 그래!"

김기용이 달려 내려가면서 소리쳤다.

"어디 아퍼?"

"아아이고오."

그때 나무둥치를 돌아서 할머니가 나타난다. 거리는 30여 미터. 할머니가 두 팔을 휘저으며 소리쳤다.

"아아이고 내 새끼야! 네 에미가 죽었구나, 아아이고."

그때 김기용은 우뚝 발을 멈췄으나 탄력 때문에 서너 걸음 더 딛다가 주르르 주저앉았다. 할머니가 소리 지르며 올라온다.

"아아이고 내 새끼야. 수진이도 죽었단 말이냐! 아이고, 어쩌끄나."

김기용은 도망치려고 주저앉은 채로 몸을 틀었다. 그러고는 기어서 두 발짝쯤 앞으로 나간 다음 몸을 세웠다.

"내 새끼야! 내 불쌍헌 새끼야! 그려서 이 할미를 찾아 왔구나!"

김기용은 머리끝이 곤두섰다. 그러고는 냅다 뛰었지만 다리에 힘이 풀려 허둥거린다. 할머니의 목소리가 바로 뒤로 다가왔다.

"아아이고, 내 불쌍헌 새끼야!"

그 순간 김기용은 소나무 둥치를 부둥켜안고 멈춰 섰다. 어느새 눈물이 흘러내린다. 그때 다가온 할머니가 김기용의 허리를 감싸 안는다.

할머니와 손자가 산길에 나란히 앉았다. 길을 막고 앉았지만 오가는 사람도 없고 벌레 소리도 들리지 않는 산중이다. 둘은 아래쪽에 시선을 준 채 이제는 입을 다물었다. 얼굴도 말짱하다. 둘 다 눈의 흰 창이 조금 충혈 되어 있을 뿐이다. 이윽고 할머니가 다시 입을 열었다. 그러나 시선은 여전히 아래쪽 골짜기를 향해져 있다.

"그러면 뼛가루는 어떻게 했냐?"

"뿌렸어."

김기용이 바로 대답한다. 묻기를 기다리고 있었던 것 같다.

"그냥 길가에다."

"잘혔다."

할머니가 억양 없는 목소리로 말한다.

"허기사 갸들한티 정든 땅이 있었겄냐? 다 눈물 떨군디 뿐이겄지."

"……."

"잘혔다, 뼛가루가 펄펄 날아서 지들 좋은 곳으로 가겄제."

"……."

"그나저나 수진이 그년이 불쌍혀서 어쩌끄나, 어이고오."

할머니가 손바닥으로 산길을 두드렸지만 얼굴은 멀쩡했다. 말도 또렷하고 아이고오 소리는 노래 같다.

"지 엄니 돈 벌게 혀 준다고 나가서 그 꼴이 되다니, 어어이고."

"……."

"아이고, 이 썩을 년. 근다고 기용이 냄기고 목을 매다니, 이 천하의 몹쓸 년."

"……."

"네 이년, 이 에미 가슴 찢어지거나 말거나 에미 생각은 안 혔구나, 어이이고."

김기용은 다시 할머니의 사설이 계속되는 동안 멀거니 골짜기를 내려다보면서 가만있었다. 해가 중천에서 좀 기울었다. 오후 두 시쯤 된 것 같다. 그럼 배낭에 든 어머니하고 수진이는 도로 가져가는 수밖에 없다. 본래 할머니하고 상의해서 유골 상자를 처리할 생각이었지만 이곳에 와서 생각이 바뀌었다. 당분간은 함께 있어야 될 것 같다. 도저히 혼자 있지는 못하겠다. 어차피 할머니 옆을 떠나야 한다는 생각을 하니까 그렇다. 머리를 든 김기용이 하늘에 구름 한 점 떠있지 않은 것을 보았다. 할머니의 사설이 골짜기에 부딪쳐 맑게 울린다.

"안 된다."

할머니가 대번에 말한다. 방금 김기용한테서 오늘 서울로 올라가겠다는 말을 들은 것이다. 눈을 크게 뜬 할머니가 김기용을 노려보았다.

"가서 뭐 허게? 너, 핵교도 그만 두었다며? 인자 돈 벌 필요도 없응개 나허고 살자, 넌 못 간다."

"할머니."

김기용이 말을 잇기 전에 심호흡부터 한다.

"학교 그만 둔 것이 아니라 휴학 한 거야, 다시 다녀야 한다고. 그리고 나, 여기서 할머니가 해주는 밥만 먹고 살수는 없어, 내가 집에서 기르는 닭이야?"

몇 년 전인가 김기용이 왔을 때 할머니는 닭을 몇 마리 기르고 있었다. 그리고 김기용 왔다고 닭을 잡아 죽였다. 마루에서 해를 보니 오전 10시쯤은 된 것 같다. 어젯밤은 일찍 잠자리에 들었는데 할머니 방에서 끊임없이 이어지는 넋두리 때문에 새벽이 되어서야 잠이 들었던 것이다. 그때 할머니가 말했다.

"니 애비 되는 놈은 만났냐?"

순간 긴장한 김기용이 할머니를 보았다. 할머니의 주름살투성이의 얼굴이 마치 굵은 소나무처럼 느껴진다.

"아니, 내가 왜?"

"그럼 그놈은 이 일을 몰러?"

"모를 거야."

그래놓고 김기용이 한 마디씩 힘주어 말을 이었다.

"내가 말 안 했으니까."

"연락은 왔어?"

"응."

"왜?"

그러자 김기용이 어깨를 늘어뜨리면서 길게 숨을 뱉는다.

"그냥."

"니 엄니한티도 했을 텐디."

"엄마 전화는 꺼 놓았으니까."

"그, 벼락을 맞아 디질 놈."

할머니가 김기용처럼 한숨을 쉬고 나서 말을 잇는다.

"잘혔다, 그라고 넌 여그서 나 허고 며칠 더 있다가 가그라."

"할머니."

마침내 김기용이 정색하고 할머니를 보았다.

"집 내놨어. 내일 짐 옮기는 날이어서 그래. 내가 올라가서 짐 이곳으로 옮겨 올게."

"응? 집을? 짐을 이리로?"

놀란 할머니가 한 마디씩 묻더니 짐을 이곳으로 옮긴다는 말에 감동을 받은 것 같다. 할머니가 크게 머리를 끄덕였다.

"그려, 그려야지. 니 혼자 거그서 어뜨케 살긋냐? 오냐, 잘혔다. 그럼 나허고 같이 올라가자."

"아냐, 아냐."

김기용이 손을 저었다.

"내가 혼자 충분히 할 수 있어. 이삿짐센터가 다 해주니깐."

그러고는 서둘러 덧붙인다.

"할머니는 여기서 받을 준비나 해."

할머니는 아랫마을 버스 정류장까지 따라 나왔다. 오다가 마을 노인 세 명을 만났는데 그들한테 일일이 김기용을 인사시키느라고 시간이 꽤 걸렸다. 노인들이 인사만 받는 게 아니라 어머니 안부네 신상까지 물어대었기 때문이다. 경운기를 타고 오던 노인은 아예 발동기를 꺼놓고 서울 흑석동에 산다는 셋째 딸 이야기를 늘어놓는 통에 버스를 놓쳐 버렸다. 20분 후에 온다는 다음 버스를 기다리면서 할머니가 말한다.

"기용아, 기운 내그라 잉?"

버스 정류장에는 조손 둘뿐이다. 둘은 하나밖에 없는 플라스틱 벤치에 나란히 앉아 있었는데 앞쪽에는 짙은 숲에 싸인 산이 가로 막았다. 산 밑으로 얕은 개울이 흐른다. 할머니가 말을 잇는다.

"엄니 원망 허지 마라, 니 엄니가 오죽허면 자식 두고 갔겄냐?"

"내가 병원에 가자고 했거든."

김기용이 산을 바라본 채 말했다.

"정신과에."

"에이구!"

길게 숨을 뱉은 할머니가 말을 받았다.

“지 딸년 뼛가루를 모셔다 놓고 주절거렸으니 당연하제, 니가 잘 헌 거다.”

할머니한테 그 이야기는 했던 것이다. 그때 할머니가 머리를 돌려 김기용을 보았다. 어느덧 두 눈이 번들거리고 있다. 꼭 생선가게에서 물에 젖은 생선의 눈 같다는 생각이 든다.

“너, 갸들 뼛가루 뿌렸재?”

“응.”

시선이 옆에 놓인 배낭으로 옮겨지려는 것을 꾹 참으면서 김기용이 머리를 끄덕였다. 안 된다, 못 뿌린다.

네 번째 전설

기적

6장

고시원에 입주한 지 사흘째가 된다. 짐만 내려 보내고 전화를 했더니 할머니는 나무라지 않았다. 예상하고 있었던 것 같다. 다만 하루에 한번씩 꼭 전화 하라고 했다. 그래서 어제부터 할머니한테 전화를 해오고 있다. 그제 하루는 전화를 못했는데 전화기를 바꿨기 때문이다. 전화기만 바꾼 게 아니라 번호도 바꿔버렸다. 그러고는 새 전화번호를 몇 사람한테만 알려 주었다. 물론 새 휴대폰의 단축 다이얼 2번은 순미 누나다. 3번은 박남철 형, 서윤아 전번은 단축다이얼에 넣을까 하다가 지워버렸다. 끝이다. 목포에 내려갔을 때 칼로 찌르겠다고 한 후부터 아버지는 전화를 안 했다. 전화기를 바꾼 것은 아버지를 피하기 위해서가 절대 아니다. 메시지 등을 다 지웠지만 그곳에 남은 수많은 흔적이 싫었기 때문이다. 특히 어머니의 목소리, 수진의 목소리까지 저장되어 있다. 그것하고 유골 박스하고는 다르다. 유골 박스는 마치 집 같고 베개 같기도 하다. 고시원 방에서 유골 박스 두 개를 나란히 놓고 그 위에 담요를 덮으면 머리에 딱 맞는 베개가 된다. 가슴이 가라앉는다. 그러나 휴대폰은 귀에 붙일 때마다 찐득거리는 느낌이 왔다. 싫은 것이 아니라 가슴이 미어진다. 마치 살아있는 유령 같은 느낌이다. 수시로 나타나면 어떻게 살아? 하는 심정으로 휴대폰을 바꾼 것이다.

다시 일상이 계속 되었다. '그리스'는 여전히 장사가 잘 되었으며 웨이터 박남철의 성가도 높아졌다. 박남철의 전속 보조인 김기용한테도 단골이 생겼는데 30대의 기혼 여자 두 명이다. 산전수전 다 겪은 여자들이라 어수룩한 김기용이 오히려 점수를 딴 것 같다.

"3호실에 발렌타인 30년이다."

박남철이 주방 앞에 서 있는 김기용에게 다가와 말한다. 오전 2시 반. 이 시간에 발렌타인 30년은 드문 일이다. 이곳에서 30년은 병당 1백만 원을 받는다.

"서둘러, 두 놈이 점수 따려고 눈이 뒤집혔다."

박남철은 신바람이 났다. 3호실 매상은 이제 5백이 넘는다. 단골손님이었으므로 박남철 몫은 30%, 150이다. 술을 들고 3호실로 들어선 김기용에게 오 사장이 말한다. 오 사장이 오늘 물주다.

"야, 미스터 김. 이분 화장실로 안내해 드려."

오 사장이 가리킨 여자 손님은 깜짝 놀랄만한 미인이었는데 술에 취했다. 얼굴이 하얗게 굳어졌고 눈동자의 초점이 잡히지 않는다. 이 정도면 걷기도 어렵고 잘못 건드리면 오바이트를 한다. 그리고 김기용의 예상이 적중했다. 여자를 부축한 김기용이 복도 끝의 여자화장실에 겨우 닿은 순간이다.

"왜애액."

여자가 한 무더기의 오물을 토했다. 그것도 정통으로 김기용의 배에다 대고. 지나던 웨이터가 오만상을 찡그리고 김기용을 보았다.

"야, 치워, 빨랑."

김기용이 먼저 여자를 화장실 안으로 데리고 들어갔다. 그때 여자가 다시 한 무더기의 오물을 제 스커트에다 쏟아 내었다.

"아이구, 드러."

화장실에 있던 여자 하나가 비명을 지르면서 도망 나갔다. 김기용은 구석에 놓인 걸레를 들고 오물을 치우기 시작했다. 먼저 여자 스커트에 묻은 오물을 털어내고 물로 씻는다. 그러고는 바닥을 치우고 나서 제 몸에 붙어있는 오물을 털어 내었다. 그 동안 안으로 들어서던 여자 둘이 도로 나간다. 그때였다.

"미안해요."

김기용이 닦고 씻는 동안 구석에 쪼그리고 앉아있던 여자가 말했다. 머리를 든 김기용이 여자를 보았다. 이제는 여자가 초점이 잡힌 시선으로 김기용을 본다.

"그리고 고마워요."

여자가 다시 또렷하게 말했다.

그로부터 30분쯤이 지난 오전 3시경에 홀의 빈자리를 치우고 있던 김기용에게 박남철이 다가왔다.

"야, 나가봐. 너, 찾는다."

눈을 크게 뜬 박남철이 얼굴을 일그러뜨리며 웃는다.

"3호실 오 사장, 물 됐어. 아까 너한테 오바이트한 기집애가 너 찾아."

"왜요?"

"현관 앞에 벤츠가 와있다."

그러더니 김기용의 어깨를 밀었다.

"왜가 왜야? 아마 세탁비 줄 거다."

이번에는 무릎으로 김기용의 엉덩이를 치면서 웃는다.

"자식이 여복이 있다니까?"

옷을 몽땅 버렸기 때문에 갈아입느라고 여자가 어떻게 되었는지 몰랐던 김기용이다. 밖으로 나온 김기용은 현관 앞에 주차되어 있는 은색 벤츠를 보았다. 그때 벤츠의 뒷유리가 내려지더니 여자의 얼굴이 드러났다. 여자가 손을 흔들어 오라는 시늉을 한다. 김기용이 다가가 섰을 때 여자가 봉투를 내밀며 말한다.

"아까 미안했어요, 이거 세탁비."

"아닙니다."

김기용이 몸을 뒤로 젖혔지만 여자의 팔은 그만큼 더 밖으로 뻗어 나온다.

"어서요, 받지 않으면 실례예요."

김기용은 심호흡을 한다. 그 말이 맞다. 세탁비는 받아야 되겠다.

"감사합니다."

먼저 인사부터 한 김기용이 두 손으로 봉투를 받자 여자는 얼굴을 펴고 웃는다. 그러더니 뒷유리가 올라가면서 벤츠는 소리 없이 앞을 떠난다.

"어이구, 시바."

1백만 원 권 수표를 쥔 박남철이 눈을 치켜뜨고 김기용을 보았다. 봉투 안에는 1백만 원 권 수표 한 장이 들어있었던 것이다.

"너, 그 지지배가 누군지 아냐?"

물론 알 리가 없는 김기용이 눈만 껌벅였고 박남철이 제 말에 제가 대답한다.

"대한그룹 윤 회장의 셋째 딸이여."

대한그룹은 안다. 한국의 재벌그룹. 박남철이 말을 잇는다.

"오 사장 저놈이 작업을 걸었다가 당한 셈이지, 오바이트로."

박남철이 쓴웃음을 짓고는 김기용에게 수표를 내민다.

"네 거야, 네가 써."

"형이 반만 주세요."

머리를 젓은 김기용이 정색했다.

"더 이상 봐주지 마세요."

그러자 박남철이 큭큭 웃었다. 그러고는 수표를 제 주머니에 넣고 말한다.

"이짜식이 정말 귀엽게 논단 말이야, 그러니까 그 기집애가 돈 주고 가지."

그러고는 김기용의 어깨를 주먹으로 쳤다.

"아침에 내가 50 줄게."

순미 누나는 매일 전화를 걸어오다가 이틀에 한 번으로 줄어들었고 한 달이 지났을 때는 일주일에 두 번 정도가 되었다. 그 동안 낮에 세 번 만났는데 두 번 섹스를 했다. 한번은 모텔에서, 한번은 고시원에서 였다. 가는 날이 장날이라고 항상 낮에는 비어있던 옆방에 사람이 들어서 그날 죽을 고생을 했다. 순미 누나의 입을 수건으로 막았다가 질식할 뻔 했던 것이다. 오후 3시 반. 잠에서 깨어난 김기용이 고시원 쪽방에 반듯이 누워 천장을 본다. 주위는 조용했다. 차량의 소음이 희미하게 울릴 뿐이다. 쪽방의 방음장치가 잘 되어있기 때문이 아니라 안쪽에 위치해서 그렇다. 가로 1.5미터, 세로 2미터짜리 쪽방. 반듯이 누우면 방에 꽉 차는 느낌이 들어서 답답한 것이 아니라 오히려 안정감이 든다. 외로움이나 두려움 따위가 비집고 들어올 공간도 없는 것이다. 이렇게 누워 있으면 김기용은 이곳이 묘 안 같다는 생각을 자주 한다. 특히 잠에서 깨었을 때 그런 느낌을 자주 받는다. 순미 누나가 쪽방 구경을 꼭 해야겠다고 졸라서 데리고 왔을 때 자꾸 좁은 방안을 둘러보았다. 뭘 찾느냐고 물었더니 순미 누나는 얼굴을 붉히며 우물거리다 말았는데 아무래도 같은 느낌을 받은 것 같다. 앞쪽 접었다 펴는 식탁 겸 책상 밑에다 어머니와 수진의 유골 박스는 담요로 말아서 숨겨 놓았다. 만일 누가 뭐냐고 물으면 어머니 화장품이 들었다고 할 작정이다. 순미 누나가 이곳에 온 것이 딱 일주일 전이다. 그 후로 어제 전화가 한 번 왔을 뿐이니까 이번에는 엿새에 한 번 전화를 한 셈이다. 방바닥에 놓인 휴대폰이 진동으로 떨면서 제자리에서 돌았다. 마치 총에 맞은 커다란 벌레가 마지막 경련을 일으키는 것 같다. 휴대폰을 집어든 김기용이 머리를 기울였다. 박남철이었기 때문이다. 그러나 서둘러 휴대폰을 귀에 붙인다.

"예, 형."

"너, 말이야."

하고 박남철이 조금 주저하는 기색을 보이더니 말을 잇는다.

"조금 전에 홀에서 전화를 받았는데."

"예? 홀에서요?"

했다가 그것이 '그리스'의 낮 당번을 말하고 있다는 것을 알았다. '그리스'는 낮에 용역회사 직원들이 경비를 선다. 눈썹을 모은 채 긴장한 김기용의 귀에 박남철의 말이 이어졌다.

"널 찾는단다."

"누가요?"

"글쎄."

했다가 박남철이 입맛 다시는 소리를 내고나서 말했다.

"적십자 병원에서 연락이 왔는데 거기에 네 아버지라는 분이 입원해 있다는 거야."

"……."

"김동균 씨 맞냐?"

"예에."

"어어, 맞구만."

다시 입맛을 다신 박남철이 입을 열었다.

"알코올 중독에다 행려 환자로 쓰러져 있는 걸 데려 왔단다. 주거부정, 주민증도 없고 해서 걍 나뒀는데……."

"……."

"'그리스'에서 일하는 아들이 있다고 했다는군. 네 이름을 대고 말이야."

"……."

"근데 너, 아버지하고 사이 안 좋아?"

"……."

"네 부모가 이혼했다는 건 아는데, 어쩔래? 니가 싫다면 내가 걍 문댈 테니까."

"……."

"낮 당번 하는 놈들이 이리저리 알아보았다가 결국 니가 내 보조라는 걸 듣고 나한테 연락해온 건데,

니 전번은 아는 사람이 없고."

"……."

"어쩔래?"

다시 박남철이 물었으므로 김기용은 어쩔 수 없이 입을 열었다.

"알았어요, 제가 알아서……."

"그런 놈은 없다고 할까?"

불쑥 그렇게 묻고 난 박남철이 곧 제 말에 결론을 내었다.

"그러지, 뭐. 일단은 오리발을 내놓겠다. 그러고 나서 니가 알아서 해."

그러나 , 그날은 평소와 마찬가지로 가게에 나가 일을 했다. 박남철도 어떻게 했느냐고 묻지 않았다. 오전 3시. 한가한 틈을 타서 김기용은 순미 누나한테 전화를 한다. 순미 누나는 오늘까지 8일째 연락도 없다. 버튼을 누른 김기용은 휴대폰을 귀에 붙이고는 신호음을 세었다. 그러고는 열네 번이 울렸을 때 휴대폰을 귀에서 떼었다. 이런 일은 처음이다. 신호음이 열 번 울린 적도 없었다. 가장 늦었던 때가 여덟 번인가 되었다. 그때도 순미 누나가 화장실에 있었을 때였다. 보통 다섯 번 안에서 연결이 되었던 것이다. 휴대폰을 주머니에 넣은 김기용이 망연해진 표정으로 앞쪽 벽을 보았다. 아버지의 소식을 듣고 심란해졌기 때문에 연락을 해본 것이다. 그렇다고 아버지 문제를 상의하려는 건 아니다. 그저 순미 누나의 목소리를 듣고 싶었다. 그러면 위안이 되었으니까.

오전 11시 반. 김기용은 적십자병원 B동 5층의 복도에 서있다. 복도 건너서 대각선으로 보이는 514호실에 아버지가 누워있는 것이다. 6인실, 행려환자만 들어있는 방인데 지금 안에 있는 세 명 중 하나다. 담당 간호사는 환자의 알코올 중독 증상이 심해서 가끔 발작을 일으키는 바람에 묶어 놓았다고 했다. 중태, 김기용이 아들이라고 밝혔더니 친절하게 자료까지 찾아보면서 설명을 해주었다. 중환자실에서 일반실로 내려왔지만 너무 쇠약해진 상태라 언제 어떻게 될지 알 수 없다고 했다. 설명을 다 마친 나이든 간호사가 아버지 만나 봐도 좋다고 했지만 김기용은 들어가지 않고 이렇게 복도에 서있다. 간호사도 뭔가 물을 듯 주춤거렸다가 김기용을 놔두고 가버렸다. 등에 멘 배낭이 갑자기 무겁게 느껴졌다. 배낭 안에 넣어둔 식칼을 의식하기 때문일 것이다. 그렇다, 그때 바닷가 민박집에서 아버지 전화를 받을 때는 식칼을 지니고 있지 않았다. 집에 있던 식칼을 떠올리며 거짓말을 했다. 그러나 서울로 올라왔을 때 김기용이 가장 먼저 한 일은 가방에 식칼을 챙겨 넣은 것이었다. 그 후부터 식칼을 빠뜨리고 다닌 적이 없다. 복도는 간호사와 의사, 환자 가족으로 보이는 지친 표정의 남녀가 가끔 다닐 뿐 한산했다. 5층은 무연고 행려 환자가 수용되어 있기 때문일 것이다. 배낭을 벽에 붙인 채 기대선 김기용은 우두커니 514호실을 본다. 입원실 문은 열려있지만 이쪽에서는 안이 안 보인다.

"날 왜 찾는 거야?"

김기용이 팔짱을 끼면서 열려진 문을 향해 묻는다.

"또 돈 내라는 거야?"

"아니면 죽을 때가 되니까 무서워서?"

"엇따 묻어 달라고?"

했다가 머리를 젓는다.

"그럴 순 없어. 내가 화장까지는 시켜줄게. 그리고 뼛가루는 그 자리에서 뿌려 버릴 거야."

마침 간호사 둘이 앞을 지나갔으므로 김기용은 입을 다물었다가 말을 잇는다.

“엄마하고 수진이랑 같이 있으면 내가 안정이 돼. 쓸데없는 욕심은 안 부리는 게 나아.”

“당신이 끼어들면 엄마랑 수진이가 불편해, 나도 그렇고.”

“기분이 그렇단 말이지, 내 기분이.”

“다행이야.”

팔짱을 푼 김기용이 벽에서 등을 뗀다.그러고는 심호흡을 하고나서 514호실을 향해 발을 옮겼다.

“당신이 죽게 되어서, 이젠 식칼을 내버려도 되겠어.”

방으로 들어선 김기용은 아버지를 보았다. 아버지만 침대에 묶여 있는데다 그중 젊었다. 다른 두 사람은 머리가 허연 노인이다. 그리고 두 노인은 눈을 감고 있었는데 아버지만 눈을 뜨고 있다. 김기용이 다가가 서자 눈동자가 움직였다. 그러고는 김기용과 시선이 마주쳤을 때 입술이 조금 벌려졌다. 말랐다. 광대뼈가 나왔고 볼이 홀쭉했다. 그러나 눈썹과 콧날, 찌푸린 이맛살은 그대로다. 양쪽 팔과 종아리를 가죽으로 감싸 침대에 묶어 놓아서 꼼짝달싹 못하게 되어있다. 병실 안은 조용하다. 복도도 조용하다. 노인 둘은 숨소리도 내지 않는다. 죽었는지도 모르겠다. 아버지도 시선을 준 채 꼼짝하지 않는다. 입도 어느새 닫쳐져 있다. 이윽고 김기용이 먼저 입을 열었다.

“왜 날 찾았대?”

아버지는 가만있다. 김기용이 팔짱을 끼고 어깨를 부풀렸다.

"찾아서 뭐 하려고?"

그때 아버지의 눈이 한번 껌벅였다. 그뿐이다. 김기용이 말을 잇는다.

"죽을 때 되니까 겁나?"

껌벅.

"아직도 돈 달라고?"

껌벅.

"엄마 괴롭힐 일 또 있어서?"

껌벅껌벅. 하고 이번에는 아버지가 두 번 눈을 떴다 감았으므로 김기용은 이를 악문다. 갑자기 가슴 속에서 뭔가 미어져 나오는 것 같았기 때문이다. 김기용이 침대에 바짝 붙었다.

"내가 가만있으려고 했는데 이렇게 연락까지 해 줬으니까 사실을 말할게."

아버지는 이제는 눈도 껌벅이지 않는다. 김기용이 똑바로 아버지를 내려다보았다.

"서비스야."

"……."

"특별 서비스."

"……."

"로또 당첨은 아냐."

'은'을 강조하고 난 김기용이 눈을 가늘게 뜨고 웃는다.

"당신 샌드백이 없어졌어."

"……."

"샌드백은 목을 매고 죽었어."

아버지가 다시 두 번 눈을 껌벅인다.

"그전에 수진이가 죽었어."

아버지는 가만있다.

"둘 다 화장시켜서 내가 유골을 갖고 다녀."

아버지는 숨도 쉬는 것 같지가 않다.

"그래서 내가 임대 아파트 내놓고 나온 거야. 엄마하고 수진이 유골만 갖고 말이야."

"……."

"당신 죽으면 화장 시킬게. 하지만 그 유골은 길에다 뿌릴 거야."

그러고는 김기용이 한 걸음 뒤로 물러섰다.

"이상 끝."

한걸음 더 물러서면서 김기용이 얼굴을 펴고 웃는다.

"이제 안 와."

그러고는 김기용이 몸을 돌린다. 아버지 표정은 이제 볼 필요도 없다.

고시원에 돌아온 김기용은 꿈도 꾸지 않고 곤하게 잤다. 잠에서 깨었을 때는 오후 4시. 고시원 안은 조용했다. 방바닥에 놓인 휴대폰에 메시지 표시가 깜박이고 있었다. 누운 채로 휴대폰을 켠 김기용이 수신 메시지 버튼을 누른다. 예상했던 대로 순미 누나의 메시지. 음성으로 왔다. 버튼을 누르자 눈앞에 들고 있는데도 순미 누나의 목소리가 방안에 가득 차버렸다.

"기용아, 미안해. 나, 요즘 바빠서 새벽에는 자거든. 전화 자주 못 해서 정말 미안해."

미안한 감정이 가득 담겨진 목소리였다. 순미 누나는 이제 복학해서 학교에 다닌다. 두 학기만 다니면 졸업인 것이다. 그러니 새벽 3시에 전화 주고받는 부류에서 벗어났다. 순미 누나의 말이 이어진다.

"과제가 많고 예습 복습해야할 것도 쌓여 있어서 말이야. 1년 쉬다가 다시 책잡으니까 정신이 하나도 없어. 뒤떨어지기는 싫고 말이야. 제대로 취직을 하려면 학점도 잘 받아야 돼."

김기용은 눈앞에 들고 있는 휴대폰을 물끄러미 보았다.

"그럼 시간나면 다시 연락할게."

그러고는 메시지가 끝났으므로 김기용은 휴대폰을 내려놓는다. 이것도 예상은 했다. 목포에 갔다온 지 오늘로 55일째가 된다. 한 달 25일, 아마 순미 누나는 날짜 따위는 세어보지도 않았을 것이다. 대충 석 달, 휴대폰 단축번호에서 진즉 사라진 서윤아도 석 달이었다. 서윤아는 손만 겨우 잡았을 뿐이지만 다 마찬가지, 석 달 이상 가는 경우는 없다.

옷을 챙겨 입은 김기용이 탁자 밑에 담요로 싼 어머니에게 말한다.

"나, 잘 했지?"

그러더니 덧붙였다.

"병원에 간 것 말이야."

눈을 껌벅이며 대답을 기다리는 표정을 짓던 김기용이 길게 숨을 뱉는다.

"엄마하고 수진이 얘기 다 해버렸어."

그러고는 3초쯤의 간격을 두고 말을 이었다.

"그 말을 듣고 가만있더구먼."

"죄책감을 느낄 인간이라면 애초에 그랬겠어?"

"날 찾은 건 죽을 것 같으니까 겁이 났던 것 같아."

"내가 지난번에 칼 갖고 다닌다고 했더니 싹 사라졌다가 지금 나타난 거야."

"다 죽게 되어서 말이야, 중태래."

"몸도 묶였어, 알코올 중독으로 발작을 해서."

"엄마하고 수진이는 나하고 같이 있을 것이지만 당신은 화장해서 길바닥에다 뿌린다고 했어, 잘했지?"

"아주 속이 시원했어."

쓴웃음을 지은 김기용이 몸을 돌리며 말한다.

"죽을 때까지 안 간다고 했어."

"즐겨."

오전 4시. 오늘은 룸 손님이 새벽에 두 팀이나 들어와서 바빴던 김기용이 주방 앞에서 한숨 돌리고 있을 때 박남철이 다가오더니 뜬금없이 말한다. 김기용의 시선을 받은 박남철이 피식 웃었다.

"인마, 즐기고 살란 말이다. 집착하지 마."

박남철은 무식하게 놀지만 머리가 있는 인간이다. 수도대학 체육과에 레슬링 특기생으로 입학했다가 허리를 다쳐 3학년 때 그만 두었다고 했다. 그러고는 지금 대한대 법대에 다닌다. 부지런하고 끈기가 있는 성품이다.

"인마, 너 요즘 순미 안 만나지?"

옆에 나란히 선 박남철이 담배를 입에 물며 묻는다. 김기용이 서둘러 라이터를 켜 불을 붙여주자 박남철이 빨아들인 연기를 앞으로 품었다.

"걔, 요즘 복학생하고 만나더라. 내가 아는 선배인데, 경영학과 3학년. 집안도 빵빵한 놈이지. 우리하고 종자가 달라."

그러고는 김기용을 향해 이를 드러내고 웃는다.

"내가 그랬지? 기회 있으면 먹으라고. 그 가시내 먹었지?"

눈만 껌벅이는 김기용의 어깨를 박남철이 손바닥으로 철석 때렸다.

"잘했다. 먹고 터는 거야. 비긴 거다. 손해 보는 짓 하덜덜 마라."

"……."

"뭐가 손해 보는 짓인지 알지? 떠난 여자 생각하는 거다. 그것만큼 머저리 같은 짓이 없거등."

"……."

"공짜로 먹은 것만 생각해. 그만큼 돈 굳혔다고 생각하면 돼."

그러더니 피우다 만 담배를 김기용한테 건네주고는 서둘러 사라졌다. 순미 누나 이야기를 해주며 즐기라는 말을 했다.

오늘도 유선주는 맨발에 슬리퍼를 신었고 얼굴은 세수도 안 했는지 꺼칠했다. 주근깨가 눈 밑에 가득 덮여서 병이 든 사람 같다.

"아, 시발."

차의 시동이 안 걸린다고 욕설을 뱉던 유선주가 힐끗 김기용을 보았다. 그때 차의 시동이 걸렸다. 어머니가 죽고 나서 다시 돈 가방 경호 역을 맡았을 때 유선주가 한마디를 해주긴 했다.

"참 안됐어."

그러고 보니 '참' 까지 딱 두 마디 말이다. 그러고는 지금에 이르도록 말 한마디 안 했다. 언제나 차에 같이 타고 은행에 갔다가 돌아오는 첫 사거리에서 헤어진다. 집을 나온 차가 사거리에서 신호에 걸려 멈춰 섰을 때 김기용이 머리를 돌려 유선주의 옆얼굴을 보았다.

"오늘 모텔 갈까요?"

그 순간 유선주가 눈을 크게 떴다. 놀란 듯 입까지 반쯤 벌렸다. 그러나 말을 뱉지는 않는다. 그 와중에도 신호가 바뀐 것을 보더니 다시 차를 발진시켰다. 김기용이 다시 입을 열었다.

"섹스 하고 싶어요."

유선주가 차의 속력을 줄인다. 보통 때는 맹렬하게 몰았다. 앞차 뒤에 바짝 붙어서 김기용이 발에 힘을 줄 정도였다. 그러나 유선주는 은행에 닿을 때까지 입을 열지 않았고 김기용도 더 이상 말하지 않았다.

유선주는 침대에 엎드린 채 움직이지 않는다. 벌거벗은 등과 엉덩이 한쪽이 시트 밖으로 드러났다. 은행 일을 마친 유선주는 김기용을 차에 태우더니 바로 근처의 모텔로 들어온 것이다. 그리고 지금까지 말 한마디 없다. 말 한마디 하지 않고 벗고 섹스를 했다. 김기용도 마찬가지. 먼저 욕실에 들어간 김기용이 씻고 나왔을 때 유선주는 침대에 걸터앉아 담배를 피우는 중이었다.

"너, 무슨 일 있지?"

유선주가 그렇게 물었지만 외면하고 있다. 김기용이 창가의 플라스틱 의자에 앉으며 대답했다.

"아뇨."

"거짓말."

유선주는 씻지도 않고 옷을 다 입었다. 담배 연기를 내뿜은 유선주가 혼잣소리처럼 말한다.

"다 사연이 있지, 너나 나나."

그러고는 얼굴을 일그러뜨리며 웃는다.

"섹스에 굶주린 사연도."

머리를 돌린 김기용이 창밖을 보았다. 아직 한낮이어서 밖은 환하다. 바로 건너편 건물이 커튼 밖으로 환하게 드러났다. 당구장에서 당구를 치는 사람들의 혁대까지 분명하게 보인다.

"그나저나, 너 돈 줄까?"

유선주가 불쑥 물었으므로 김기용이 머리를 돌렸다. 처음으로 유선주의 시선과 마주쳤다. 주근깨로 가득 찼던 유선주의 눈 밑이 붉어져 있다. 꺼칠했던 얼굴도 생기가 덮여진 것 같다. 유선주가 이어 말했다.

"네가 돈 받는 것이 서로 떳떳할 것 같다. 우리 같이 뻔뻔해지자."

"주세요."

김기용이 말하자 유선주는 처음으로 웃는다. 주머니에서 10만 원 권 수표를 꺼낸 유선주가 보라는 듯 세었다. 다섯 장을 센 유선주가 김기용에게 내민다.

"아주 좋았어."

"고맙습니다."

그때 다시 유선주가 쓴웃음을 지었다.

"그 말, 좀 있으면 자주 애용해주세요 할 얼굴이구나."

그러나 김기용은 따라 웃지 않는다.

요즘은 휴대전화 번호를 금방 바꿀 수가 있다. 다른 전화기를 사고 쓰던 전화기를 번호 채 반납 해버리면 되는 것이다. 고시원으로 돌아가는 길에 김기용은 휴대폰을 바꿨다. 그리고 쓰고 있던 휴대폰을 미련 없이 폐기시켰다. 그러고 보면 두 달 만에 두 개를 바꿨다. 지난번은 어머니와 수진 때문에 바꿨는데 이번에는 순미 누나 때문이다. 더 이상 구차한 음성 메시지를 남기게 하지 않으려는 것이다. 이제 번호가 바뀌었으니 순미 누나는 처음 얼마 동안 당황하고 미안해하다가 잊게 된다. 전화번호를 지울 필요도 없는 것이다. 고시원으로 돌아온 김기용은 제일 먼저 할머니에게 바뀐 전화번호를 알려주었다. 지난번에는 잊어 버렸다고 했기 때문에 이번에는 물에 빠뜨렸다고 했다. 할머니는 야단을 쳤지만 꼼꼼하게 적고 확인 전화까지 하고 나서야 풀어주었다. 그 다음이 박남철. 박남철은 아무것도 묻지 않는다. 그런 인간이다. 옷을 벗고 오늘은 어머니와 수진을 베고 누운 김기용이 말한다.

"엄마, 할머니한테 갈까?"

그러고는 다시 삼 초 간격을 두고 말을 이었다.

"다 같이 말이야."

"할머니, 놀라겠지?"

"엄마하고 수진이는 산에다 묻겠지?"

"나는."

그러고는 김기용이 눈을 감았다. 한참이나 눈을 감고 있어서 잠이 든 것 같았던 김기용이 다시 입을 열었다.

"나도 같이 묻히고 싶어."

진동으로 만들어놓은 휴대폰이 이번에는 더 세차게 제자리에서 돈다. 지난번 휴대폰은 죽기 전의 벌레 같더니만 이놈은 화난 것 같다. 눈을 뜬 김기용이 휴대폰을 집어 들었다. 발신자는 박남철. 오후 3시 반. 딱 두 시간을 잤다.

"예, 형."

김기용이 응답하자 박남철은 투덜거렸다.

"이 새끼, 또 너 찾는다, 병원에서."

"……."

"간호사라는데 네가 걸어봐."

하고 박남철이 전화번호를 불러주었다. 박남철도 자다가 깨었는지 금방 전화를 끊었으므로 김기용은 벽에 등을 붙이고 앉는다. 병원이라면 적십자 병원이다. 간호사한테 전화번호를 알려 주었지만 또 바꿨더니 다시 박남철을 찾은 것이다. 휴대폰을 바꿨다고 간호사한테까지 알려 줄 만큼 도량이 안 넓다. 물론 간호사가 미운 건 아니지만. 김기용의 전화를 받은 간호사가 대뜸 말한다.

"오세요, 찾으세요."

김기용이 가만있었더니 간호사가 차분하게 말을 이었다.

"와 보세요, 며칠 안 남으셨으니까."

입원실로 들어선 김기용은 눈을 감고 누워있는 아버지를 본다. 아버지 옆에는 의사 두 명이 서 있었는데 그중 나이든 의사가 김기용과 간호사를 번갈아 보았다. 그러자 간호사가 말했다.

"저기, 환자 아들입니다."

그러자 의사가 옆으로 조금 비끼어 섰다. 김기용한테 아버지 옆으로 다가서라는 표시였다. 침대로 다가선 김기용에게 나이든 의사가 말했다.

"정신이 왔다 갔다 하시는데."

지친 표정의 의사가 안경을 벗더니 눈을 꾹꾹 누르면서 말을 잇는다.

"임종 맞을 준비를 해요. 임종이 뭔지 아시지?"

"예에."

"많이 찾으셨다는데, 같이 안 살았나?"

"예에."

"가족이 나타나면 행려 환자는……."

그랬다가 입맛을 다신 의사가 몸을 돌리면서 말한다.

"몸이 너무 쇠약해져 있어서."

의사가 방을 나갔을 때 간호사가 김기용의 옆으로 의자를 밀어주었다.

"앉아요."

앉아서 기다리란 말이었다. 김기용이 의자에 앉자 간호사는 이제 할 일을 다 했다는 표정을 짓더니 소리 없이 사라졌다. 플라스틱 의자에 앉은 김기용이 방안을 둘러보았다. 노인 둘의 침대는 깨끗이 치워졌고 환자는 아버지 하나뿐이었다. 갑자기 방이 조용해지자 피부가 서늘해진 느낌이 왔다. 아버지는 반듯이 누운 채 숨소리도 내지 않는다. 팔에 꽂은 링거 병에서 한 방울씩 떨어지는 약 방울 소리가 들리는 것 같다. 입맛을 다신 김기용이 의자를 돌려 비스듬히 앉았다. 뒤쪽 복도를 누군가 가벼운 발자국 소리를 내면서 지나갔다. 옆쪽 창으로 오후의 햇살이 비스듬히 비치고 있다. 햇살 속에 뿌연 먼지가 떠 있었는데 마치 흰 하늘의 은하계 같다는 생각이 들었다. 은하계는 아버지의 무릎 위에 펼쳐져 있다. 이제 아버지는 손발을 묶은 가죽 줄이 떼어진 상태였다. 가죽 줄은 마치 말의 안장 줄처럼 침대 밑으로 늘어져 있다. 떼어놓고 보니까 꽤 넓고 단단하게 만들어졌다. 오래 사용했는지 구멍 몇 개는 커졌고 안쪽에 때가 묻어 번들거린다. 김기용은 의자에 등을 붙이고는 눈을 감았다. 갑자기 피로가 몰려왔고 몸이 나른하게 느껴졌다. 오후 5시쯤 되었을 것이다. 한 시간쯤 더 기다리다가 아버지가 죽지 않는다면 일 하러 가야겠다고 마음을 먹는다. 임종이 뭔지, 사람이 죽는데 꼭 옆에서 가족이랍시고 지켜본다는 것도 우습다. 봐서 뭘 한단 말인가? 할 말도 없고 들을 말도 없다. 무슨 영화 찍는 것도 아니고 우습지 않은가 말이다. 눈을 감은 채 입술을 비죽거린 김기용은 어느덧 잠이 들었다.

"기용아."

김기용은 꿈속에서 누군가가 부르는 소리를 듣는다. 자신은 목욕탕의 따뜻한 물 안에 들어가 눈을 감고 있는 중에 부르는 소리를 들은 것이다. 짜증이 났으므로 못들은 척 했던 김기용에게 다시 부르는 소리가 들렸다.

"기용아, 일어나."

김기용은 눈을 떴다. 눈의 초점을 잡은 김기용은 그것이 아버지의 부르는 소리였다는 것을 안다. 아버지가 자신을 바라보고 있는 것이다. 푹 들어간 눈, 눈동자는 더 짙어진 것 같다. 그때 아버지가 입을 열었다.

"미안하다."

김기용이 눈만 치켜떴고 아버지가 말을 잇는다. 낮지만 또렷한 목소리다.

"너한테 미안하단 말이나 한마디 하고 떠날라고."

"……."

"미안하다."

"아, 됐어."

자리에서 일어난 김기용이 손목시계를 보는 시늉을 한다. 그냥 시늉만 해서 몇 시인지는 모르겠다.

"그럼 들었으니까, 나 갈께."

아버지는 이제 입을 다물었고 김기용이 몸을 돌리면서 말했다.

"내일 와 봐서 죽었으면 화장시켜 줄께."

김기용은 발을 떼었다. 방문까지는 다섯 걸음밖에 되지 않았지만 너무 멀게 느껴졌다. 다리가 허둥거려서 들고 딛는 것이 영 어색했다. 막 열려진 방문 밖으로 나오려는데 뒤에서 웅얼거리듯이 아버지가 말한다.

"미안하다."

그것이 똑똑하게 들렸으므로 김기용은 이를 악물었다.

병동 옆쪽에 뒷문으로 향하는 샛길이 있다. 뒷문으로 나가면 1차선의 좁은 길이어서 이쪽은 사람들의 통행이 적다. 정문으로 향하던 김기용이 갑자기 방향을 바꾸더니 샛길로 들어섰다. 그러고는 샛길 중간쯤에 만들어진 휴게실의 벤치에 앉는다. 벤치 하나만 달랑 놓였고 앞에 커다란 쓰레기통 겸용 재떨이가 놓여있을 뿐인 휴게실이다. 오후 6시가 지나서 주위에는 이미 짙은 그늘이 덮여졌다. 김기용은 벤치에 등을 기대고는 팔짱을 끼었다. 눈앞은 3미터 높이나 되는 시멘트 담장이다. 그래서 진회색 시멘트벽만 보인다. 주위는 조용했다. 소음은 진동으로만 울릴 뿐이다. 김기용은 숨소리도 내지 않고 눈도 깜박이지 않은 채로 앉아있다. 그렇게 얼마나 시간이 지났는지 모른다. 이윽고 김기용이 숨을 크게 들이켜더니 눈을 치켜떴다. 그러고는 입을 열었다.

"아버지."

그때 눈에서 주르르 눈물이 흘러내렸다. 이를 악물었다 푼 김기용이 다시, 이번에는 좀 크게 부른다.

"아버지."

눈물이 또 흘러내렸다. 그 순간이다. 김기용은 눈앞에 거대한 섬광이 번쩍인다고 느꼈다. 아무것도 보이지 않고 들리지 않는다. 자신은 빛에 둘러싸였다. 그때 김기용은 제 입에서 터져 나온 소리를 제 귀로 듣는다.

네 번째 전설

기적

7장

“신(神)”

다음 순간 김기용이 벤치에서 일어선다. 어느덧 섬광은 가셨고 눈앞의 시멘트벽이 보인다. 진동 같은 소음도 귀에 울렸다. 김기용은 심호흡을 했다. 그러자 시고 찬 대기가 가슴을 깨끗하게 씻고 나간 느낌이 들었다.

“신(神)이라고?”

발을 떼면서 김기용이 혼잣소리로 스스로에게 묻는다.

“무슨 말이야? 내가 왜 그 말을 했지?”

머리는 맑았고 땅을 딛는 발에 힘이 느껴졌다. 정문 쪽으로 다가가던 김기용이 머리를 돌려 병동을 보았다. 이제 병동의 창에는 불이 밝혀져 있다.

“아이구머니.”

입원실로 들어섰던 조양옥 간호사는 소스라치게 놀라 털퍼덕 바닥에 주저앉았다. 15년 간호사 생활에 처음 보는 일이었기 때문이다. 오늘밤을 넘기기 힘들 것으로 믿었던 환자 김동균이 창가에 서 있는 것이었다. 시체가 살

아나 서 있는 것이나 같았다. 놀라 눈과 입만 딱 벌린 채 주저앉은 조양옥을 향해 김동균이 묻는다. 그도 놀란 표정이다.

"괜찮으십니까?"

택시에 탄 김기용에게 운전사가 물었다.

"어디로 모실까요?"

머리를 돌린 운전사와 시선이 마주친 김기용이 대답한다.

"홍대 앞이요."

운전사가 머리를 돌렸을 때 김기용이 차분한 목소리로 말했다.

"강북 성심병원을 거쳐서 가죠."

"예?"

하고 운전사가 백미러로 김기용을 보더니 차의 속력을 높인다. 30대 중반쯤으로 보이는 운전사는 지친 표정이었다. 수염도 깎지 않았고 눈 주위에 그늘이 졌다. 차안에는 잠깐 정적이 덮였다. 김기용이 시트에 등을 붙이고는 눈을 감는다. 그러고는 차가 신호에 걸려 멈추어 섰을 때 김기용이 눈을 뜨고 말했다.

"1411호실이죠?"

"예?"

또 외마디 소리로 물은 운전사가 백미러로 김기용을 본다. 눈이 둥그레져 있다. 김기용이 다시 묻는다.

"양선준이, 8살, 교통사고로 뇌를 다쳐 2개월째 혼수상태지요?"

그 순간 운전사가 몸을 돌려 김기용을 본다. 부릅뜬 눈에는 물기가 고여졌으며 악문 입술 끝이 버들버들 떨리고 있다.

"나, 날 아시오?"

"신호 풀렸으니까 가세요."

김기용이 말하자 몸을 돌린 운전사가 거칠게 택시를 발진시켰다. 그러나 사거리를 넘자마자 길가에 택시를 세운다. 그러더니 다시 몸을 돌리고 김기용을 보았다. 조금 진정은 되었지만 눈빛은 더 강했다.

"어떻게 아시오?"

하고 운전사가 물었을 때 김기용이 심호흡을 했다.

"입원비가 7백만 원이 밀려 있네요, 그렇죠? 그래서 오늘 아침에는 부인 신명숙씨하고 네 식구가 죽자는 상의를 하셨죠?"

다시 운전사의 입술이 떨린다. 이제는 이가 부딪치는 소리까지 내었지만 운전사의 시선은 떼어지지 않았다. 김기용이 말을 이었다.

"아저씨가 날 만난 것부터 기적입니다. 병원으로 가십시다. 가서 먼저 선준이를 살립시다."

"어, 어떻게요?"

마침내 운전사가 그렇게 묻는다. 떡 벌려진 입 끝으로 침이 흘러 내렸지만 본인은 의식하지 못한다. 치켜뜬 눈이 껌벅이지도 않는다.

"어서 가십시다."

김기용이 다시 말하자 운전사는 몸을 돌린다. 그러고는 택시를 발진시켰다. 택시가 병원 주차장에 멈췄을 때 김기용이 손을 내밀었다.

"내 손을 잡으세요."

운전사 양경호가 김기용의 손을 잡았다. 보통 손이다. 김기용이 양경호의 손을 쥐었다 놓으면서 말했다.

"지금 병실로 가셔서 선준이의 머리에 그 손을 붙였다 떼세요."

"이 손으로 말입니까?"

양경호가 김기용의 손을 쥐었던 제 손바닥을 보며 말한다. 그러더니 머리를 끄덕이며 혼잣말을 한다.

"내 아들 살린다면 무슨 짓을 못해?"

"그리고……."

김기용이 정색하고 말한다.

"선준이 침대 밑에 검은 비닐 백이 있어요. 그걸 잊으면 안 돼요."

그러고는 시트에 등을 붙였다.

"자, 가세요. 여기서 기다리고 있을 테니까요."

"왜 왔어?"

신명숙이 충혈된 눈으로 묻는다. 등에 업힌 네 살짜리 유미는 잠이 들었다. 머리가 심하게 기울어져 있는데도 곤하게 잔다.

"아, 잠깐."

오전 12시에 병원에서 나갔으니 지금은 바쁘게 일해야 할 시간이다. 휘청대며 침대로 다가선 양경호에게 신명숙이 다시 묻는다.

"무슨 일 있어?"

신명숙의 목소리가 떨렸다. 오늘 아침에 넷이 같이 죽자는 말을 꺼낸 것이 신명숙이다. 애들 남기고 죽으면 더 불쌍하게 되니까 같이 데리고 가자면서 흐느껴 울었었다. 양경호가 침대에 누운 아들 양선준을 물끄러미 본다. 머리에 감겼던 붕대도 진즉 떼어서 멀쩡한 모습이었지만 이른바 식물인간이다. 음식물은 목에 뚫린 호스로 넣어졌고 코에는 산소 호흡기가 부착되어 있다. 막상 아들의 모습을 본 양경호의 어깨가 늘어졌다. 갑자기 미친 짓이라는 생각이 든 것이다.

"왜 그래? 응? 그럼."

하고 신명숙이 말을 더듬는다. 양경호가 일하다 온 것은 같이 죽으려고 온 것처럼 느껴졌기 때문이다. 와락 당황한 신명숙이 양경호의 팔을 두 손으로 움켜쥐었다.

"자기야, 우리, 며칠만."

그때 양경호가 손을 뻗쳤다. 손으로 선준의 얼굴을 덮어 질식사 시키려는 자세 같았으므로 신명숙이 흐느꼈다.

"자기야. 선준 아빠."

조용했던 6인실 안이 뒤숭숭해졌다. 모두 이쪽을 본다. 이를 악문 양경호가 기를 쓰듯 몸을 비틀더니 손바닥을 선준의 이마에 붙였다. 손바닥이 커서 이마와 머리 윗부분을 다 감싼다. 그것을 본 신명숙이 움켜쥐었던 두 손을 풀더니 어깨를 늘어뜨리면서 긴 숨을 뱉는다. 양경호가 선준의 머리를 손으로 감싼 채로 눈을 부릅떴다. 2개월째, 정확하게 64일째 선준은 눈을 뜨지 않았다. 입도 벌리지 않았다. 그냥 이렇게 누워만 있었다. 선준의 이마를 손으로 감싼 양경호의 눈에 눈물이 고였고 곧 볼을 타고 눈물 줄기가 흘러내렸다. 옆에 선 신명숙도 아무 말이 없다. 그때였다. 선준이 눈을 떴다. 눈을 뜬 선준이 이쪽을 보았으므로 양경호는 잠시 우두커니 마주보았다. 아마 꿈일 것이다.

"아아악!"

그 순간 입원실이 떠나갈 것 같은 외침이 옆에서 일어났다. 신명숙이다. 그때서야 양경호는 이것이 현실임을 알았다.

"선준아."

양경호가 불렀을 때 이제 선준이가 손을 들더니 입에 붙인 호흡기를 잡는다. 손도 움직인다.

"아아악! 선준아!"

신명숙이 다시 아우성을 치듯 외쳤고 입원실의 보호자와 환자들까지 몰려들었다. 그리고 제각기 소리친다.

"기적이다, 기적이 일어났어!"

양경호가 주차장으로 내달려 왔을 때는 그로부터 10분쯤이 지난 후였다. 택시로 달려간 양경호는 곧 어깨를 늘어뜨리고는 땅바닥에 털썩 주저앉았다. 옆을 지나던 남녀가 힐끗거렸지만 양경호는 아랑곳 하지 않았다. 택시 안은 비어 있었던 것이다. 이윽고 양경호는 자리에서 일어서더니 택시의 비어있는 뒷좌석을 향해 땅바닥에 엎드려 큰 절을 했다. 옆을 지나던 사내들이 멈춰 서서 보았지만 양경호는 시선도 주지 않는다. 이윽고 허리를 편 양경호가 땅바닥에 내려놓았던 비닐봉지를 쥐고 다시 병원을 향해 걷는다. 비닐봉지는 묵직했다.

오산 톨게이트를 빠져나온 차가 경부 고속도로 상행선으로 접어든 순간 이순태가 길게 숨을 뱉는다.

"마스크에 모자까지 썼지만 당분간은 잠수 타야 돼."

"알아, 서울 들어가자마자 찢어지자고."

오후 7시 반. 상행선은 오늘따라 길이 트였으므로 차에 속력을 내며 박찬수가 말했다. 웃음 띤 얼굴로 박찬수가 말을 잇는다.

"차를 두 번이나 바꿔 탄데다 작업 시간은 3분밖에 안 걸렸어. CCTV에 찍

혔어도 찾아내지 못해.”

“방심하지 마.”

했지만 이순태의 얼굴에서도 웃음기가 떠올랐다.

“고속도로로 빠져나온 차를 조사한다고 해도 수만 대야. 수원에서 일 저지르고 오산 톨게이트로 나왔을 줄은 모를걸?”

둘은 수원에서 현금 지급기 하나를 털어 갖고 나오는 길이다. 치밀하게 사전 연습까지 한 후에 변두리의 현금지급기를 3분 안에 부수고 현금만을 빼내왔다.

“근데 얼마야?”

교도소 동기인 박찬수가 백미러를 보며 묻는다. 박찬수는 바람잡이다. 망보고 운전하는 역할. 그러자 뒷좌석에 앉은 이순태가 옆에 놓인 배낭을 당기며 말했다.

“만 원 권으로 7백5십쯤 될걸? 이제는 돈뭉치를 쥐면 감이 와, 몇만 원 안 틀려.”

“은행에 취직해야겠다.”

키득거리며 박찬수가 웃었고 이순태는 배낭 지퍼를 열고 비닐봉지를 꺼내었다. 그러고는 비닐봉지 안에다 손을 넣더니 눈을 크게 떴다.

“아니, 이게 뭐야?”

목소리가 컸으므로 운전하던 박찬수도 백미러를 보았다. 이순태가 벽돌 한 장을 눈앞에 들고 있다.

“아니, 왜 이게 있지?”

밤, 강북 성심병원의 전경.

본관 현관 옆 화단가에 벽돌이 비스듬하게 울타리 식으로 박혀 있다. 그런데 그중 한 개가 빠진 자리가 보인다.

"아니, 그만 둔다고?"

유은주가 정색하고 김기용을 보았다. 오후 8시 반. 이제 '그리스'는 막 영업을 시작한 참이라 아래층은 수선스럽다. 그러나 아직 열기가 띠어지지는 않았다. 이층 사장실은 방음 장치까지 되어 있어서 아무리 시끄러워도 진동만 일어난다.

"왜? 혹시 내가 도와줄 일이라도 있니? 있으면 말해."

진하게 화장한 얼굴을 들고 유은주가 묻는다. 표정에 진실감이 배어나 있다. 김기용이 머리를 저었다.

"아닙니다. 좀 쉬려고요. 그 동안 고맙다는 인사는 꼭 드리고 싶었습니다. 사장님."

"얘 좀 봐."

유은주가 주름살 걱정도 무시하고 온 얼굴을 펴고 웃는다.

"너, 지금까지 이렇게 말 길게 하는 것 첨 봤다."

"그 동안 도와주셔서 고맙습니다. 은혜는 갚겠습니다."

김기용이 허리를 굽혀 절을 하자 유은주가 봉투를 내밀었다.

"내가 주는 용돈이야. 잔소리 하지 말고 받아라. 그래야 내가 마음이 편해."

그러자 김기용이 두 손으로 봉투를 받으면서 말한다.

"꼭 다시 찾아뵐게요."

'그리스' 현관 밖까지 따라 나온 박남철이 팔로 김기용의 어깨를 감싸 안았다.

"너, 아버지 때문이 아니라면 혹시."

말을 그친 박남철이 김기용의 옆모습을 보았다. 그러자 김기용이 빙긋 웃는다.

"아냐, 형. 순미 누나 때문은 아냐."

"여자는 다 그래."

정색한 박남철이 말하더니 김기용의 어깨를 당겨 안았다가 놓았다.

"당기면 버티고 놔주면 온다."

"형은 3년 후에 고시 패스할 거야."

불쑥 김기용이 말하자 박남철이 어둠속에서 흰 이를 드러내고 웃는다.

"이 자식이 내 계획을 어떻게 알았지? 내가 3년 계획을 이야기 해줬던가?"

"틀림없어, 형."

정색한 김기용이 박남철을 똑바로 보았다.

"그 스케줄대로만 가면 돼."

김기용이 발을 떼면서 소리 내어 말한다.

"형, 이제 집안일도 잘 풀릴 거야, 걱정 안 해도 돼."

현관 앞에 서 있던 박남철이 뭔가 말을 하려고 입을 벌렸다가 닫았고 어느덧 김기용의 모습이 어둠속으로 사라졌다. 고시원으로 돌아가는 택시 안에서 김기용은 자신의 능력이 어디까지 인지가 불안해지고 있다. 아버지는 지금 멀쩡한 몸이 되어서 병원에 앉아있다. 놀란 의사들이 붙잡아두었다. 나는 오직 생각만으로 아버지 인체를 변형시킨 것이다. 택시 운전사 양경호를 본 순간에 지난일이 다 떠올랐다. 자신이 양경호가 된 것 같았다. 어렸을 때부터 지금까지, 양경호가 지금 무슨 생각을 하고 있는 것까지 다 떠오른 것이다. 양경호에게 손을 잡으라고 한 것, 선준의 머리에 손을 붙이라고 한 것은 극적 효과를 주기 위해서였다. 택시에 앉아 집중만 시켜도 선준은 뛰어나올 수가 있었다. 수원의 현금지급기 털이범 둘은 우연히 인연을 맺게 되었다. 양경호에게 필요한 입원비가 7백4십만 원이었는데 둘이 지급기를 부수고 빼낸 현금이 7백5십만 원이었기 때문이다. 7백4십만 원 현금을 부담 없이 가져올 곳을 찾았더니 바로 수원의 두 강도가 떠올랐고 그래서 병원의 벽돌 한 개하고 돈뭉치를 바꿔 놓았다. 나는 엄청난 능력을 소지하게 된 것이다. 다 보이고 다 움직일 수 있다. 너무 엄청나서 이젠 내 능력이 어디까지인지 시험해 보기도 겁이 난다. 시트에 등을 붙인 김기용은 눈을 감았다. 과연 누가 나에게 이런 능력을 주었을까? 갑자기 정신을 잃었다가 깨어난 느낌이 들면서 내뱉은 한마디 말은 지금도 생생하게 기억난다.

'신'을 부른 기억이 난다.

김기용이 고시원으로 돌아왔을 때는 밤 9시 반이 되어 있었다. 이 시간대에 고시원에서 머문 적이 없었기 때문에 김기용은 부산한 분위기가 낯설다. 좁은 복도에서 만난 남녀는 모두가 처음 보는 얼굴이다. 방으로 들어선 김기용이 옷을 벗지도 않고 자리에 앉는다. 그러고는 어머니에게 말했다.

"엄마, 내가 엄마를 살릴 수 있을까?"

그때 어머니의 목소리가 들렸으므로 김기용은 소스라쳤다.

"그렇게는 안 돼."

"왜?"

눈을 치켜뜬 김기용의 앞에 어머니가 나타났다. 어머니는 잘 입던 긴팔 셔츠에 긴 치마를 입었는데 바로 앞에 앉았다. 어머니가 앉은 스펀지 요가 중량을 받고 짓눌려 있다. 놀란 김기용이 손을 뻗어 어머니의 어깨를 잡았다. 그 순간 화들짝 놀란 김기용이 손을 떼었다가 와락 다시 어깨를 쥔다. 실제로 어머니가 잡혔기 때문이다.

"엄마."

격한 표정이 된 김기용이 불렀을 때 어머니가 웃었다. 그늘진 웃음이다.

"난 너하고 같은 세상에 있지는 않아."

"그, 그럼 어디에 있어?"

"다른 세상."

"그걸 어떻게 알아?"

"느끼고 있으니까."

"살아 있는 거야?"

"그럼. 그래서 이렇게 너하고 이야기하고 있는 거 아니냐?"

"엄, 엄마. 난 왜 이렇게 되었을까?"

그러자 어머니가 이번에는 밝게 웃었다. 어머니의 이런 웃음은 처음 보는 것 같다.

"네가 선택을 받은 거야."

"왜, 왜?"

"그건 나도 모른단다."

"엄마는 날 만날 수 있어?"

"네가 지금처럼 부르면 이렇게."

"그 동안은 어디에 있는데?"

"떠 있단다."

그러고는 어머니가 밝고 행복한 표정을 지으며 웃는다.

"아주 넓은 곳에. 난 형체도 없는 공간 자체가 되어 있는 것 같아. 그리고 편안해. 아마 다른 세상이겠지."

"수진이도?"

그렇게 물었을 때 어머니 옆에 수진이가 나타났다. 수진이는 치마에 반팔 셔츠 차림으로 표정이 밝다. 어머니의 어깨에 몸을 붙이더니 김기용을 향해 웃는다.

"오빠, 이제 셋이 다시 모였네."

"이렇게 만나는구나."

눈물이 주르르 흘렀지만 김기용이 눈을 크게 뜨고 수진이를 보았다.

"너도 떠 있었어?"

"그럼."

"엄마하고 같이?"

"아마 엄마하고 섞여 있었을 걸?"

그러더니 수진과 어머니가 서로 얼굴을 마주보고 웃는다.

"우리 걱정은 마, 오빠."

수진이 손을 뻗쳐 김기용의 볼에 묻은 눈물을 닦는다. 그런데 그 손가락이 따뜻했고 볼을 누르는 압력도 강하다. 눈물이 수진의 손가락 끝에 묻어 반들거렸다. 이번에는 어머니가 옆에 놓인 휴지통에서 휴지를 뽑아내더니 다른 쪽 눈을 눌러 눈물을 닦아 주었다.

"엄마, 이건 꿈이 아니지?"

김기용이 묻자 이제는 둘이 소리 내어 웃는다. 그때 옆방의 사내가 손바닥으로 벽을 두드렸다.

"조용히 좀 하자고, 웬 여자들을 데리고 들어와서 떠들고 지랄이야?"

그 순간 김기용은 환해진 얼굴로 말한다.

"이제 됐어, 엄마, 수진아. 나, 더 바라지 않을게."

오전 9시 반. 적십자 병원의 현관을 나오던 김동균이 주춤 멈춰 선다. 바로 눈앞에 김기용이 서 있었기 때문이다.

"기용아."

얼굴을 굳힌 김동균이 한 걸음씩 조심스럽게 발을 떼어 다가왔다. 두 걸음쯤 앞으로 다가온 김동균이 발을 멈추고는 말했다.

"나, 지금 시골로 간다."

김기용은 시선만 주었고 김동균의 말이 이어졌다.

"내 고향이지. 강원도 인제. 거기서 농사를 지을 작정이야."

"……."

"내 먼 친척 아저씨가 고향에서 비닐하우스를 해. 나한테 일을 시켜 주겠다고 했어. 지금 거기로 가는 중이야."

"……."

"날 살려준 건 너였어. 네 손이 내 가슴에 닿은 것을 보았다. 네 손에서 뜨겁고 밝은 빛줄기가 내 몸속으로 들어오더구나. 그래서 내가 다시 살아났다."

김동균이 두 걸음을 더 다가와 김기용의 손을 두 손으로 감싸 쥐었다.

"용서해라."

머리를 숙인 김동균의 눈에서 눈물이 쏟아졌다.

"나는 네 엄마하고 동생한테 사죄하면서 살 것이다."

이윽고 손을 놓은 김동균이 한 걸음 물러서며 말한다.

"너는 다 볼 수 있을 테니까."

"오늘은 쉬어."

윤철 엄마가 말하고는 개수대로 다가가 선다. 오전 7시 10분. 개수대 앞쪽의 작은 창을 통해 빗발이 뿌리는 공터가 보인다. 뒤쪽에서 머무적거리던 정기태가 다시 소파에 앉는 기척이 들렸다. 방안에서 옅은 기침소리가 났다. 친정어머니 오선남이다. 관절염으로 거동이 불편한 친정어머니를 6년째 모셨지만 정기태는 불평 한 마디 한 적이 없다. 전북 고창에서 2천 평 농지에 과수원까지 갖고 있었지만 7년 전 친정아버지가 죽자 오빠 셋은 기다렸다는 듯이 다 팔아치웠다. 그러고는 어머니를 번갈아 모시기로 했다더니 세 놈이 각각 석 달도 견디지 못했다. 며느리들이 서로 미뤘기 때문이다. 막내딸이자 외동딸인 윤철 엄마가 그것을 알게 되었을 때는 어머니가 시골로 내려간 지 한 달도 더 지났을 때였다. 시골 폐가에 들어가 혼자 밥을 지어먹던 어머니를 부둥켜안고 윤철 엄마 박영숙은 대성통곡을 했다. 그때부터 박영숙은 친정엄마 오선남을 모셨지만 남편 정기태가 진실한 인간이 아니었다면 하루라도 편할 리가 있겠는가? 음료회사 생산과에 근무하던 정기태는 일찍 부모를 여의고 형의 눈칫밥을 먹고 자랐지만 착했다. 오선남을 친 어머니처럼 모셨는데 정성은 다 통한다. 오선남도 정기태를 친자식처럼 여기게 되었고 집안은 화목했다. 그런데 갑자기 불황이 닥치면서 정기태가 반 년 전에 정리 해고를 당한 것이다. 그 동안 모은 저축금과 보험까지 다 해약하고 몇 달 살았지만 두 달 전부터는 정기태가 새벽에 인력 시장에 나가 몇만 원씩 벌어오는 것으로 산다. 그것도 닷새에 한 번, 일주일에 한 번 씩 걸리는 막노동이라 이번 달에는 20일 동안 18만 원밖에 벌지 못했다. 그때 소리죽여 기침을 하던 오선남이 방문을 열고 밖으로 나온다.

"아니, 엄마."

오선남을 본 박영숙이 눈을 크게 떴다.

"어디 가려고?"

오선남이 외출복 차림이었던 것이다.

"나, 춘천에 다녀오겠다."

힘들게 발을 떼면서 오선남이 말하자 박영숙이 서둘러 다가왔다.

"가지 마."

오선남의 팔을 잡은 박영숙이 소파에 밀어 앉혔다. 어느덧 박영숙의 얼굴이 하얗게 굳어져 있다. 오선남 옆에 앉은 박영숙이 격한 목소리로 말한다.

"엄마, 굶더라도 같이 굶어. 엄마를 쫓아낸 그 연놈한테 거지처럼 뭘 얻으려는 거야? 엄마는 그렇다고 쳐도 내 자존심은 어떻게 돼? 엄마를 모신 윤철 아빠는 어떻게 되고?"

마지막 몇 마디는 울음에 섞여 떨린다. 앞쪽에 앉은 정기태는 외면했고 오선남은 눈물로 범벅이 된 눈을 소매 끝으로 닦는다. 오선남은 춘천의 큰아들한테 가려고 했다.

"에이그, 내가 얼른 죽어야지."

"어머님, 들어가 계세요."

일어선 정기태가 오선남의 겨드랑이를 안아 일으킨다.

"걱정하지 않으셔도 됩니다. 다 잘 될 테니까요."

오선남을 부축한 정기태가 방으로 들어섰을 때 박영숙은 길게 숨을 뱉는다. 그러더니 문득 머리를 들고 부른다.

"윤철 아빠!"

정기태가 방문을 열고 나오자 박영숙이 정색하고 물었다.

"자기, 복권 어디에 있어?"

"으응?"

눈을 껌벅이던 정기태가 어깨를 늘어뜨리더니 쓴웃음을 짓는다.

"내가 그젯밤에 산 거 말이야?"

담배를 사러 나갔다 정기태가 담배 값이 아까워서 담배를 안사고 대신 1천 원으로 복권 한 장을 사들고 온 것이다. 그 말을 들은 박영숙이 다시 나가 담배를 사다 주었다.

"여기."

정기태가 지갑에 넣어둔 복권을 꺼내주자 박영숙이 정색하고 말한다.

"나가서 토요일에 추첨한 당첨 번호 알아 와."

집 컴퓨터는 고장이 났지만 수리비가 없어서 한 달째 켜지 못한다.

"에이, 비도 오는데."

했지만 정기태가 현관으로 나가면서 박영숙을 보았다. 얼굴에 쓴웃음이 떠올라 있다.

"너무 기대가 많으면 안 돼, 윤철 엄마."

그러나 박영숙의 두 눈은 반들거렸고 입은 죽 닫쳐져 있다. 박영숙이 손에 쥔 복권을 들어 보이며 말한다.

"빨리 갔다 와."

고시원 골방에 누운 김기용의 바로 눈앞에 박영숙의 아파트 안이 펼쳐져 있다. 주방의 냄새까지 다 맡아졌고 주위의 온갖 소음까지 집안에 있는 것처럼 다 들린다. 현관문이 열리더니 정기태가 들어온다. 우산을 갖고 나갔지만 몸이 비에 젖었다.

"저 아래 편의점까지 가서 오늘 신문을 보고 적어 왔어."

벗은 저고리를 현관 옆에 널면서 정기태가 말한다. 아직도 소파에 앉아있는 박영숙이 정기태가 번호를 적은 쪽지를 내밀자 머리를 젓는다.

"응? 왜?"

의아한 표정을 짓고 정기태가 묻자 박영숙이 복권을 보며 말했다.

"내가 번호를 부를 테니까 맞는가 봐."

"그러지."

쓴웃음을 지은 정기태가 앞쪽 자리에 앉더니 쪽지를 보며 말했다.

"자, 불러봐."

그러자 박영숙이 굳어진 표정으로 말한다.

"12."

"그렇지."

정기태가 얼굴을 펴고 웃었다.

"맞았네."

박영숙이 힐끗 정기태에게 시선을 주더니 두 번째 번호를 부른다.

"14."

"어이쿠."

그러고는 정기태가 박영숙을 보았다.

"또 맞았어."

정색한 얼굴이다. 그리고 박영숙이 복권을 든 손을 내리더니 눈을 감았다가 뜨고 말했다.

"아까 누가 나한테 그랬어."

"응? 누가?"

아직도 쪽지를 든 정기태가 건성으로 묻는다. 얼른 계속하고 싶은 표정이다. 그러자 박영숙이 말을 잇는다.

"모르겠어. 하지만 아까 자기가 엄마하고 방에 들어갔을 때 누가 내 귀에 대고 분명하게 말했다고. 아줌마, 복권 번호 보세요, 하고."

"나아 참."

입맛을 다신 정기태가 다시 입을 열었을 때 박영숙이 손바닥을 펴 말을 막는다.

"그러고는 나한테 또 그랬어. 아줌마한테 신세 갚는 거예요, 했어."

"글쎄, 그게 누군지."

"이제는 내가 부를 테니까 당신이 봐."

복권을 든 박영숙이 눈을 치켜뜨고 말한다. 그러고는 번호를 불렀다.

"22, 26, 32, 43"

"으응?"

제가 적은 쪽지를 바라보던 정기태가 이맛살을 찌푸렸다. 그러더니 갈라진 목소리로 말한다.

"다시 불러봐."

"22, 26, 32, 43"

박영숙의 확신에 찬 목소리가 방을 울렸고 정기태는 쪽지를 쏘아본 채 숨도 쉬지 않는다.

이비인후과 병원 안, 진찰실 의자에 앉은 사내가 의사의 검사를 받고 있다. 의사가 사내의 귀에 기계를 집어넣고 묻는다.

"안 들립니까?"

바로 고시원에서 김기용 옆방에 사는 사내다. 이틀 전 옆방이 시끄럽다고 욕을 한 후부터 귀가 먹통이 된 것이다. 사내가 눈만 껌벅이고 있었으므로 의사가 혼잣소리로 말한다.

"이거, 겉은 멀쩡한데 이상하네. 하여튼 인체는 신비스럽다니까. 의학으로 설명이 안 되는 증상은 기적이라면서 때울 수밖에 없지, 젠장."

"아이구, 내 새끼 왔구나."

김기용을 보더니 대뜸 할머니가 그렇게 말한다. 오늘도 산길. 약속 시간보다 조금 일찍 도착해서 산으로 할머니를 만나러 가던 중이었다.

"며칠 있다가 갈 거냐?"

연장 가방을 받아든 김기용에게 할머니가 먼저 그것부터 묻는다.

"내일 올라가야 돼, 복학을 했거든."

"으응? 복학?"

눈을 크게 뜬 할머니가 김기용의 팔목을 덥석 쥐었다. 손의 힘이 세다.

"아이구, 핵교 다시 댕긴단 말이냐? 잘혔다, 내 새끼."

김기용은 할머니가 자신의 복학보다도 뭔가 다시 시작하려는 분위기를 대견하게 여긴다는 것을 안다. 할머니는 도둑질을 다시 시작 하겠다는 김기용의 의지도 응원했을 것이다. 손자가 살아가는 의지만 세운다면 다 환영했을 할머니다. 할머니가 차려준 저녁밥을 먹고 났을 때 김기용이 문득 생각이 난 것처럼 말한다.

"할머니, 내가 여기다 놓을게."

"뭘 말이냐?"

저녁 설거지를 마치고 돌아온 할머니가 방바닥에 손을 붙이면서 묻는다.

"엄마하고 수진이."

엉거주춤 엎드렸던 할머니가 머리를 들고 김기용을 보았다. 무슨 말인지 알아듣지 못한 것이다. 김기용이 한 마디씩 천천히 말했다.

"내가 지금까지 엄마하고 수진이를 갖고 다녔어. 그래서 이젠 할머니한테 맡기려고."

"뭘 말이냐?"

할머니가 억양 없는 목소리로 물었지만 절반 이상은 알아들은 것 같다. 반쯤 벌려진 입술이 떨리고 있는 것이 그 증거다. 김기용이 옆에 놓인 배낭에서 보자기에 싼 보석상자 두 개를 할머니 앞에 내려놓는다. 이제 할머니는 보석 상자를 본 채 숨도 쉬는 것 같지가 않다. 김기용이 보자기를 풀고 보석 상자를 하나씩 짚으면서 말했다.

"이건 엄마, 이건 수진이 유골이야."

"……."

"내가 쭉 갖고 다녔어."

"……."

"이제부터 할머니가 갖고 있어."

"……."

"방안 옷장 안이나 선반 위에 놓으면 좋겠는데……."

하고 김기용이 방안을 둘러보는 시늉을 했을 때 할머니가 와락 보석상자 위로 엎드렸다. 그러고는 두 개를 두 손으로 모아 안는다.

"아이고 내 새끼들."

할머니가 또렷하고 커다란 목소리로 말한다. 상자 두 개를 안은 할머니의 두 눈이 생기를 띠고 반짝인다.

"이제야 나한테로 왔구나."

벽에 등을 붙인 김기용이 머리를 끄덕였다. 이제 할머니는 외롭지 않을 것이다.

"니 이야기 들었어."

박남철이 외면한 채 말했다. 홍대 근처의 커피숍 안이다. 오후 2시 반. 커피숍 안에는 손님이 박남철과 이순미 둘뿐이다. 박남철이 말을 잇는다.

"그 동네 소문이야 빤하거든. 특히 너 같은 수준에 있는 애들은 말이지. 잘 빠진 업보라고 생각해라."

"그래서 날 위로 해주려고 만나자고 한 거야? 아니면 이 기회에 다시 시작?"

하고 이순미가 도전적으로 물었을 때 박남철이 쓴웃음을 짓는다.

"그럴 리가. 나는 이미 너한테서 어떤 감동도 받지 않는 경지에 이른 놈이거든, 다만."

"도와주고 싶거든 어디 돈 많은 아저씨나 소개시켜줘, 한 번 자는데 백만 원씩 주는 아저씨."

"그거야 얼마든지."

했다가 박남철이 정색하고 이순미를 본다. 한때 둘은 애인 사이였지만 석 달쯤 되고나서 끝났다. 소개팅으로 만나 끌렸지만 둘 다 오래 못 갈 것이라는 것을 처음부터 알고 있었던 터라 헤어질 때는 마치 전철 바꿔 타는 것처럼 자연스러웠다. 그리고 지금, 이순미는 새로 만났던 제대파 복학생 윤건철과 또 헤어진 상태가 되었다. 그런데 이번은 두 달도 안 되어서, 그것도 윤건철한테 채인 것이다. 상냥하고 이해심이 많았던 윤건철은 알고 보았더니 치사한 속물이었다. 돈 많은 집안의 여자가 나타나자 미련 없이 등을 돌린 것이다. 이순미도 산전수전 겪은 몸이었지만 이번에는 충격을 받았다. 윤건철과 결혼까지 생각하고 있었기 때문이다. 게다가 결혼 제의는 윤건철이 했었다. 박남철이 입을 열었다.

"너, 기용이한테서 연락 온 적 있어?"

놀란 듯 시선만 주는 이순미를 향해 박남철이 말을 잇는다.

"궁금해서 연락 해보았더니 또 휴대폰 전번을 바꿨더구먼. 그래서 혹시나 너는 알고 있는가 하고."

"내가 알 리가 있어?"

억양 없는 목소리로 말한 이순미가 외면했다. 그러더니 혼잣소리처럼 말한다.

"걘 절대로 나한테 연락 안 할 거야."

"그만큼 상처를 입었단 뜻인가?"

"그럴 거야."

선선히 머리를 끄덕인 이순미가 여전히 외면한 채 말했다.

"가장 아플 때 또 상처를 준 셈이지. 내가 아주 나쁜 짓을 했어."

"……."

"차라리 처음부터 접근하지 않는 것이 훨씬 나았어."

"……."

"동정심이었지. 나도 알았고 걔도 알았어. 그리고 그 결말을 난 예상은 했는데 너무 빨리 온 셈이었지."

"기용이를 우습게보지 마라."

어깨를 편 박남철이 똑바로 이순미를 보았다.

"그놈, 네가 생각하는 것처럼 약하지 않아, 강해."

"알아."

이윽고 머리를 든 이순미가 물기가 고인 눈으로 박남철을 보았다.

"그래서 완전히 끝난 거야, 걔하고는. 걔가 나한테 전화 해올 리가 있겠어?"

로데오 거리를 걷던 김영지가 불쑥 묻는다. 얼굴에 웃음기가 떠올라 있다.

"오빠, 이순미가 충격을 받았다던데."

윤건철의 시선을 받은 김영지가 한쪽 눈을 감았다 뜬다.

"걔하고 같은 과 애한테서 들었어."

"충격은 무슨."

입맛을 다신 윤건철이 어깨를 치켜 올렸다가 내렸다.

"난 좀 황당한데, 그런 말 들으니까."

"걔가 좀 구식인 것 같아."

"난 충격이란 단어부터 이해를 못 하겠다."

그 순간 위에서 떨어진 상점 간판이 윤건철의 머리를 쳤다. 엄청난 충격음과 함께 보도에 떨어진 거대한 간판은 산산조각이 났다.

"아악!"

날카로운 김영지의 비명이 한낮의 거리를 울린다. 간판 조각 사이에 피투성이가 되어 쓰러져 있는 윤건철을 보았기 때문이다.

기적

8장

학교 식당에서 혼자 늦은 점심을 먹으며 김기용이 TV를 본다. 화면에 울먹이는 30대 여자가 나타났다.

"제발 살려 보내기만 해주시면 은혜는 꼭 갚을게요. 우리 미주를 꼭 살려주세요."

그러고는 여자가 기도하는 것처럼 두 손을 모았다. 얼굴은 눈물범벅이다.

"제발 부탁합니다. 살려주세요."

그러더니 화면에 어린 여자애의 사진이 나오면서 아나운서의 목소리가 이어진다.

"안미주 양은 현재 3일째 납치된 상태인데 납치범과 연락이 끊긴 지는 20시간이 되었습니다."

초등학교 1학년인 안미주는 하굣길에 납치를 당했고 납치범은 집 근처의 CCTV가 없는 공중전화만을 골라 세 번 전화를 했다. 현금 5천만 원을 준비하라는 것이었다. 그러나 20시간쯤 전에 납치범은 눈치를 채었는지 연락을 끊었고 경찰은 공개 수배로 들어갔다. TV에서 납치범의 목소리는 수십 번 반복해서 들려주었지만 아직 단서를 잡지 못 했다.

"에이그, 어떤 죽일 놈이."

옆을 지나던 일하는 아줌마가 분한 듯 말했지만 말끝을 흐렸다. 시간이 지날수록 살아 돌아올 확률이 적다고 전문가들이 나와서 말했기 때문이다. 김기용은 젓가락을 내려놓고 의자에 등을 붙였다. 그러고는 아직도 TV 화면에 떠있는 안미주의 얼굴을 보았다.

"없애고 떠나자."

입맛을 다신 홍택이 마루에서 일어섰다. 소주를 두 병 마신 터라 눈의 흰창이 붉어진 대신 얼굴빛은 누렇게 굳어졌다.

"내가 죽여서 뒤쪽 숲에다 묻고 올 테니까 넌 여기 정리해."

산기슭의 외딴집이어서 주위는 조용하다. 국도는 산기슭을 돌아 5백 미터쯤이나 농로를 타고 가야 나오는 것이다. 홍택과 이재규는 수원 교외에 위치한 이 폐가에서 조금 전에 안미주의 어머니가 울며불며 사정하는 장면을 차에 부착된 소형 TV로 다 보았다.

"에이, 시바."

부엌 옆으로 다가가 벽에 세워둔 삽을 집으면서 홍택이 욕질을 했다. 이제 돈 받기는 포기한 것이다. 부모가 이쪽의 첫 전화를 받자마자 경찰에 신고를 해버리는 바람에 종을 쳐 버렸다. 삽을 쥔 홍택이 부엌 옆방의 문을 열자 방바닥에 비스듬히 누워있던 안미주가 눈을 떴다. 얼굴은 눈물이 흘렀다가 마르기를 반복하는 바람에 지저분했다. 자꾸 도망치고 울어서 손발을 테이프로 묶고 밤에는 입에도 붙였지만 지금은 입만 떼어 놓았다. 홍택이 신발을 신은 채로 방안으로 들어서자 안미주가 몸을 비틀며 일어난다.

"아저씨."

가는 목소리로 안미주가 부르자 홍택의 마음이 조금 흔들렸다. 그러나 살려주면 내가 죽는다. 최소한 10년이다. 이를 악문 홍택이 손에 쥔 삽을 고쳐 쥐었다. 그 순간이다.

"으으억."

갑자기 홍택이 두 손으로 목을 감싸 쥐고는 눈을 부릅떴다. 삽이 방바닥에 내동댕이쳐졌고 홍택은 목을 움켜쥔 채 방바닥에 쓰러졌다.

"으아악."

방바닥에서 몸을 비틀며 홍택이 처절한 신음을 뱉는다. 그러고는 곧 입으로 분수 같은 피를 쏟아내며 몸부림을 쳤다. 다시 홍택이 심하게 경련을 일으키더니 금방 그쳤다. 그때 안미주는 앞을 가로막고 앉은 젊은 아저씨를 바라보는 중이었다. 아저씨가 부드럽게 말한다.

"미주야, 내가 묶은 것을 풀어 줄 테니까 방을 나가면 돼."

미주가 머리만 끄덕이자 아저씨는 말을 잇는다.

"아저씨 손을 잡고 같이 나가는 거야."

"아저씬 누구야?"

손발을 묶은 테이프를 풀어주는 아저씨에게 미주가 묻는다.

"경찰이야?"

"아냐."

"그럼 착한 아저씨?"

"그래."

묶인 것을 풀자 일어선 아저씨가 미주의 손을 잡아 일으켰다. 미주는 두 다리에 힘이 실려져 있는 것을 느끼고는 방긋 웃는다. 마구 달려가고 싶은 것이다. 둘이 손을 잡고 방을 나왔을 때 마당에 세워진 승합차가 보였다. 승합차를 본 순간 미주가 아저씨 옆에 바짝 붙었다. 그러자 아저씨는 빙긋 웃는다.

"괜찮아, 미주야."

"나쁜 아저씨 또 하나가 있어."

"차 안에서 잔단다."

차 옆을 지나면서 아저씨가 미주의 손을 힘주어 잡는다.

"절대 안 깨어나, 걱정 마."

"속보입니다."

식당에 혼자 앉아있던 김기용의 앞에서 TV 화면이 바뀌더니 아나운서가 나타났다. 눈을 치켜뜬 아나운서가 말을 잇는다.

"수원 근교 국도에서 납치되었던 안미주 양이 발견되었습니다. 안미주 양은 혼자 국도에 서 있다가 마침 지나던 차량 운전사 서경수 씨에게 발견된 것입니다."

"아이구머니."

김기용의 뒤에서 식당 아줌마가 환성을 지른다. 주방에 있던 아줌마들이 몰려나오는 바람에 TV 앞은 떠들썩해졌다. 이제는 담당 기자가 말을 잇는다. 담당 기자의 뒷배경은 경찰서 건물이다.

"지금 안미주 양은 경찰서 안에서 부모를 기다리고 있습니다. 그런데, 아, 저기, 안미주 양을 발견한 서경수 씨가 나오는군요."

40대의 사내가 현관 앞으로 나왔고 기자들이 벌떼처럼 달려들었다.

"어떻게 발견했습니까?"

"다친 곳은 없습니까?"

"납치범이 풀어 준 겁니까?"

수십 명이 아우성치듯 물었을 때 서경수 씨가 입을 열었다.

"어느 아저씨가 데려다 주었다던데요."

"그게 누굽니까?"

여럿이 거의 동시에 묻자 서경수 씨는 머리를 기우뚱거렸다. 자신이 없는 표정 같았다.

"글쎄요, 저는 잘 모릅니다."

그때 김기용이 쓴웃음을 지었지만 아무도 주목하지 않는다.

다가선 최경만은 웃음 띤 얼굴이었다.

"야, 오랜만이다."

김기용의 시선을 받은 최경만이 책상에 두 손을 짚고는 눈을 가늘게 떴다.

"너 이 새끼, 복학했으면 신고를 해야 될 것 아냐?"

최경만이 그렇게 말했지만 입은 따로 움직였다.

"내가 매독에 걸렸을 때는 바로 2년 전이었어."

그 순간 제 말을 제 귀로 들은 최경만이 눈을 부릅뜬다. 강의가 끝나 주위에서 수선거리던 학생들이 일제히 말을 그쳤다. 최경만이 다시 말했다.

"이런 젠장, 어떻게 된 거야?"

그러나 말은 다르게 나온다.

"매독은 지독해, 장안평 마사지 하우스에 갔다가 걸렸는데 연장이 갈라지고 고름까지 나왔어…….”

쏟아져 나오는 말을 억제하지 못한 최경만이 제 손으로 입을 막는다. 그러나 곧 손이 떼어지더니 몸부림을 치면서 말했다.

“치료하는데 두 달이 걸렸어. 약을 잘못 써서 머리털이 빠졌고 지금도 가끔 통증이 온다고. 연장이 뜨끔뜨끔 해.”

그러고는 최경만이 책상과 함께 교실 바닥으로 엎어졌다. 남학생 둘이 다가갔다가 겁이 나는지 손을 대지 못했고 여학생들은 교실 끝 쪽으로 물러갔지만 밖으로 나가지는 않는다. 무섭기도 하고 호기심이 일어난 때문일 것이다. 그때 바닥에서 몸부림을 치던 최경만이 안간힘을 쓰며 말한다.

“매독 후유증이라는 거야. 그래서 지금도 오입할 때는 장화를 신지 않아. 매독을 돌려주려는 작전이야.”

그러더니 마침내 최경만이 제 머리로 책상을 들이 받는다.

“미쳤어.”

김기용의 뒤쪽에서 여학생 하나가 낮게 말했다. 그러자 다른 여학생이 거들었다.

“매독 후유증인 모양이야.”

“멀쩡했다가 갑자기 왜 저러지?”

“글쎄, 매독 후유증이라니까? 제 말로 그랬잖아? 뇌까지 이상해진거야.”

김기용은 자리에서 일어섰다. 복학 전에 최경만은 조폭처럼 놀았다. 고등학교 시절부터 그랬다는데 대학에서까지 폭력배로 날뛸 줄은 예상하지 못했다. 학교가 허접해서일 것이다. 김기용도 최경만에게 얻어맞고 몇만 원을 빼앗긴 적이 있다. 교실을 나온 김기용도 쓴웃음을 지었다. 저렇게 해준 것만 해도 다행이다. 안미주 납치범 홍택과 이재규는 피를 토하고 죽었다.

앞으로 최경만은 매독 균이 뇌 속으로 들어간 지랄병 환자 취급을 받겠지만 살아 있게는 될 테니까.

거울을 본 김기용은 자신이 달라진 것을 알 수가 있다. 생김새는 그대로 였지만 다르다. 어깨를 쫙 펴고 있는데다 얼굴도 치켜들었다. 전에는 턱이 내려져 있었는데 지금은 솟았다. 눈이 치켜떠졌고 생기를 띠고 있다. 입은 또 어떤가? 굳게 다물어서 입 끝이 꽉 잠겨진 것을 보면 닫쳐진 지퍼 같다. 화장실의 거울을 바라보던 김기용이 밖으로 나온다. 오후 4시경. 캠퍼스 앞 쪽 잔디밭에는 꽃을 뿌려 놓은 것처럼 여학생들로 덮여 있다. 각각 향내가 다르고 모습이 다른 것이 모두가 다른 꽃이다. 전에는 이렇게 느껴지지 않았다. 저렇게 많은 여학생을 보면 겁부터 났다. 한 번도 이렇게 바라본 적이 없는 것이다. 잔디밭을 둘러보던 김기용의 시선이 왼쪽 끝에서 멈췄다. 여학생 셋이 모여 앉은 곳이다. 그중 하나가 서난영. 전자계산학과 2학년으로 이 학교의 퀸이다. 그 동안 수많은 남자가 그야말로 부나방처럼 달려들었다가 타죽고, 떨어져 죽고, 말라 죽었다. 따라서 서난영의 별명은 흡혈귀, 또는 킬러다. 김기용은 서난영을 향해 발을 뗀다. 서난영도 휴학을 했다가 이번 학기에 복학을 했는데 1년 동안 미국에서 지냈다는 소문이었다. 그래서 김기용하고 같이 1학년을 마치고 쉬었다가 복학한 셈이다. 서난영과의 거리가 좁혀지면서 김기용의 심장 박동이 빨라졌다. 과가 달라서 서난영과는 교양과목 두 과목을 같은 반에서 강의를 들었을 뿐이다. 일주일에 네 시간. 서난영을 만날 수 있었던 그 네 시간이 김기용의 학교에 나가는 목적이었다. 그러나 1학년을 마치던 날까지 그 1년 동안 김기용은 서난영에게 말 한마디 하지 못했다. 아니, 눈 한번 마주친 적이 없는 것 같다. 서난영의 시선이 오면 얼른 외면했다. 그사이에 김기용의 발길은 서난영을 향해 거침없이 다가가고 있다. 이제 거리는 10여 미터로 좁혀졌다. 그때 김기용은 스스로에게 다짐한다. 내 초능력을 사용하지 않으리라. 서난영 앞에서는 정상인으로 행동하고 평가받고 싶다. 다가오는 김기용을 의식한 서난영이 머리를 들고 시선을 주었다. 맑은 흰 창, 검은 눈동자, 그때 김기용은 서난영의 생각을 읽는다. 어쩔 수 없다. 억제한다고 되는 일이 아니었다. 이미 몸은 이전의 김기용이 아니었기 때문이다.

"어머, 저 빙신이 웬일이지?"

아니, 세상에, 저 예쁜 얼굴과 고귀한 입술을 가진 서난영의 머리에 저런 단어가 나열되다니. 김기용의 심장이 내려앉는 것 같은 충격을 받는다. 어느덧 김기용이 서난영이 앉아있는 잔디밭 옆에 섰다. 거리는 1미터. 서난영과 정면이다. 그때 올려다보는 서난영의 머릿속에서 말소리가 울린다. 생각이 김기용의 귀에 들리는 것이다.

"이 빙신이 웬일이야? 미쳤나?"

그러나 서난영의 웃음 띤 얼굴에서 다른 말이 뱉어졌다.

"무슨 일 있어요?"

그 순간 김기용의 머릿속에서 서난영의 21살 인생이 갓난아이였을 때부터 지금 이 시간까지 주르륵 지나갔다. 걸린 시간을 굳이 따진다면 1초 정도, 그러고는 서난영의 인생이 마치 김기용이 겪었던 것처럼 다 머리에 박혀졌다. 김기용이 입을 열었다.

"저기, LA의 최갑중 씨가 너한테 전하라는 말이 있어서."

그 순간 서난영의 얼굴이 하얗게 굳어졌다. 그러고는 가방을 들더니 자리에서 일어섰다.

"나, 잠깐 다녀올게."

남은 두 친구한테 말한 서난영이 김기용에게 말한다.

"저쪽으로 가."

먼저 발을 뗀 서난영의 뒤를 따르면서 김기용은 어깨를 늘어뜨린다. 환상이 깨진 것이다. 서난영은 석 달 전까지 LA 코리아타운의 룸살롱 '서울'에서 아가씨로 일했다. 그러다가 '서울'의 사장 최갑중한테서 선금으로 받은 5만 달러를 떼어먹고 도망친 것이다. 앞장서 가는 서난영의 머릿속에서 떠오른 생각이 책을 읽는 것처럼 낭랑하게 김기용의 머릿속에서 울린다.

"이 자식이 최갑중의 심부름을 온 것이라면 그럼 최갑중이 날 찾아서 한국에 왔다는 거야?"

이윽고 서난영이 본관 건물의 옆쪽 공사 자재가 쌓여진 구석에 멈춰 서더니 김기용을 바라보았다.

"최 사장이 뭐래?"

불쑥 서난영이 묻자 김기용은 쓴웃음을 짓는다.

"사기로 한국 수사기관에 고발하겠다고, 자료가 다 있으니까 고발하는 데는 별 문제가 없다고 하더구나."

"지금 그 사람 어디 있어?"

얼굴을 굳힌 서난영이 다시 묻는다. 그러자 김기용은 정색했다.

"내가 대리인이야. 나한테 사건을 위임했단 말이야."

놀란 듯 서난영이 눈만 크게 떴을 때 김기용이 한 마디씩 차근차근 말한다.

"너, 최 사장뿐만이 아니더구먼. LA에서 사업하는 양만홍 씨한테도 1년 계약 동거를 하기로 약속 하고는 선금으로 받은 3만 달러를 받고 튀었지?"

서난영의 얼굴이 하얗게 굳어졌고 김기용이 말을 잇는다.

"샌프란시스코에서는 성국전자 이민수 지사장 집에서 현금 2만 달러하고 귀금속 2만 달러어치를 훔쳐서 도망갔어."

"그, 그건……."

이제는 온몸이 굳어진 서난영이 떨리는 목소리로 말한다.

"그, 그 사람이 약, 약속을 어겨서."

"본래 이민수 씨 하고는 와이프가 한국에 가 있는 한 달 동안 같이 사는 조건으로 3천 달러를 받기로 한 거 아냐? 넌 열흘째가 되는 날에 돈 훔쳐서 도망 나왔어."

차갑게 말한 김기용이 서난영을 똑바로 보았다.

"그 외에 또 있지만 지금 말하진 않겠어. 어쨌든 난 그 세 사람한테서 사건 의뢰를 맡은 대리인이야."

이제는 몸만 떠는 서난영을 향해 김기용이 묻는다.

"너, 내가 시키는 대로 할 거야?"

김기용의 시선을 받은 서난영이 입안에 고인 침부터 삼켰다.

"무, 무엇을?"

"할거야? 말거야? 대답부터 해!"

그러고는 김기용이 눈을 치켜떴다.

"네가 조건을 내밀 때냐?"

"할게."

서난영이 헐떡이며 말했다.

"경찰에 데려가기만 안 한다면 다 할게."

이번 복권 1등은 김기용이 탔다. 현금이 필요했기 때문이다. 1등 당첨은 간단한 일이었다. 지난번 윤철 엄마의 남편 정기태가 지갑에 넣어둔 복권 번호는 1등으로 바꿨고 이번에는 김기용이 미리 사놓은 복권 번호대로 추첨이 되도록 만든 것이다. 복권만 갖고 있으면 누구라도 1등을 만들어 줄 수가 있다. 돈을 타기 직전에 복권 번호를 바꿔 줄 수가 있기 때문이다.

"이번 1등은 두 명뿐이어서 상금이 32억이나 되었습니다."

김기용을 회의실에서 한참이나 기다리게 한 다음에 통장을 들고 들어온 담당 부장이 웃음 띤 얼굴로 말한다.

"그런데 학생은 너무 태연하세요. 내가 상금 지급을 여러 번 했지만 학생처럼 차분한 경우는 처음입니다."

김기용은 잠자코 웃기만 했으므로 부장이 통장을 내밀었다.

"자, 됐습니다."

"고맙습니다."

통장을 받은 김기용이 방을 나왔을 때 뒤에서 사내의 목소리가 울렸다.

"정말 이런 일 싫어. 좆 빠지게 일해서 겨우 먹고 사는 사람들이 저런 꼴 보면 얼마나 배가 아플까? 저 개자식은 이제 일 않고 펑펑 쓰면서 살겠지, 에라이. 가다가 교통사고나 나라."

물론 머릿속 생각이라 김기용은 귀로 듣는 것이 아니라 머리로 듣는다.

보육원 앞에 선 이미옥은 손에 쥐고 있던 검정색 비닐봉지를 본다. 봉지 안에는 연주가 좋아하는 과자 두 봉지와 길가에서 3천 원을 주고 산 셔츠 한 장이 들었다. 오후 2시 반. 성남의 성심 보육원은 조용했다. 교외의 산기슭에 2층 벽돌집을 개조하여 만든 보육원은 8살 미만의 아동 47명을 수용하고 있었는데 연주도 그중 한 명이다. 7살짜리 연주는 지금 넉 달째 성심 보육원에서 지내고 있었지만 전혀 적응이 안 되었다. 전화를 할 때마다 우는 바람에 이미옥은 몇 번이나 대전에서 이곳까지 왔다가 돌아갔다. 그러나 식당에서 겨우 먹고 자는 일자리를 얻어놓은 상황에서 연주를 데려갈 수는 없다. 일 하는 동안 연주를 둘 데도 없는데다 첫째 주인이 싫어한다. 보육원의 담장에 등을 붙이고 선 이미옥이 다시 길게 숨을 뱉는다. 3년 전에 남편 장기호가 오토바이 배달을 하다가 뺑소니차에 치어 죽은 후부터 이미옥은 온갖 일을 다 했다. 그러나 작년부터는 월세 방 보증금도 빼먹어서 며칠씩 하숙집에서 지내다가 여름에는 노숙도 해보았다. 그러다 결국에는 보육원을 찾아가 연주를 맡긴 것이다. 얼굴이 반반했거나 몸매라도 잘 빠졌다면 몸까지 팔았겠지만 이미옥은 작은 키에 소아마비로 한 쪽 다리까지 절었다. 이미옥은 어깨를 늘어뜨리며 길게 숨을 뱉는다. 오늘 12시까지 보육원에 가겠다고 말 했으니 원장은 물론이고 연주까지 애타게 기다리고 있을 것이었다. 보육원에서 연주를 데려가라고 했기 때문이다. 본래 맡기기로 한 기간이 한 달이나 지난데다가 며칠 전부터 연주는 밥도 안 먹고 울기만 한다는 것이다. 거기에다 연주는 보육원에 맡겨질 때 서류를 제대로 갖추지 못했다. 이미옥이 신용불량자 인데다가 주민등록이 말소된 상태였고 보증인도 없었기 때문이다. 이미옥의 눈에서 마침내 눈물이 흘러내린다. 지금까지 세상이나 하느님을 원망 한 적은 한 번도 없다. 어렸을 때부터 소아마비로 가난하게 자랐기 때문에 현실에 순응하는 습관이 몸에 배어있다. 그러나 이제 딸 연주를 생각하면 가슴이 미어지면서 이렇게 만들어진 자신이 원망스럽다. 손등으로 눈물을 닦은 이미옥이 담에서 등을 떼었다. 오늘 연주를 데리고 나오게 되면 같이 죽을 작정이었다. 연주에게 과자 먹이고 옷 갈아입히고는 같이 물에 빠져 죽을 것이다. 하늘을 우러러 본 이미옥은 발을 떼었다.

"잠깐만요."

뒤에서 부르는 소리에 이미옥은 소스라치게 놀란다. 머리를 돌린 이미옥이 앞에 서 있는 청년을 본다. 큰 키에 부드러운 인상의 청년. 시선이 마주쳤을 때 이미옥은 갑자기 가슴이 편안해지는 것을 느낀다. 그때 청년이 말했다.

"연주 데리고 나오세요."

"네에?"

놀란 이미옥이 눈을 둥그렇게 떴다. 이 청년이 어떻게 연주 이름을 안단 말인가? 그러자 청년이 웃음 띤 얼굴로 말한다.

"제가 아줌마하고 연주가 살 집도 구해 놓았어요. 25평짜리 연립주택인데 괜찮아요. 지은 지 반년밖에 안되었거든요."

"누구세요?"

덜컥 겁이 난 이미옥이 한 걸음 물러서기까지 하면서 묻는다. 세상에는 별놈의 사기단이 다 있기 때문이다. 그러자 청년이 손에 쥐고 있던 가방을 들어 보이면서 말한다.

"먼저 동사무소에 가서 거주 신고부터 해야 되겠어요. 가면서 하나씩 설명해드릴게요."

그로부터 세 시간쯤이 지난 오후 6시경에 김기용은 이미옥과 연주와 함께 연립주택의 거실에 앉아있다. 반년 동안 살던 세입자는 외국인으로 가구까지 다 팔고 한국을 떠났다. 그래서 이미옥 모녀는 몸만 들어왔어도 당장 저녁부터 지어먹을 수 있을 정도였다. 쌀통에 쌀이 남아 있는데다 냉장고에는 돼지고기까지 냉동되어 있었기 때문이다. 세 시간 동안 같이 다니면서 연주는 김기용과도 친해졌다. 김기용 앞에 물 잔을 내려놓고는 배시시 웃고 돌아갔다. 소파에 앉은 김기용이 집 등기 서류를 이미옥 앞에 내려놓는다. 이미옥의 명의로 연립주택을 산 것이다. 시가는 2억2천만 원. 성남시 변두리였지만 공기도 맑고 내년부터 연주가 다닐 초등학교도 걸어서 5분 거리였다. 김기용이 말한다.

"이 등기서류 잘 두시구요. 그리고 이것."

김기용이 다시 가방에서 봉투 하나를 꺼내 이미옥 앞에 놓는다.

"3억짜리 수표 들었어요. 그걸 내일 은행에 우선 넣어두시고 생활비를 빼 쓰세요. 월 이자를 받으시든 알아서 하세요."

그러자 다시 이미옥이 주르르 눈물을 쏟는다. 오늘 이미옥은 김기용과 함께 다니면서 열 번도 더 이런다. 처음에는 잔뜩 경계를 했다가 연주와 함께 동사무소에 들르고 미리 약속해둔 부동산에 들러 계약을 끝내는 동안 이미옥의 경계심이 조금 풀리긴 했다. 그러나 아직 영문은 모르고 있다. 김기용이 도와주고 싶었기 때문이라고 했지만 납득할 수 없었던 것이다. 그때 김기용이 머리를 들고 이미옥을 보았다.

"아줌마, 그럼 내가 아줌마한테만 비밀을 알려드릴게요."

그러자 이미옥이 와락 긴장했다. 마침 연주는 응접실 구석에서 장난감을 뒤척이는 중이었다. 외국인도 연주 또래의 아이가 있었는지 어울리는 장난감이 많았다. 김기용이 목소리를 낮추고 말한다.

"난 신이 보낸 심부름꾼이죠."

이미옥이 입과 눈을 딱 벌린다. 어안이 벙벙한 표정이 되었다. 무신론자이며 갖은 고생을 다 하고 자란 이미옥이다. 이런 말은 통하지 않는다. 그러자 김기용이 빙그레 웃는다.

"아줌마, 일어나 보세요."

김기용의 시선을 받은 이미옥이 마지못한 듯 일어선다. 그것을 본 김기용이 말을 이었다.

"자, 아줌마 저기 연주한테 걸어갔다 와 보세요, 어서요."

그러자 심호흡을 한 이미옥이 발을 떼었다. 발을 뗄 때는 항상 온전한 다리를 딛고 짧은 다리를 뻗으면서 몸이 왼쪽으로 기울어지는 터라 버릇처럼 어깨를 치켜세웠다. 그런데 짧은 다리가 딛어졌을 때 몸이 기울지 않았다. 미리 어깨를 치켜세우는 바람에 꼴이 이상하게 되었다. 그래서 두 걸음 째 다리를 떼고 다시 짧은 다리를 뻗었을 때는 숨을 멈췄다. 몸이 제대로 서 있는 것이다.

"아아."

저도 모르게 탄성을 뱉은 이미옥이 두 걸음을 더 떼었다가 바지를 걷어 올렸다. 이미옥은 바지만 입어왔기 때문이다.

"아앗."

이미옥의 입에서 이번에는 놀란 외침이 터졌다. 기적이 일어난 것이다. 안쪽으로 많이 굽혀졌던 발이 정상으로 돌아왔다. 그리고 짧았던 다리도 길어진 것이다. 눈을 치켜뜬 이미옥이 정상인처럼 걸어 김기용의 앞에 서더니 떨리는 목소리로 헐떡이며 묻는다.

"저, 정말로 하, 하느님이세요?"

"심부름꾼이라니까요."

김기용이 웃음 띤 얼굴로 자리에서 일어서며 말한다.

"언제든지 무슨 일이 있으면 내가옵니다. 내가 누군지 이제 아시겠지요?"

그러자 이미옥이 눈을 크게 뜨고 말한다.

"하느님, 심부름꾼."

택시 뒷좌석에 앉은 김기용이 눈을 감았다. 지금까지는 인연이 있었던 사람, 그리고 보고 들을 수 있었던 사람만을 상대했지만 이미옥은 전혀 새로운 부류였다. 이미옥과는 인연이 없었고 보지도 듣지도 못했던 것이다. 성남 교외의 보육원 앞을 지나게 된 것도 우연이다. 집을 구하려고 근처 부동산에 들렀다가 돌아가는 길이었다. 그리고 보육원 앞을 지나는 순간 이미옥이 하늘을 올려다보는 모습을 보았고 그 다음 순간 이미옥의 전 인생이 머릿속에 입력되었다. 자신이 계약한 연립주택은 이미옥과 연주가 살 집이었던 것이다.

"신이시어."

눈을 감은 채 김기용이 머릿속으로 묻는다.

"당신은 나를 시켜서 인간들에게 축복을 내려 주실 계획입니까?"

대답을 기다렸지만 답이 없었으므로 김기용이 말을 잇는다.

"내 능력은 언제까지 주실 겁니까? 갑자기 빼앗아 가시는 건 아니죠?"

갑자기 조바심이 난 김기용이 번쩍 눈을 뜨고 운전사를 보았다.

"아저씨."

김기용이 부르자 운전사가 백미러를 본다. 백미러에서 둘의 시선이 마주쳤다. 50대쯤의 피로에 지친 얼굴. 그 순간 운전사의 인생이 모두 김기용의 머릿속에 박혔다.

"아저씨, 차를 저기에 좀 세우세요."

김기용이 앞쪽을 손으로 가리키며 말하자 운전사는 잠자코 길가에 차를 세운다. 성남 교외의 대로여서 인도에는 통행인이 드물다. 그때 김기용이 묻는다.

"아저씨, 사우디 젯다는 지금 몇 시죠?"

그러자 운전사가 몸을 돌려 김기용을 보았다. 그러더니 손목시계를 보고 나서 대답했다.

"지금 한국시간이 7시니까 거긴 오후 1시쯤 되었겠네요. 여섯 시간 차이가 나니까."

"아저씨, 지금 아람코의 핫산 사장 전화번호 갖고 계시지요?"

"예에?"

외마디 소리를 뱉은 운전사의 두 눈이 커졌다. 놀란 듯 잠깐 숨도 멈춘다. 이윽고 어깨를 치켜세운 운전사가 묻는다.

"어, 어떻게 아람코 핫산 사장을 아시오? 날 아시오?"

"아저씨, 저하고 이러실 시간 없으니까 지금 바로 핫산 사장한테 전화하세요."

김기용이 서두르듯 말을 잇는다.

"지금 막 정유공장 건설 관리자로 아저씨를 생각하고 있거든요. 그러니까 지금 연락을 하시면 그 공사현장 관리자로 가실 수가 있어요."

운전사가 김기용의 얼굴을 뚫을 것처럼 바라보더니 말이 끝나자마자 주머니에서 수첩을 꺼내 들었다. 그때 김기용이 말을 잇는다.

"단도직입적으로 말 하세요. 아저씨 생각을 하실 것 같아서 전화 드렸다고요. 아저씨도 그 사람 생각했다고 하시구요. 일을 하겠다고 하세요."

김기용의 말이 끝나기도 전에 운전사는 수첩의 전화번호를 보면서 휴대폰 버튼을 누르기 시작했다. 그러고는 휴대폰을 귀에 붙인다.

"만세!"

10분쯤 후에 길가에 세워진 택시 안에서 우렁찬 만세 소리가 울려나왔다. 전(前) 극용건설 상무 진성만은 회사에서 해임된 후에 3년 동안 직장을 잡지 못했다. 그래서 두 달 전부터 택시 운전을 시작했는데 사고를 세 번이나 내서 오히려 번 돈보다 게워낸 돈이 많았다. 20년 가깝게 사우디 현장에서만 근무했던 터라 한국에는 연줄도 없는 것이 치명적이었다. 그러나 바로 조금 전에 진성만은 사우디 건설업체 아람코의 사장 핫산으로부터 이번에 건설할 예정인 4억 불짜리 정유공장 공사의 현장소장으로 임명을 받은 것이다. 3년짜리 공사였고 그 공사가 끝나면 추가 공사도 준다고 했다. 만세를 부르고 난 진성만이 서둘러 차 밖으로 나온다. 그러나 젊은 청년은 보이지 않았다. 통화하는 사이에 밖으로 나갔는데 어느새 사라진 것이다.

"신이야, 신이 나타나셨어."

택시 뒤에 선 진성만의 눈에서 눈물이 주르르 흘러내렸다. 진성만이 다시 울음 섞인 목소리로 말을 잇는다.

"모두 정수 엄마가 기도를 해준 덕분이야. 하나님이 기적을 내리셨어."

독실한 기독교 신자인 와이프는 매일 새벽에 교회에 나가 기도를 해온 것이다. 흐느낌처럼 숨을 들이마신 진성만이 다시 핸드폰의 버튼을 누른다. 와이프에게 이 기적을 말해 줘야만 한다.

다시 고시원 골방으로 돌아온 김기용은 자리에 반듯이 누워 천장을 본다. 오늘 이미옥을 만남으로써 신(神)은 자신에게 능력을 부여했을 뿐만 아니라 아직도 내려다보고 있다는 것이 증명되었다. 자신은 신(神)의 심부름꾼일 뿐이다. 이미옥이 왜, 어떻게 선정 되었는지를 모르는 것은 말할 것도 없고 자신이 선정된 이유도 아직 모르고 있다. 김기용은 눈을 감았다. 옆방은 조용하다. 문득 옆방 사내의 귀를 멀게 한 사실이 떠올랐으므로 김기용은 주위를 둘러보았다. 그러자 옆방 사내의 모습이 떠올랐다. 백용철. 순식간에 백용철의 인생이 머릿속에 주입 되었는데 지금 24시간 설렁탕집 주차장에서 주차 관리를 하고 있는 중이었다. 그런데 운동모자를 깊게 눌러썼고 초여름인데도 귀마개로 귀를 덮었다. 귀가 들리지 않으니까 귀를 덮어서 들리지 않는 시늉을 한 것이다. 백용철의 표정은 어두웠다. 전과 3범. 성격이 거칠어서 자주 행패를 부렸지만 반년 전부터 술을 끊고 춘천에서 사는 와이프와 열 살 난 아들에게 매월 생활비 60만 원씩을 보내고 있다. 그런데 갑자기 귀가 들리지 않는 통에 설렁탕집에서도 잘리게 될 것 같다. 김기용이 백용철의 귀에 시선을 주었다가 떼었다. 그러자 백용철이 펄쩍 뛰듯이 놀라 저만큼 앞에 서 있는 동료 이춘식을 부른다.

"야, 춘식아!"

"저 귀머거리 새끼가."

평소에는 백용철에게 기가 죽어지내던 이춘식이 제법 큰소리로 투덜거렸다. 마음 놓고 욕을 하는 것이다.

"왜 불러? 이 새끼야."

"아니, 이 개자식이 엇다대고!"

눈을 치켜뜬 백용철이 다가간다.

"어따 대고 욕을 해 이 자식아!"

"내가 언제?"

"내가 언제라고?"

와락 소리치자 이춘식의 얼굴이 하얗게 굳어졌다. 저 망할 놈의 귀가 터졌다.

윤건철이 뇌를 다쳐서 말도 못한다는 소식을 들었을 때 이순미는 별로 충격을 받지 않았다. 그만큼 시들해졌다는 증거가 될 것이다. 로데오 거리를 김영지하고 같이 가다가 사고를 당했다니 조금 개운한 기분까지 들었다. 남녀의 감정은 곧 식는다. 그것이 철칙이다. 사람이 죽는 것이나 같은 이치다. 이순미는 그 진리를 다시 한 번 확인한 셈이었다. 화창한 햇볕이 쏟아지는 오후 3시경. 바람이 조금 불었지만 하늘은 푸르렀고 대기는 맑다. 학교 도서관 뒤쪽의 그늘진 벤치에 앉은 이순미는 문득 무릎위에 펼쳐 놓은 책을 덮고 앞쪽을 본다. 숲이 울창한 학교 뒷산은 깊은 정적에 덮여 있다. 이곳이 학교 안에서 가장 구석지고 조용한 장소다. 벤치에는 먼지가 너무 쌓여서 닦고 앉아야만 했다. 이순미가 길게 숨을 뱉는다. 김기용이 떠올랐기 때문이다. 그때 김기용에 대한 감정이 무엇이었는지는 지금도 확신하지 못하겠다. 동정심일수도 있고 변형된 사랑일지도 모른다. 사랑이란 무엇인가? 정답이 있는가? 그러나 내가 김기용을 버린 것은 맞다. 굳이 이유를 대라면 그 보석상자 두 개. 그것은 지독한 동정심과 자극까지 주었지만 한편으로 현실을 일깨워 주는 효과를 내었다. 유골 상자 두 개. 지금도 그것을 떠올리면 눈물이 난다. 그 기억이 있는 한 김기용 옆으로는 돌아가지 못할 것이다. 옆에서 인기척이 들렸으므로 이순미는 머리를 들었다.

"아앗!"

이순미의 입에서 놀란 외침이 터졌다. 옆에 김기용이 서 있었기 때문이다. 이순미의 시선을 받은 김기용이 빙긋 웃는다. 숨을 삼킨 이순미가 눈만 크게 떴다. 김기용은 달라졌다. 모습은 그대로인데 다른 사람 같으니 웬일인가? 어깨를 쫙 폈고 표정이 부드럽다. 그리고 저 눈 좀 봐. 김기용이 저런 눈빛을 내고 있다니. 그때 김기용이 말했다.

"엄마하고 수진이는 할머니한테 가 있어. 지금 아주 편안하게 지내고 있지."

이순미가 겨우 숨을 들이켰을 때 김기용이 옆에 앉는다.

"날 봐."

지금까지 눈도 떼지 못하고 있는데도 김기용이 그렇게 말하더니 다시 빙긋 웃는다. 그 순간 이순미의 심장이 격렬하게 뛰기 시작했다. 얼굴도 달아오른다. 김기용이 손을 뻗어 이순미의 손을 잡았다. 뜨겁다. 이순미는 금방 제 몸이 불속에 던져진 것처럼 느껴졌다. 기적이 일어났나? 어쨌거나 이대로 영원이 되었으면 좋겠다. 이순미가 눈을 감았을 때 김기용의 부드러운 목소리가 머릿속으로 파고들었다.

"그래, 기적이 일어났어."

다섯 번째 전설

영웅

1장

"야, 좀 보자"

골목 입구에 서 있던 놈이 웃음 띤 얼굴로 부른다. 사복을 입었지만 머리를 보면 뻔하다. 그리고 슬리퍼 차림. 멈춰 선 이경훈에게 다가온 놈이 어깨로 골목 안을 가리켰다.

"잠깐 안으로."

안에는 세 놈이 기다리고 있다. 그중 하나가 낯익다. 교실의 옆줄 끝에 앉았던 놈, 3학년 5반, 같은 반 놈이다. 이경훈은 골목 안으로 발을 떼었다. 오후 5시 반, 국일 실업 고등학교 정문 앞쪽의 상가는 하교하는 학생들로 붐비고 있다. 국일 실고는 국일 중공업에서 설립한 실업계 남녀 공학으로 기술계열의 국일 전문대에 입학만 하면 백퍼센트 취업이 보장된다. 그러나 국일 실고에서 국일 전문대에 진학한 학생은 65퍼센트 정도밖에 되지 않아서 나머지는 프로가 된다. 지금 이경훈을 골목 안으로 불러들인 놈들도 프로일 가능성이 많다. 50퍼센트 장학금을 받고 입학하여 3년 후에는 세계적인 선박 및 중장비 생산회사인 국일 중공업으로 취업이 보장될 놈들은 이 시간에도 학교 안에서 공부하고 있는 것이다. 3학년 350명 중 250명. 나머지 1백 명은 이른바 대기조인데 이경훈도 그중 하나다. 사흘 전에 전라북도 익산에서 한 달에 한 번씩 치르는 교내 평가고사에서 2백등 안에 들 확률이 전무했다. 전학 직전에 국일 실고에서 치른 평가 성적은 353명 중 308등. 이경훈이 봐도 이만하면 잘 나온 성적이었다. 기적이라고 생각할 정도였으니까. 익산의 인문계 학교에서 겨우 중상위권에 매달려있던 이경훈이다. 국일 실고의 수준은 어지간한 외고 이상이었기 때문이다. 국일 실고 입학 경쟁률도 올해에는 5 대 1이나 되었는데 이경훈은 아버지가 국일 중공업 총무부 부장으로 옮겨오지 않았다면 전학은 꿈도 꾸지 못했다.

"너, 오늘이 전학 사흘째지?"

이경훈이 멈춰 섰을 때 같은 반 놈이 먼저 묻는다. 바지 주머니에 두 손을 찌르고 선 놈의 표정이 차분했다. 이런 경우를 예상은 했다. 분위기가 그랬다. 이경훈이 눈만 끔벅이며 서 있는 것이 비위를 거스른 것 같다. 쓴웃음을 지은 놈이 한 걸음 뒤로 물러난 순간이었다. 좌우에 서 있던 놈들이 몸을 날린다. 그러자 뒤에서도 덤벼들었다.

맞았다. 놈들은 잘 때렸다. 때리는데 익숙하다는 말이다. 상처 자국이 나지 않도록, 그러나 충격은 크게 기술적으로 쳤다. 주로 배와 허리, 정강이와 등을 쳤는데 같은 반 놈은 유도를 한 것 같았다. 네 번이나 이경훈을 땅바닥에 패대기를 쳤다. 그러고는 가지고 있던 돈 3만 5천 원과 시계를 빼앗았다. 그러나 핸드폰은 돌려주었다. 중학교 졸업 기념으로 친구들이 사준 시계가 아까웠다. 아파트로 돌아온 이경훈이 먼저 욕실에 들어가 씻었다. 어머니는 정릉의 외삼촌 생일이라 늦게 온다고 했던 것이다. 아버지는 항상 12시가 되어야 퇴근 해오니까 한 달에 한두 번이나 얼굴을 볼 뿐이다. 이 집안의 희망인 남동생 태훈은 고1로 과천의 외고 기숙사에서 생활하고 있다. 욕실의 거울에 비친 자신의 알몸을 바라보며 이경훈은 우두커니 서있다. 온몸에 붉고 푸른 반점이 돋아났다. 특히 허리와 팔, 다리가 그렇다. 가슴에도 붉은 반점이 큼직하게 번졌는데 흉측했다. 놈들은 신고식이라고 했다. 그리고 그놈, 같은 반 놈은 과제를 주었다. 신고 비용이 부족하다는 것이다. 그래서 내일 20만 원을 가져오라고 했다.

"가져왔어?"

2교시가 끝났을 때 놈이 다가와 책상 끝에 엉덩이를 걸치며 묻는다. 웃음 띤 얼굴, 인상도 좋다. 키는 이경훈보다 주먹 하나만큼 작았지만 어깨가 넓고 팔이 길었다. 놈은 반의 여학생들한테도 인기가 있는 것 같다. 놈에게 보내지는 여학생들의 시선을 보면 알 수가 있다. 이경훈이 머리만 끄덕이자 씨익 웃더니 몸을 일으켰다. 놈의 가슴에 붙여진 이름표에는 백광수라고 박혀져 있다. 돈은 준비해 왔다. 어젯밤 아버지의 지갑에서 10만 원권 수표 2장을 빼낸 것이다. 놈이 제 자리로 돌아갔을 때 통로 옆자리에 앉아있던 여학생이 힐끗 시선을 주었다. 유서연, 이름은 전학 온 첫날 외워두고 있었지만 아직 한마디도 말을 나누지 못했다. 같은 반에서 이야기를 나눈 놈은 두어 명밖에 되지 않는다. 그것도 짧게, 몇 마디 묻고 대답한 것뿐이었다. 이경훈은 소리 죽여 숨을 뱉는다. 저 기집애도 다 들었을 것이다. 그 말의 내용도 짐작하고 있겠다. 점심시간이 끝나고 이경훈이 화장실에 들렀다가 나왔을 때였다.

"얘."

하고 옆에서 누가 불렀으므로 이경훈이 머리를 돌렸다. 유서연이다. 복도 옆쪽에 서 있던 유서연이 눈으로 옆쪽을 가리키며 말한다.

"따라와."

복도에는 남녀 학생들이 오갔고 소란했지만 이쪽에 신경을 쓰는 것처럼 보이지 않았다. 앞장선 유서연이 복도 끝 쪽 비상계단으로 내려가더니 휘어지는 모퉁이에서 멈춰 섰다. 4층과 3층 사이의 휘어진 공간이다. 이쪽은 그늘이 져 있어서 아무도 없다. 아래쪽 건물 사이에서 남학생들의 잡담 소리만 울릴 뿐이다. 유서연이 이경훈을 똑바로 보았다.

"너, 백광수한테 뭘 주려는 거야?"

이경훈은 유서연의 콧등에 새까만 점 하나가 박혀 있는 것을 보았다. 치켜뜬 눈동자는 검고 입술은 야무지게 닫혀 있다. 약간 검은 피부, 사흘 동안 관찰한 결과 유서연의 단짝은 정이진, 키가 큰데다 행동도 활달해서 둘이 대조가 되었다. 유서연은 조용했고 다소 소극적으로 보였기 때문이다.

"그냥."

말 안 할 수가 없었기 때문에 이경훈이 얼버무렸다.

"뭘 좀 빌려달라고 해서."

"뭐? 돈?"

그러더니 유서연이 쓴웃음을 짓는다.

"너, 어제 학교 앞에서 백광수한테 맞았지? 학교에 벌써 소문이 쫙 났어."

이경훈의 시선을 잡은 유서연이 말을 이었다.

"제 자랑 겸 학교 오자마자 소문 퍼뜨린 거야. 너, 한번 당하면 계속 끌려가게 돼, 알고 있어?"

이경훈이 잠자코 유서연의 얼굴을 바라보다가 문득 묻는다.

"너, 나한테 이렇게 말해주는 이유가 뭔데?"

그러자 유서연이 다시 입술 끝만 비틀며 웃었다.

"내가 널 좋아해서 그러는 줄 아니? 오해 말고 잘 들어. 백광수를 위해서 그러는 거야."

놀란 이경훈이 눈만 크게 뜨자 유서연이 몸을 돌리며 말한다.

"돈 주지 마, 절대로. 너 같은 놈 때문에 걔 성질만 나빠져."

"말도 안 돼."

유서연의 뒷모습에 대고 이경훈이 말했다. 주춤 걸음만 멈춘 유서연의 뒤로 다가간 이경훈이 묻는다.

"그럼 왜 직접 이야기를 안 하는 건데?"

"네가 우리 둘 사이를 알 건 없고."

다시 발을 떼면서 유서연이 말을 이었다.

"좌우간 돈 주지 마. 두들겨 맞더라도."

"뭐? 이 새끼 너, 장난해?"

이경훈의 말이 끝나기도 전에 백광수가 배에 훅을 넣었다. 오늘도 그 골목 안이다. 멤버도 네 놈, 어제와 같다. 이경훈의 멱살을 쥔 백광수가 이번에는 업어치기로 땅바닥에 패대기를 쳤다. 이경훈이 떨어질 때 낙법을 썼지만 맨땅이다. 어제 다친 팔꿈치와 엉덩이에 지독한 통증이 왔다.

"이 개새끼."

백광수의 발길이 허리를 찼고 이어서 옆에 서 있던 놈이 가슴을 찼다. 그때 이경훈이 손을 뻗어 가슴을 찬 놈의 다리를 움켜쥐었다. 다시 다른 놈이 엉덩이를, 등을 찼지만 이경훈은 잡은 놈의 다리를 비틀어 땅바닥에 쓰러뜨렸다.

"이 새끼 봐라!"

외침과 함께 온몸에 발길질이 쏟아졌지만 이경훈은 넘어진 놈의 위로 올라탈 수 있었다. 그러고는 놈의 상반신을 두 팔로 감고는 입을 딱 벌렸다. 눈앞에 놈의 당황한 얼굴이 보였다. 그 순간 이경훈은 놈의 귀를 물었다.

"으아악!"

골목 안에서 커다란 비명소리가 울렸다.

이불을 젖힌 어머니의 입에서 비명소리가 울렸다.

"아이구머니!"

예상은 하고 있었지만 목소리가 너무 컸다. 이경훈이 이맛살을 찌푸렸다가 통증 때문에 이를 악물었다.

"이게 웬일이야!"

울음 섞인 목소리로 소리친 어머니가 방을 뛰어나간다. 숨길 수 없으리라고 예상은 했다. 자신이 봐도 얼굴이 끔찍했으니까. 눈 하나는 시퍼렇게 멍이 들었고 입술은 터진데다 부어올랐다. 볼 한 쪽이 벽에 부딪혀 껍질이 벗겨졌고 코피는 멈췄지만 부었다. 옷에 가려진 몸은 만신창이가 되어 있겠지만 우선 보이지 않으니 다행이다. 집으로 돌아와 다 씻고 드러누워 있다가 어머니한테 발각된 것이다.

"아이고, 이 망할 자식아!"

다시 방으로 돌아온 어머니가 이경훈의 얼굴을 어루만지며 울음을 터뜨렸다. 익산에서 가끔 이런 일이 있었지만 오늘처럼 호되게 당한 적은 처음이다. 어쨌든 유서연의 말대로 놈한테 돈은 안줬다. 그때 어머니가 울며 말한다.

"119 불렀으니까 같이 병원 가자."

오늘도 12시가 넘어서 집에 들어온 아버지가 응접실에서 어머니하고 두런거리는 소리가 들렸다. 그러더니 역시 문이 열리면서 불이 켜졌다.

"이 자식, 또 싸웠어?"

대뜸 소리부터 내질렀던 아버지가 눈을 둥그렇게 뜨더니 입을 다물었다. 그 모양을 본 이경훈의 가슴이 뛰었다. 어쨌든 아버지를 감동시킨 것이다.

"너, 이, 이 자식."

침대 옆으로 다가선 아버지가 말을 더듬는다. 어떤 때는 피투성이인 것보다 붕대를 감은 모습이 더 인상적인 것이다. 지금 자신이 그렇다. 얼굴의 반쪽, 가슴과 팔, 드러낸 다리까지 붕대를 감은 모습이 절반쯤 감은 미라일 테니까.

"누구한테 맞았는지 경찰한테도 말 안 했다면서? 누구야?"

붉어진 얼굴로 아버지가 소리쳤을 때 어머니가 방으로 들어섰다. 이경훈은 누운 채로 아버지를 본다. 열심히 산다고만 주장해온 아버지, 하긴 아버지만큼 회사 일에 열심인 사람도 없을 것이다. 일요일에도 회사를 나가니까. 그것을 보면 공부 못하는 놈이 맨날 도서관에 들어가 죽치고 앉아있는 모습이 떠오른다.

"말 안 해!"

하고 아버지가 다시 소리쳤다. 술기운이 번진 두 눈이 붉어져 있다. 그러자 어머니가 아버지의 팔을 잡아끌었다.

"왜 이래요! 알아서 어쩔 건데! 아픈 애 놔두자고요!"

"에이그, 이 병신."

어머니한테 끌려가면서 아버지가 탄식했다. 이경훈은 다시 눈을 감는다. 병신은 아니다. 그중 한 놈의 귀를 절반이나 이빨로 떼어 냈으니까. 입으로 귓조각을 뱉어내자 놈들은 학질을 뗀 얼굴을 짓더니 땅바닥에 떨어진 귓조각을 집어 들고 도망갔다. 아마 그놈도 지금쯤 떼어진 귀를 붙여놓고 누워있을 것이다.

나흘 만에 학교에 나갔을 때 유서연이 책상 옆에 서더니 말했다.

"잘했어."

딱 한마디만 하더니 제 자리로 돌아가 시치미를 떼고 책을 편다. 이경훈은 급우들의 시선이 달라져 있는 것을 느낄 수 있었다. 55명 중에서 30명 정도는 특별반으로 국일 전문대에 진학할 예정이었고 나머지는 이른바 프리, 어떤 놈들은 프로라고 부르는데 성적이 뒤진 놈들이다. 물론 유서연이나 정이진 등은 특별반이었고 이경훈, 백광수는 프로다. 2교시가 끝났을 때 프로 한 놈이 어슬렁거리며 다가오더니 은근하게 말한다.

"너, 학교 끝나고 우리하고 같이 가자."

이경훈은 시선만 주었고 놈이 목소리를 낮췄다.

"네가 귀 뜯어낸 놈은 아직도 안 나왔어."

그러고는 몸을 돌렸을 때 창가 책상에 앉은 백광수와 시선이 마주쳤다. 백광수는 무표정한 얼굴이었다. 점심시간에 정이진이 스쳐 지나가면서 말했다.

"너, 유명 인사됐다."

책상에 우두커니 앉아있던 이경훈이 깜짝 놀라 머리를 들었지만 정이진은 바로 교실을 나가버렸다. 그러고 보니 여학생들의 힐끗거리는 시선에 호기심이 배어 나왔다. 조그만 애 하나는 시선이 마주치자 생긋 웃어주기까지 한다. 소문이 쫙 퍼진 것이다. 그러자 귀를 뜯어내기 잘했다는 생각이 들었다. 좋아, 다음에는 코를 뜯어주지. 아직도 눈퉁이가 시퍼렇게 부었고 다리를 절름거렸지만 나쁜 기분은 아니다. 다만 학교 끝나고 같이 나가자는 놈이 걸렸고 백광수가 한 번도 시선을 주지 않는 것도 꺼림칙했다.

5교시 끝나고 담임한테 불려가 20분이나 잔소리를 듣느라고 학교에서 혼자 나왔다. 그러나 정문 앞 길을 건너자마자 교실에서 말을 건 프로가 어디서인지 나타나 옆에 붙는다. 명찰에 적힌 이름은 서대균.

"짜식, 샌 줄 알았네."

놈한테서 향수 냄새가 났다. 그러고 보니 어느새 머리에도 무스를 발라 세웠다.

"어디 가는데?"

이경훈이 묻자 놈이 턱으로 앞쪽 사거리를 가리켰다.

"저기, 가보면 알아."

이경훈은 입을 다물었다. 그러고 보니 내일이 토요일이다. 날씨는 화창했고 하늘에는 구름 한 점 없다. 이경훈은 절름거리며 사거리를 향해 걷는다.

떡볶이 가게의 안쪽 문을 열고 나왔더니 좁은 마당이었다. 마당을 건너 창고처럼 생긴 건물의 문을 열자 비닐 장판이 깔린 방이었다. 방은 꽤 컸는데 창가에는 소파가 놓였고 백광수와 대여섯 명의 프로가 앉아 기다리고 있다. 이제는 모두 사복 차림이었고 몇 놈은 담배를 꼬나물었다.

"어, 모시고 왔어?"

누군가 말하자 몇 놈이 짧게 웃는다. 서대균이 이경훈의 등을 밀어 소파 끝 쪽에 앉힌다. 이경훈이 주위에 둘러앉은 놈들을 둘러보았다. 그러고는 물었다.

"왜?"

그러자 또 몇 놈이 짧게 웃었고 몇 놈은 투덜거렸지만 두 놈은 가만히 시선만 준다. 이경훈의 정면, 디귿자형 소파의 상석에 앉은 놈하고 오른쪽 맨 윗자리의 백광수다. 이경훈의 시선이 상석의 놈에게로 옮겨졌다. 각진 얼굴, 차분한 표정, 그러나 전체적으로 윤곽이 뚜렷하고 위압감이 풍겨진다. 넓은 어깨, 그리고 소파 팔걸이에 걸친 손가락이 굵다. 그때 백광수가 말했다.

"너, 익산에서 좀 놀았더구먼, 두 번 정학 맞았지?"

이경훈이 눈만 껌벅였고 백광수가 말을 잇는다. 이제 방안은 조용하다.

"합기도 3단, 맞지?"

그때 머리를 돌린 이경훈이 상석에 앉은 놈을 보았다.

"용건."

"나아, 참."

얼굴을 일그러뜨린 백광수가 이경훈을 쏘아보았다.

"너, 이 새끼, 오늘 죽을 수가 있어."

그러나 이경훈은 들은 척도 하지 않고 상석의 앉은 놈을 본다. 그때 그놈이 말했다.

"네가 귀 뜯어낸 놈 치료비를 가져와야겠다."

놈의 목소리는 차분했다. 다시 방안이 조용해졌고 놈의 말이 이어졌다.

"월요일까지 3백만 원."

그러고는 놈이 빙그레 웃는다.

"조건은 딱 두 개다. 돈 내고 학교 다니느냐, 아니면 돈 안내고 학교 안 나가는 것."

"형, 또 싸웠어?"

토요일에 집에 온 이태훈이 저녁밥을 먹고 나서 방에 들어와 묻는다. 오늘은 아버지도 일찍 퇴근해서 모처럼 네 식구가 모였다. 집안에서 웃음소리가 들릴 때는 이때뿐이다.

"아냐, 인마."

비스듬히 누운 이경훈이 이태훈을 흘겨보았다.

"넌 신경 끄고 나가서 엄마 아빠 앞에서 재롱 좀더 떨고 와."

"내가 애야?"

눈을 치켜뜬 이태훈을 향해 이경훈이 베개를 던졌지만 빗나갔다.

"이 새끼, 안 나가! 가서 엄마 아빠하고 이야기를 좀더 하란 말이다."

놀란 듯 문 앞에 우두커니 선 이태훈을 향해 이경훈이 으르렁거렸다.

"그 양반들한테는 네가 희망이고 기둥이야, 너 오는 날만 얼마나 기다리는 줄 알아? 아버지는 네가 오는 토요일에만 집에서 저녁밥 먹는단 말이야! 이 새끼야."

그러자 이태훈이 문을 열고 밖으로 나간다. 이경훈은 침대에 누워 천장을 보았다. 눈앞에 오늘 만난 놈이 떠올랐다. 상석에 앉은 놈, 아직 이름도 모른다. 그러나 그놈이 짱이다. 가라앉은 눈빛, 힘이 들어가지 않은 어깨, 그리고 그 손, 굳은살이 박혀있지 않았지만 주먹이 되었을 때는 흉기로 변해질 것이었다.

휴대폰이 울렸을 때는 일요일 오전 9시경이다. 아침 식사를 마치고 방에 들어와 컴퓨터를 켰을 때였다. 발신자 번호는 생소했지만 이경훈은 휴대폰을 귀에 붙였다.

"여보세요."

"이경훈, 맞아?"

여자 목소리, 긴장한 이경훈이 휴대폰을 고쳐 쥐었다.

"누구세요?"

"나, 유서연."

이경훈은 입을 다물었다. 이게 또 웬일이야? 하는 생각이 들었기 때문이다. 반갑지 않다, 아니, 꺼림칙하다. 백광수의 앞잡이. 백광수를 위해서라고? 그때 유서연이 말을 잇는다.

"11시에 적십자병원 앞에서 만나."

그 순간 이경훈이 와락 소리쳤다.

"야, 놔둬. 니가 뭔데 누굴 오라 가라 하는 거야?"

내친김에 이경훈이 덧붙였다.

"그리고 내 전번 어떻게 알았어? 어떤 시발 놈이 알려준 거야?"

그러자 의외로 수화기에서 짧은 웃음소리가 울렸다.

"글쎄, 다 아는 수가 있지."

백광수가 알려주었을 것이다. 지난번에 핸드폰 번호를 적어 갔으니까. 다시 유서연이 말을 잇는다.

"너, 내일 3백만 원 준비할 수 있어? 그 일 때문에 만나자는 거야."

잠시 뜸을 들인 유서연의 목소리가 차분해졌다.

"널 도우려는 거다."

이경훈은 휴대폰의 덮개를 내렸다.

11시 10분에 이경훈은 적십자병원 앞 버스정류장에 멈춘 마을버스에서 내린다. 정류장에는 환자복을 입은 두 남자가 벤치에 앉아 담배를 피우고 있었는데 그 뒤쪽에 유서연이 서 있다. 유서연은 머리를 뒤로 묶었고 블라우스에 스커트 차림이어서 최소한 대학생 같았다. 저 꼴로 나이트에도 얼마든지 출입할 수 있을 것이었다. 이경훈은 지금도 다리를 약간 전다. 절름거리며 다가선 이경훈이 무표정한 얼굴로 물었다.

"뭐야?"

"저기 가서 짜장면 먹자."

유서연이 대답대신 턱으로 길 건너편을 가리키며 말한다.

"맛있어."

"이게 웃기네."

눈을 가늘게 뜬 이경훈이 유서연을 노려보았다.

"양다리 걸치는 거야, 뭐야?"

"그건 니 맘대로 생각하고."

발을 떼면서 유서연이 눈을 흘겼다.

"너한테는 손해 볼일 없어, 이 맹구야."

중국집, 지저분했다. 그러나 아침밥을 대충 먹은 터라 짜장 냄새를 맡자 침이 넘어갔다. 아직 손님은 두 테이블밖에 없었는데 유서연은 이경훈에게 묻지도 않고 짜장면 둘을 시켰다. 그러고는 이경훈을 쏘아보며 말했다.

"내가 살 테니까 잔소리 말고 먹어."

그래서는 아니지만 이경훈은 입을 꾹 다물었고 유서연이 말을 잇는다.

"너를 데려간 애는 학교 짱이야, 강동식이라고 들어봤어?"

"개그맨은 아는데."

"그 강동식이 말고 멍청아."

"아니, 이게."

했다가 이경훈이 다시 입을 다물었고 유서연이 정색하고 말한다.

"백광수는 강동식이 쫄따구지. 저는 2인자라고 하지만 병신, 10명중 8인자쯤 될 거야."

"지 애인을 그렇게 비하하면 쓰나."

하고 이경훈이 끼어들었지만 왠지 유서연은 내색 않고 말을 잇는다.

"강동식이가 네 뒷조사까지 했대, 그래서 3백을 부른 건데, 너, 어쩔 거야?"

그때 짜장면이 나오는 바람에 대화가 끊겼다. 유서연도 더 말을 이을 생각이 없는지 젓가락을 뽀개었다. 과연 짜장면은 맛이 있었다. 유서연도 입가에 짜장면을 묻히면서 그릇을 깨끗이 비웠는데 젓가락을 내려놓으면서 작게 트림까지 했다.

"너, 군만두 먹을래?"

아무래도 짜장면 한 그릇으로는 부족했던지 유서연이 그렇게 묻더니 이경훈을 쳐다보지도 않고 주인을 불러 군만두 2인분을 시켰다. 그러더니 말을 잇는다.

"강동식이는 널 잡으려고 그러는 거야. 그러니까 네가 오늘 중으로 강동식이를 찾아가. 내가 전번 알려줄게."

"만나서 뭐 하라고?"

"만나면 돼."

그러더니 다시 눈을 흘긴다.

"병신아 내가 그것까지 말해 줘야 돼?"

"그런데……."

이경훈이 똑바로 유서연을 보았다.

"네가 나한테 이러는 이유를 듣자."

"네가 불쌍해서."

미리 준비를 하고 있었던 것처럼 유서연이 말이 끝나기가 무섭게 대답했다. 그러더니 피식 웃는다.

"백광수를 악의 소굴에서 끄집어내려는 의미도 있고."

오후 3시가 되었을 때 아버지는 태훈이와 함께 기숙사로 떠났다. 아버지는 태훈이와 함께 있으면 표정이 밝다. 이경훈 앞에서 숨기려고 하지만 다 드러난다. 웃고 있다가도 이경훈의 모습이 보이면 얼른 표정을 바꾸는 것이다. 그게 보기 싫어서 이경훈은 둘이 있을 때는 끼어들지 않았다. 중학교에 입학한 후부터 그랬던 것 같다. 항상 중하위권 성적을 내면서 말썽만 일으키는 이경훈과 대조적으로 동생 이태훈은 전교에서 1, 2등을 놓치지 않았고 명랑한데다 예의 바른 모범생이었으니까. 그래서 중학 3학년 때인가 한번은 이경훈이 아버지한테 DNA 조사 의뢰를 하게 머리카락 몇 올만 잘라달라고 했다가 맞은 적이 있다.

"너, 아버지 지갑에서 돈 내갔어?"

방으로 들어선 어머니가 물었으므로 컴퓨터 앞에 앉았던 이경훈이 기지개를 켰다.

"그 양반 술 많이 취한 줄 알았더니 째째하게 다 세어 봤구먼."

"달라고 하지 왜 빼 갔어?"

"저기, 내 바지 주머니에 있으니까 도로 가져가."

이경훈이 턱으로 옷걸이에 걸린 바지를 가리켰다.

"안마 시술소 가려다가 말았어."

"뭐어?"

어머니의 목소리가 높아졌다. 서둘러 옷걸이로 다가간 어머니가 바지 주머니에서 수표를 꺼내면서 말했다.

"이자식이 별걸 다 해, 여기까지 와서도 속을 썩일 거야!"

"내가 오고 싶어서 왔나? 아버지가 회사를 옮기는 바람에 온 것이지."

"니가 익산에 있었담 졸업이나 할 수 있었을 것 같아?"

"여기서도 끝장났어."

불쑥 말을 뱉은 이경훈이 의자를 돌려 어머니를 마주 보았다. 놀란 어머니가 눈과 입을 반쯤 벌린 채 아직 말을 떼지 못하고 있다. 그 순간 이경훈의 가슴이 좀 짠했다. 지금까지 어머니의 웃는 얼굴도 별로 보지 못한 것 같다. 태훈이하고 같이 있을 때 조금 밝은 것 같지만 그것도 아버지한테 빼앗겨 주변만 맴돈다. 혹시 내 눈치를 봐서 태훈이 옆으로 접근하지 않는 것일까?

"무슨 말이야?"

어머니가 갈라진 목소리로 물었으므로 이경훈은 길게 숨부터 뱉는다.

"아냐, 그냥 한 말이야."

"너."

한 걸음 다가선 어머니가 손가락으로 이경훈의 코끝을 가리켰다.

"너, 여기서 또 일내면 엄마 죽는 꼴을 볼 거다. 나 아주 살지 않을란다."

"별꼴 다 봤네."

쓴웃음을 지은 이경훈이 다시 의자를 돌려 앉았지만 얼굴이 일그러졌다. 마우스를 쥐면서 이경훈이 뱉듯이 말한다.

"죽을 때 내 핑계는 대지 마, 기분 나빠."

어머니하고 아버지 사이는 좋지도 나쁘지도 않았다. TV 드라마처럼 깨가 쏟아지는 것도 아주 악랄한 사이도 아닌 그저 그런 사이. 아버지는 회사 일로 집안에 있는 시간은 드물었으며 어머니는 언제나 집안일에 파묻힌 주부였다. 평범한 가정이라고 볼 수 있다. 중류층의 경제력, 큰 부자는 아니었지만 아버지는 땅이 좀 있고 대기업의 부장이다. 그래서 집안의 가장 문젯거리는 큰아들 이경훈, 익산에서 고등학교를 다닐 때 큰 사고를 두 번 내었는데 작년에는 조폭 한 놈을 머리를 서른 바늘이나 꿰매고 팔을 부러뜨린 중상을 입힌 바람에 아버지가 온갖 연줄을 다 동원하고도 거금 2천만 원을 배상하고 나서야 사건을 수습했다. 만일 학교에서 알았다면 퇴학 감이었다. 경찰서에 잡혀 있던 사흘 동안 아버지는 죽을 고생을 했다고 지금도 무용담을 늘어놓는다. 익산에서 국일 실고에 전학 오기 전에 익산고 자료에 정학 두 번이라고 했지만 실제로는 다섯 번이다. 큰 사건 세 건은 아버지가 학교 측과 손을 써서 기록을 말소시킨 것이다. 아버지는 꽤 유능한 직장인이다. 전주의 국일 중공업 계열사 이사로 근무하다가 본사 부장으로 특채된 것만 봐도 그렇다. 본사 부장이면 계열사 사장들과 맞먹는다는 것이다. 아버지는 수재들만 모이는 과천외고에 태훈이를 입학시키면서 서울 본사로 자리를 옮기려고 치열하게 로비를 했고 마침내 두 개 다 성공시켰다. 그리고 이경훈은 둘에 묻어왔을 뿐이다. 그렇구나, 어머니도 묻어왔다. 어머니를 보면 금방 허겁지겁이란 단어가 떠오른다. 언제나 허겁지겁, 그러다 항상 저녁때가 되면 늘어지는 어머니. 어머니 생각을 하다가 이경훈은 책상에다 코를 박고 잠이 들었다.

"누구야?"

수화기에서 울린 목소리는 거칠었다.

"나, 이경훈."

이경훈이 차분하게 대답하자 놈은 버럭 목소리를 높인다.

"누구?"

"이경훈."

다시 되풀이 했을 때 놈은 3초쯤 가만있었다. 그러더니 목소리가 낮고 굵어졌다. 잇사이로 뱉는 소리.

"너, 이 새끼. 내 전번 어떻게 알고?"

"아는 수가 있어."

"이게 정말."

"지금 만났으면 좋겠는데."

"지금 말이냐?"

놈의 목소리에는 이제 웃음기가 띠어졌다. 놈이 선뜻 대답한다.

"좋지. 너, 그 떡볶이 안집으로 와."

그러고는 전화가 끊겼다. 그 아지트를 떡볶이 안집으로 부르는 모양이었다.

저녁 7시 15분 전, 떡볶이 안집 방안에는 여섯 명이 둘러앉았다. 상석에 강동식, 그리고 나머지 다섯은 간부 급 회원이다. 강동식은 근처 유경고, 대성 종고 3개 고등학교의 통합 짱으로 마치 왕처럼 군림하는 존재, 2학년 때부터 짱으로 군림한 것은 1년을 휴학했기 때문이었는데 3학년으로 진급한 지금은 2년째 집권하는 셈이 된다. 따라서 조직력도 강해졌고 강동식의 기반은 더 굳어졌다. 둘러앉은 다섯 중 둘은 유경고와 대성 종고 짱이다. 이번 신학기에 강동식은 교복 오더를 받아준 대가로 수천만 원을 챙겼는데 물론 뒤를 봐주는 세력이 있기 때문에 가능한 일이다. 조폭 세력은 강동식을 현장 책임자처럼 부리고 있는 것이다. 조폭 세력은 식당이나 매점, 이제는 교재에까지 손을 뻗치고 있는 상황이다. 강동식이 입을 열었다.

"그 자식이 내 전번을 어떻게 알게 되었는가는 곧 밝혀지겠지."

머리를 돌린 강동식이 왼쪽 끝에 앉은 백광수를 보았다.

"아무래도 난 너한테서 정보가 새 나간 것 같단 말이야."

"나는……."

당황한 백광수가 침부터 삼켰다.

"형, 내가 그럴 리가 있어?"

"네 깔치, 유서연이."

"걔, 걔가 왜."

백광수의 얼굴이 하얗게 굳어졌다. 같은 학년이지만 백광수는 물론이고 모두 다 강동식을 형이라고 부른다. 강동식이 1년 휴학했기 때문이다. 쓴웃음을 지은 강동식이 말을 잇는다.

"네가 네 깔치한테 알려준 것이 그놈한테 넘어간 거야. 그놈한테 말 거는 기집애는 니 깔치뿐이라면서?"

"아무리 그래도."

"야, 시끄러."

백광수의 입을 막은 강동식이 주위를 둘러보았다.

"그 자식이 만나자고 한 건 우리 조직에 끼겠다는 수작 같은데, 싸가지가 없다. 돈 받아내고 봉으로 만들든지 아니면 반쯤 죽여서 학교 못나오게 하든지 둘 중 하나다."

이제 결론이 났다.

7시 정각이 되었을 때 탁자위에 놓인 휴대폰이 울렸다. 그것을 본 강동식이 왼쪽에 앉은 김창곤에게 말한다. 김창곤은 대성 종고의 짱이다.

"야, 네가 받아."

김창곤이 휴대폰을 집어 귀에 붙인다. 귀가 뭉개져서 혹처럼 붙여져 있었는데 레슬링을 했기 때문이다. 레슬링 미들급으로 전국체전에서 작년에 3위를 했다.

"여보셔."

거친 목소리로 김창곤이 대답했을 때 수화구에서 묻는다.

"강동식이 전화 아냐?"

"이 짜식아, 강동식이 뭐야?"

대뜸 김창곤이 으르렁거렸다.

"시발놈이 주둥이를 확 찢어주리? 어따 대고 강동식이야, 이 새끼야."

"야, 야."

쓴웃음을 지은 강동식이 말한다.

"이리 오라고 해."

그러자 호흡을 정리한 김창곤이 묻는다.

"너, 지금 어디여?"

"나, 떡볶이집 앞인데, 들어가도 돼?"

"들어와, 이 새끼야."

휴대폰을 내려놓은 김창곤이 눈을 치켜뜨고 강동식을 보았다.

"바로 집 앞이라는데, 형."

모두의 시선을 받은 강동식이 천천히 머리를 끄덕인다.

방으로 들어선 이경훈이 둘러앉은 놈들을 보더니 놀란 듯 눈을 둥그렇게 떴다. 여섯 쌍의 시선이 일제히 모여졌으므로 이경훈은 멋쩍은 듯 쓴웃음을 짓는다. 그것이 백광수에게는 못마땅했다. 전혀 무서워하는 분위기가 아니었기 때문이다. 그것을 방안의 모두가 느꼈을 것이다.

"이런 시발놈이."

성질이 급한 김창곤이 먼저 으르렁거린다. 눈을 치켜뜬 김창곤이 씹어뱉듯 말한다.

"야 이 시발놈아, 뻐개지 말고, 눈깔어, 얼릉."

그때 강동식이 입을 열었다.

"그래, 돈 가져왔지?"

"아니."

문 앞에 선 이경훈이 머리를 젓는다. 그러더니 눈을 가늘게 뜨고 강동식을 보았다.

"오늘 끝장을 내야겠다."

"뭐어?"

하고 강동식이 물었을 때였다. 이경훈이 뒤쪽에 닫힌 문을 열자 사내들이 들어왔다. 놀란 모두가 눈을 치켜떴지만 사내들이 꾸역꾸역 몰려 들어온다.

"뭐, 뭐야?"

엉거주춤 일어선 김창곤이 버럭 소리쳤을 때는 사내들이 모두 둘러싼 후였다. 사내들이 꽉 들어찼으므로 문이 어느 쪽에 있는가도 보이지 않는다. 강동식의 얼굴도 누렇게 굳어졌다. 전혀 예상하지 못했던 일인 것이다. 사내들은 스무 명은 된다. 더구나 좁은 방이라 이미 승산은 없다. 순식간에 닥친 일이어서 우물쭈물 하는 사이에 주머니 속에 든 쥐 꼴이 되었다. 강동식이 눈을 치켜뜨고 사내들을 둘러보았다. 모두 사복을 입었지만 또래들이다. 고삐리다. 그렇다면, 이제 다섯 명은 모두 일어선 채로 강동식의 눈치만 본다. 김창곤도 가쁜 숨만 뱉을 뿐이다. 둘러싸고 서 있는 놈들도 모두 조용하다. 그때 이경훈이 말했다.

"준비."

그러자 스무 명이 일제히 허리춤에서, 가슴에서 제각기 흉기를 꺼내 쥐었다. 날이 흰 단도, 쇠뭉치, 어떤 놈은 회칼까지 쥐었다. 방안 분위기가 얼어붙었다.

"움직이는 놈은 아예 포를 떠버려."

이경훈이 웃음 띤 얼굴로 말한다. 그때 김창곤이 몸을 돌렸다. 분을 참지 못한 것이다. 그러나 그 순간 바로 뒤에 서 있던 배코 친 머리가 쇠뭉치로 김창곤의 머리통을 내려쳤다. 머리에서 마른 바가지가 깨지는 소리가 났고 다시 옆쪽 장발이 단도로 김창곤의 어깨를 쑤셨다.

"아아이고!"

처음으로 방안에서 비명이 터졌을 때 나머지 넷이 몸을 솟구쳐 덤볐다. 그러나 이미 기선이 제압당한 상태인데다 반격의 기회는 이미 놓쳤다. 방안은 아수라장이 되었지만 1분도 안 되어서 비명과 신음이 뒤범벅이 된 채 상황이 종료되었다. 강동식을 제외한 다섯은 무참한 몰골이 되어 방바닥에 쓰러져 있다. 모두 머리가 깨지거나 팔다리가 부러졌고 특히 먼저 달려든 김창곤은 의식을 잃은 채 신음 소리도 뱉지 않는다. 그러나 강동식은 자리에 앉은 채 움직이지 않았으므로 멀쩡했다. 아무도 달려들지 않았기도 했다. 강동식과 마주보는 위치에 서 있던 이경훈도 마찬가지였다. 방안에서 둘만 움직이지 않았다. 침입자들은 훈련이 잘 되었다. 다섯을 묵사발로 만들어 놓더니 다시 소파 뒤쪽에 빙 둘러선다. 그리고 입을 다물었으므로 쓰러진 놈들의 신음만 방안에 울렸다. 그때 이경훈이 강동식에게 말한다.

"넌 나하고 맞짱 떠야 돼."

강동식의 시선을 받은 이경훈이 빙그레 웃는다.

"내가 몸 컨디션이 안 좋지만 할 수 없지. 오늘 너하고 나, 둘 중 하나만 살아 나가는 거다."

그러고는 둘러선 놈들에게 말한다.

"이 시발놈들 치워, 방안에 저 새끼하고 나하고 둘만 남도록."

그러더니 시선이 엎어져 있는 백광수에게 머물렀다.

"저 새끼."

이경훈이 백광수를 턱으로 가리키며 말했다.

"다리 한 짝만 더 부러뜨려."

백광수는 이미 팔 하나가 부러졌고 코가 뭉개졌으며 이가 대여섯 개 빠진 상태였다. 그러자 둘이 백광수에게 다가갔고 곧 처절한 비명소리가 터졌다.

방에 둘이 남겨졌을 때 이경훈이 강동식을 향해 빙그레 웃는다.

"아유, 애새끼. 엊그제 여기서 폼 잡을 때 생각하면 토 나오려고 하네, 니가 뭐? 3대 짱이라며? 3대 고등학교를 먹는다고 3대냐?"

이경훈이 강동식을 향해 다가간다. 걸음을 옮길 때마다 약간 다리를 전다.

"지금 짱구를 열나게 굴리고 있겠구먼, 이방에서 살아 나간다고 해도 밖에서 기다리는 놈들이 놔줄까 하고."

"시발 놈아, 너 죽이면 되는겨."

하고 강동식이 잇사이로 말한 순간에 이경훈이 덮쳤다. 강동식이 주먹으로 쳤지만 이경훈은 가슴과 옆구리를 얻어맞으면서 허리를 움켜 안았다. 그러고는 번쩍 안아들고 방바닥에 꼬나 박았다. 좁은데다 소파가 걸려 마음대로 발을 움직이기가 힘든 것이다. 엎치락뒤치락 거리다가 마침내 이경훈이 강동식의 팔을 꼬아 쥐었다. 유도를 기본으로 개발시킨 브라질의 실전 유도 주짓수다. 합기도 3단은 겉으로 드러난 것이고 실제로는 종합 격투기를 단련한 이경훈이다. 도박꾼들이 주최한 비밀 시합에 나가 7전 6승 1패를 기록한 경력은 몇 명만이 알고 있을 뿐이다. 선천적으로 체력과 순발력을 타고난데다가 맷집이 강했고 끈기가 있어서 코치 겸 매니저 양순동은 장래가 유망하다고 했지만 천만의 말씀이다. 격투기 시합은 스트레스를 풀고 용돈을 벌기위한 방편일 뿐이었다. 서울로 전학 온 순간부터는 딱 끊기로 결심했던 것이다.

"따악!"

하고 어깨뼈가 부러지는 소리가 나더니 강동식의 입에서 마침내 비명이 터졌다.

"아이고!"

아픔보다 뼈 부서지는 소리가 소름이 더 끼쳤을 것이다. 그러나 이경훈은 강동식을 놓아주지 않는다. 몸을 비틀어 성한 다른 쪽 팔을 비틀어 쥐었을 때 강동식이 부르짖었다.

"항복!"

"이 시발놈이, 장난하네."

웃음 띤 목소리로 말한 이경훈이 다시 팔을 뒤쪽으로 밀기 시작한다. 고통이 끔찍할 것이다.

"아이고, 사람 살려!"

얼굴이 땀으로 범벅이 된 강동식이 울부짖었다. 그때 방문이 열리더니 대여섯 명이 들어온다. 밖에 있다가 구경을 하려고 들어온 것이다. 모두 익산에서 올라온 촌놈들.

"아이고, 살려주십셔!"

강동식이 발버둥을 치면서 처절하게 외쳤다. 체력이 강하다. 다른 놈 같으면 첫 번째 팔이 부러졌을 때 기절했을 것이었다.

"따악!"

다시 나머지 어깨뼈가 부러졌다. 전치 3개월, 팔을 제대로 쓰려면 1년쯤 지나야 될 것이었다. 두 번째 뼈가 부러진 순간에 강동식은 기절했으므로 이경훈은 몸을 굴려 일어섰다. 그러고는 서 있는 촌놈들에게 말했다.

"야, 다들 들어오라고 해, 느그덜 경비 마련해야지."

여섯 놈을 다시 방안에 끌어놓고 경비를 모으면 아마 일인당 백만 원쯤은 쥐고 내려갈 수 있을 것이다.

다섯 번째 전설
영웅

2장

다음날 학교에 간 이경훈이 자리에 앉자마자 두리번거리며 누구를 찾는 시늉을 한다. 먼저 유서연과 시선이 마주쳤다. 그때 유서연이 황급히 머리를 돌린다. 얼굴색이 하얗게 굳어져 있다. 창가의 백광수 자리는 비었다. 당연하다. 백광수는 어제 성심병원에 뺑소니차한테 친 것으로 되어 입원했는데 전치 3개월이 나왔다. 물론 입원하기 전에 카드로 현금 지급기에서 4백5십만 원을 인출해야만 했다. 이윽고 이경훈의 시선이 서대균에게 머물렀다. 백광수의 똘마니. 이경훈의 시선을 받더니 놈은 고양이를 본 쥐처럼 몸이 굳어졌다. 시선을 얼른 내렸지만 숨도 쉬지 않는 것을 알 수 있었다. 이놈은 언제나 떠들썩했다. 쉬는 시간에는 교실 분위기를 잡았던 놈이다.

"야!."

하고 이경훈이 부르자 교실 안은 물벼락을 맞은 듯이 조용해졌다. 이경훈이 누구를 부른 것은 처음이다. 그것도 큰 소리로. 모두의 시선이 이경훈의 시선을 받고 나서 더 긴장한다. 서대균을 불렀기 때문이다. 시선을 든 서대균이 이경훈을 보았다. 얼굴빛이 누렇게 떠 있었다. 이경훈이 손을 들더니 둘째 손가락을 위로 올려 까닥까닥했다. 오라는 표시다. 교실 안은 숨소리도 나지 않는다. 남녀 학생 48명이 모두 눈동자만 굴리고 있다. 그때 서대균이 일어났다. 그러고는 이경훈한테 다가가는 것이다. 책상 4개 열을 거쳐야 했는데 책상 하나에 옆구리를 받혀 비틀거렸다. 서대균은 머리통이 컸고 목이 짧아서 힘 꽤나 쓰게 보인다. 다가온 서대균이 두 걸음쯤 앞에 서더니 시선을 들었다. 눈동자가 흔들리고 있다. 그때 이경훈이 말했다.

"물 한 잔 떠와."

서대균이 잠자코 몸을 돌렸을 때 이경훈이 등에 대고 말한다.

"뛰어, 이 새끼야."

낮게 말했지만 서대균이 두 걸음 째부터 뛰기 시작했다. 서대균이 뛰어서 교실을 나갔을 때도 마찬가지였다. 교실 안은 쥐 죽은 듯이 조용했다.

월요일처럼 공부를 열심히 한 날도 없을 것이다. 선생님의 강의가 머리에 쏙쏙 들어왔고 학습 분위기도 좋아서 국어 선생님이 칭찬을 할 정도였다. 쉬는 시간에도 조용했다. 서대균이 입을 꾹 다물고 있는데다 놈 주변에서 알랑거리던 송사리들도 다 떨어져나갔기 때문이다. 물론 이경훈 옆으로는 아무도 다가오지 않았다. 유서연은 물론 정이진도 그렇다. 앞쪽 조그만 여자애도 힐끔거리다가 이경훈의 시선이 가면 화들짝 놀라 피한다. 점심시간이 되었을 때 이경훈이 손짓으로 서대균을 부르고나서 복도로 나온다. 비상구 계단의 모퉁이에 섰을 때 뒤를 따라온 서대균이 시선을 내린다. 이경훈이 묻는다.

"내가 접수한 거, 알지?"

"응."

"응이 뭐야, 이 새꺄."

"예."

하고 서대균이 오그라들었을 때 이경훈이 입맛을 다시고 나서 말한다.

"좋아, 말 놔라. 근데 지금 당장 3학년 간부 놈 셋을 데려와."

"저, 둘은 안 나왔고 하나만 나왔는데."

"안 나온 두 놈은 나하고 해보겠다는 걸로 알고 오늘 중으로 잡아 죽인다. 그럼 나온 놈만 일루 데려와."

그러자 서대균이 몸을 돌리더니 내달렸다. 빠르다. 기운이 나는 것 같다.

이른바 강동식이 대장인 일진회는 각 학년별로 쌈 잘하는 놈 10명씩을 추려 조직되어 있었는데 1, 2학년은 간부가 각각 2명씩이었고 3학년은 대장 포함해서 5명이다. 그래서 어제 저녁에 강동식과 백광수 두 놈이 당했기 때문에 셋이 남은 것이다. 셋 중에서 둘이 안 나왔다니 어제 사건을 듣고 작전을 짜는 것이 분명했다. 잠시 후에 서대균이 데려온 놈은 딱 벌어진 어깨에 몸통이 커서 역도 선수 같았다. 이경훈을 보더니 손을 내밀면서 다가온다.

"반갑다, 강동식이 잡았다며? 나, 한기웅이야."

놈이 이경훈의 손을 쥐더니 살짝 잡는 시늉만 하고 내려놓는다.

"둘은 반란 일으킬 째비가 못돼, 내가 곧 연락해서 오라고 할게."

오는 중에 서대균한테서 들은 것이다. 이경훈이 머리를 끄덕였다.

"오늘 6교시 끝내고 만나자고 해, 1, 2학년 간부까지 다 모아서."

"그럼 떡볶이 안집에서 모일까?"

한기웅이 묻자 이경훈이 그때서야 웃는다.

"그러자. 그 골방도 우리가 써야지."

6교시 끝내고 프로들은 놔주는 터라 이경훈은 서대균과 함께 학교를 나온다. 교문 앞에서 기다리던 한기웅이 끼었으므로 셋이 걷는다.

"강동식이 전치 4개월이라고 하대?"

하고 한기웅이 말했으므로 이경훈이 지그시 보았다.

"병원 갔다 왔냐?"

"응, 연락 받고 어젯밤에."

"연락은 누구한테서?"

"2학년 간부놈. 강동식이 그놈한테 연락을 한 거야."

그러고는 한기웅이 씨익 웃는다.

"그놈은 강동식의 외사촌 동생이지."

"강동식이 돈 많더라."

이경훈이 말하자 한기웅은 외면했다. 그러더니 혼잣소리처럼 말한다.

"욕심이 많았지."

머리를 돌린 이경훈은 뒤에 너댓 명이 따르고 있는 것을 본다. 모두 시선이 마주치자 분주히 외면했는데 1, 2학년 간부들인 것 같았다.

만일의 경우에 대비해서 학교 앞에 촌놈 몇 명을 대기 시켰기 때문에 떡볶이 집 안채는 벅적거렸다. 촌놈들이 마당에서 진을 치고 있는 것이다. 그래서 방으로 들어선 간부들은 풀이 죽어 있었지만 한기웅과 서대균만은 쌩쌩했다. 3학년 간부도 못 되고 백광수 심부름이나 하던 서대균은 신분이 상승된 것이나 같다. 이경훈의 잔심부름을 도맡았기 때문이다. 방안에 모인 간부는 모두 여섯, 3학년 셋에 2학년 하나, 1학년 둘이었다. 거기에다 서대균까지 끼었으니 여덟 명이 둘러앉았다. 2학년 한 놈이 나오지 않은 것은 강동식의 외사촌 동생이었다. 이경훈이 어제 이맘때만 해도 강동식이 앉았던 자리에 앉아 입을 열었다.

"내가 어제 여기서 강동식이 어깨뼈 두 개를 부러뜨렸어."

이경훈이 팔을 비트는 시늉을 하면서 말을 잇는다.

"어깨뼈는 굵어서 부러지는 소리가 꽤 크게 난다, 따악, 그래."

오른쪽에 앉은 한기웅의 얼굴에 웃음이 번졌지만 나머지는 조용하다. 1학년 한 놈의 얼굴은 시퍼렇게 굳어져 있다. 이경훈이 소파에 등을 붙이고 말한다.

"어쨌든 일진회는 내가 접수했다. 나한테 불만이 있는 놈은 나가도 돼, 도전한다면 얼마든지. 하지만 음모를 꾸미거나 등을 찌른다면 아주 병신을 만들어줄게."

그러고는 주위를 둘러보았다.

"자, 여기서 결정해라. 날 인정하고 같이 지내든지, 나가든지."

모두 조용했고 이경훈은 그대로 앉아 속으로 숫자를 센다. 이경훈이 일곱까지 세었을 때 한기웅이 나섰다.

"없구만 그래. 허긴 어떤 용가리가 있겠어?"

한기웅과 비서실장 서대균은 안집 미팅이 끝나고 나서 아파트 앞까지 이경훈을 따라왔다. 저녁 8시 반, 안집에서 모두에게 짜장면 곱빼기를 시켜 저녁을 먹은 터라 셋은 단지 안의 어린이 놀이터로 가서 어두운 벤치에 둘러앉았다. 서대균에게 가게에서 음료수를 사오라고 시킨 이경훈이 한기웅에게 묻는다.

"어제 강동식이한테서 1천2백만 원, 백광수, 그리고 김창곤, 최성천한테서 모두 8백5십, 그래서 2천만 원 넘게 뜯어내서 올라온 애들한테 1백만 원씩 나눠주었어."

"그것밖에 못 뜯었어?"

눈을 크게 뜬 한기웅이 입맛을 다셨다.

"내 계산으로만 이번 신학기에 강동식이가 2억은 먹었어. 그중 1억은 위에다 상납하고 1억 중에서 아마 6, 7천은 챙겼을 걸?"

"강동식이도 터미널파 이야기를 하더라."

쓴웃음을 지은 이경훈이 어둠속에서 번들거리는 눈으로 한기웅을 보았다.

"모두 다 상납했다고 그러더먼. 저는 용돈만 받았다고."

"도둑놈."

"터미널파도 지금쯤 움직이고 있겠구먼."

남의 일처럼 이경훈이 말했을 때 한기웅이 정색했다.

"어떻게 하려고 그래?"

한기웅은 그것이 궁금해서 집까지 따라온 것 같았다. 바짝 다가앉은 한기웅이 말을 잇는다.

"터미널파 행동대는 수십 명이야. 마음만 먹으면 우리 죽이는 건 시간문제야."

그러고는 목소리를 낮춘다.

"아마 오늘 안집에 모인 놈들 중에서 몇 놈은 지금쯤 터미널파에 가서 보고하고 있을 거라고."

"그러겠지."

머리를 끄덕인 이경훈이 길게 숨을 뱉는다.

"알아, 누구든 힘센 놈한테 붙는 거야."

터미널파는 중계동의 버스 터미널을 중심으로 활동하는 조폭을 말한다. 이곳은 인구 밀집 지역인데다 상가가 번화해서 조폭의 활동 무대로 적합했다. 특히 유흥업소가 많았기 때문에 크고 작은 다툼이 끊이지 않는 곳이다. 그리고 국일 실고의 일진회뿐만 아니라 근처 대성 종고, 유경고 출신 선배들이 터미널파에서도 일하고 있는 것이다. 일진회는 조폭 양성소 역할이나 같다.

"어쨌든 시작은 했으니까."

입맛을 다신 이경훈이 웃음 띤 얼굴로 한기웅의 어깨를 툭 쳤다.

"봐라, 너 같은 놈이 벌써 하나 붙었잖아? 해봐야지, 뭐."

다음날 2교시가 끝나고 휴식 시간이 되었을 때 휴대폰이 진동을 했다. 모르는 번호였지만 이경훈이 휴대폰을 귀에 붙인다.

"여보세요."

"이경훈이, 맞지?"

굵은 사내의 목소리. 이경훈이 가만있었더니 사내가 말을 잇는다.

"단숨에 실고를 장악했구먼. 하지만 대성 종고하고 유경고에는 손을 뻗치지 못하겠지?"

"너, 누구야?"

이경훈이 낮게 물었을 때 수화기에서 웃음소리가 울렸다가 딱 그쳤다.

"이 자식. 강동식이 뒤에 누가 있다는 것쯤은 알고 있겠지?"

"……."

"점심시간 끝나고 나와라. 이 상황에서 수업 다 받을 수는 없을 테니까."

"......"

"네가 익산에서 스무 놈쯤 불러 왔다는 것, 알아. 겁나면 애들 다 데려와도 된다. 어쨌든 우리 형님이 널 보자고 하시니까 사거리 오른쪽의 혁신 당구장으로 오후 한시까지 오너라."

그러고는 연결이 끊어졌으므로 이경훈은 소리죽여 숨을 뱉는다.

짐작은 했지만 이렇게 사회의 조폭 조직과 밀접하게 연결되어 있을 줄은 몰랐다. 조폭 조직은 일진회를 통해 학교에 빨대를 꽂아 놓고 있었던 것이다. 이경훈은 자신이 그 빨대를 제거했다는 사실을 깨닫는다. 이 빨대는 현금을 빨아들이는 역할이었다. 아직 고3 이었지만 이경훈은 비밀 격투기 시합을 통해서도 돈을 위해서는 살인도 망설이지 않는 인간들을 보았다. 게다가 그들은 모두 겉모습이 멀쩡한 사회 유지들이었다. 우연히 머리를 돌린 이경훈이 창가에 앉아 이쪽을 보는 서대균의 시선과 마주쳤다. 서대균은 뭔가 시킬 일이 있느냐는 표정을 짓고 있다. 눈짓만 해도 달려올 것이었다. 그러나 이경훈은 다시 머리를 돌렸다. 내가 힘을 잃으면 저놈은 즉시로 변심한다. 백광수를 떠난 것처럼. 그것이 이 바닥의 생리다.

당구장 안으로 들어선 이경훈에게 모든 시선이 모여졌다. 잡담도 딱 그쳤다. 모두 움직이지도 않아서 마치 영화 필름이 정지 상태가 된 것 같았다. 당구장 안에는 사내들만 10여 명이 이곳저곳에 모여 있었는데 다 젊고 건장했다. 짧은 머리, 검정색 정장. 이것은 보스를 모시고 있을 때 똘마니들의 차림이다. 2초쯤 정지되었던 필름이 다시 움직이면서 사내 하나가 다가와 묻는다.

"이경훈이냐?"

"예."

그러자 사내가 눈을 가늘게 뜨더니 씩 웃었다. 스물대여섯, 체중이 120은 되겠다.

"따라와."

앞장선 사내 뒤를 따라 안으로 다가가는 이경훈에게 사내들의 시선이 모여졌다. 그러나 아무도 말을 걸지는 않는다. 보스는 안쪽 소파에 비스듬하게 앉아 있었는데 똑바로 이경훈을 바라보는 중이었다. 30대 중후반, 캐주얼 양복 차림에 짧은 머리, 말끔히 면도한 얼굴이 수척했지만 앉은키가 컸고 날씬한 체격이다. 차분한 표정이어서 조금도 무게가 느껴지지 않는다. 그러나 이경훈은 긴장했다. 링에 오르면 이런 상대가 가장 무섭다. 괜히 씩씩거리는 놈들 대부분은 허당이다. 일부러 엄숙한 표정을 짓는 것도 짜가다. 이렇게 어깨를 늘어뜨린 몸이 더 탄력이 있고 근육질보다 더 힘이 나온다는 것을 겪어본 놈들이나 안다. 이경훈이 다가가 섰을 때 보스가 말했다.

"앉아라."

그러더니 싱긋 웃었다.

"자식, 강동식이를 병신 만들만 하구만."

보스 주위에 둘러서 있던 서너 명이 서로 얼굴을 보았지만 입을 열지는 못한다.

앞에 커피 잔이 놓여 졌을 때는 그로부터 10분쯤 후다. 이제 당구장 안은 조용했다. 주인도 보이지 않았고 웅성대던 부하들도 다 나가서 안에는 보스와 간부 급 네 명이 이경훈을 가운데 놓고 둘러앉은 모양이 되어있다.

"익산 오거리파 유조 형님한테서 니 이야기 들었다."

보스가 입을 열었다. 여전히 차분한 표정. 목소리도 가라앉았다.

"잘 부탁한다고 하시더라."

이경훈이 마침내 시선을 내린다. 익산 오거리파 보스 유조는 40대 초반으로 완전 익산 토박이였지만 발이 넓다. 왜냐하면 제 새끼들이 사방으로 퍼져나가 왕국을 이뤘기 때문이다. 조폭 세계는 의외로 족보가 단순하다. 최대 3계단만 거치면 다 통하게 되어있다. 다 형님, 아우 관계가 되는 것이다. 다시 보스가 말을 잇는다.

"네가 중간 보스 한 놈을 병신 만들었다는 이야기도 들었다."

당연한 일이었으므로 이경훈은 가만있었다. 그것 때문에 유조하고 인연이 만들어진 것이다. 중간 보스 안병진은 몇 억이 걸린 격투기 시합에서 이경훈을 패하게 만들려고 약을 탄 음료수를 먹였던 것이다. 그래서 이경훈은 5분을 겨우 버티다가 녹아웃을 당했다. 이경훈의 유일한 1패가 그것이다. 게임이 끝난 후에 이경훈의 코치 서규진이 음료수를 검사소에 보내 강한 진정제 성분을 검출해 내었다. 그것을 알게 된 안병진이 다시 서규진을 폭행하고 협박했는데 이경훈이 그 사실을 알게 되었던 것이다. 익산의 룸살롱 안에서 이경훈에게 잡힌 안병진은 팔 하나가 부러지고 머리를 30바늘이나 꿰매야 하는 중상을 입었다. 사건 현장에서 경찰에 잡혀간 이경훈은 아버지 이용국이 백방으로 손을 썼기도 했지만 유조가 돕지 않았다면 교도소에 가야만 했을 것이다. 내막을 알게 된 유조는 머리끝까지 화가 치밀어서 병원에 누워있는 안병진의 무릎뼈를 야구 방망이로 박살을 내었다고 했다. 그러고는 안병진한테서 합의서에다 탄원서까지 받아 내어 이경훈을 풀려나게 해준 것이다. 들리는 소문으로는 유조가 이경훈에게 돈을 걸었다가 5천만 원을 날렸다고 했다. 보스가 정색하고 이경훈을 보았다.

"니가 강동식이 일 맡을 거지?"

"예."

보스의 시선을 받은 이경훈이 짧게 대답했다. 어쩌다 보니까 이렇게 된 것이지 터미널파에 유감이 있을 리가 없다. 더구나 뒤에서 밀어줄 눈치인데 어느 정신 나간 놈이 싫다고 할 것인가? 그러자 보스가 싱긋 웃었다.

"앞으로 날 형이라고 불러라. 넌 장차 크게 될 놈 같다."

다음날 점심시간에 이경훈은 한기웅과 서대균만을 데리고 대성 종고로 원정을 갔다. 대성 종고는 역시 실업계 고등학교로 공고 계열이었는데 남고(男高)였다. 학교가 산기슭에 위치하고 있어서 후문 앞은 산비탈이다. 산비탈에는 종고의 일진회 간부 7, 8명이 모여 있었는데 모두 긴장한 기색이 역력했다. 미리 연락을 한 터라 그중 둘이 앞으로 나서 이경훈을 맞는다.

"여, 오랜만이다."

하고 한기웅이 놈들에게 아는 척을 했지만 대답하지 않는다. 둘 다 키가 컸고 다부졌다. 어깨를 늘어뜨리고 있는 것이 금방 튕겨 나올 것 같다. 만만치 않다. 그때 이경훈이 두 놈 앞으로 다가가 섰다. 한 발짝 반의 거리, 뛰면 닿는다. 이경훈이 둘을 번갈아 보았다. 두 놈 뒤에는 다섯 놈이 나란히 서있다. 말하면 다 들린다.

"앞으로 내가 잡는다. 불만 있으면 여기서 해결하자."

그러고는 교복 단추를 풀면서 말을 잇는다.

"너희들도 체면이 있지. 그냥 덥석 바치기는 아쉽고 짜증 날거야, 한번 붙어 보기나 해야지, 안 그래?"

차분하게 상의를 벗은 이경훈이 뒤쪽에 서 있는 서대균에게 넘겨주었다. 그러고는 다시 셔츠를 뒤집어 벗었다. 그러자 알몸인 상반신이 드러났다. 그 순간 이경훈은 앞에 선 두 놈 뿐만 아니라 뒤쪽에 다섯 놈의 눈동자가 어지럽게 흔들리는 것을 보았다. 그리고 그 이유를 안다. 자신의 상반신은 그야말로 상처투성이였기 때문이다. 어깨와 가슴에 칼자국이 여덟 개, 가로 세로로 찢어진 길이가 최대 15센티, 작은 건 5센티, 그리고 찍힌 곳은 다섯 곳, 그중 네 개가 안병진과 그 똘마니들과의 싸움에서 다친 곳이었고 나머지는 시간과 상대가 각각 다르다. 그야말로 끔찍한 상처 자국이다. 격투기 시합 때 보통 셔츠를 입었지만 열을 받으면 셔츠를 훌떡 벗었다. 그러면 열 명이면 열 명 다 압도당한다. 그때 이경훈이 어깨를 늘어뜨리며 말한다.

"자, 너희 두 놈, 한꺼번에 덤벼."

그러고는 싱긋 웃었다.

"맨손으로. 반칙 규정은 없다. 항복 소리가 날 때까지."

그 순간 오른쪽 놈이 펄쩍 뛰었다. 조금 전부터 숨을 참고 있는 것을 느끼고 있었으므로 거의 동시에 뛰어 오른 이경훈이 주먹으로 놈의 얼굴을 쳤다. 놈이 얼굴을 비꼈지만 옆머리에 맞았고 그 충격으로 땅에 발을 딛으면서 비틀거린다. 놈의 주먹은 이경훈의 옆구리를 스치고 지나간 것이다. 다음 순간 왼쪽 놈이 덮쳤다. 뒤에서 이경훈의 몸통을 껴안은 것이다. 엄청난 팔 힘이다. 숨이 막힌다. 그때 이경훈이 몸을 빼려는 듯 머리를 앞으로 숙였을 때 앞쪽 놈이 주먹으로 가슴을 쳤다. 정통으로 맞았다. 그 순간 이경훈이 앞으로 숙였던 머리를 와락 뒤로 젖혔다.

"빽."

뒷머리에 강한 충격이 오면서 뒤쪽 놈의 면상이 부서졌다. 뒤쪽 놈이 쓰러지기도 전에 앞쪽 놈이 발길로 이경훈의 허리를 찼지만 두 손으로 움켜잡았다. 그러고는 와락 비틀자 놈이 땅바닥에 쓰러진다. 이경훈은 놈의 엉덩이에 발을 딛고는 다리 한 짝을 가슴에 안듯이 쥐고 섰다. 이미 뒤쪽 놈은 뒤로 번듯이 누운 채 기절해 있다. 그때 이경훈이 와락 놈의 다리를 비틀었다.

"으아악!"

산기슭에 처절한 비명이 울렸다. 그때 다시 이경훈이 힘을 썼다.

"따악!"

두꺼운 나무가 부러지는 소리가 났다.

"으아아악!"

다시 놈이 악을 쓰더니 이경훈이 다리에서 손을 떼고 물러서자 몸통에서 반대쪽으로 부러진 다리가 흔들거리며 떨어졌다. 이경훈이 어깨를 늘어뜨리고는 이제 다섯 놈 앞으로 다가가 선다. 다섯 놈의 얼굴은 모두 누렇게 굳어져 있다. 눈을 치켜뜬 채 숨소리도 내지 않고 움직이지도 않는다. 이경훈의 시선을 아무도 똑바로 받지 못한다. 이경훈이 입을 열었다.

"저놈들 병원으로 데려가."

그러고는 한마디씩 차분하게 말을 잇는다.

"오늘 저녁 7시에 안집으로 모일 것. 이상이다."

6교시가 끝나 프로들이 하교하느라 교정은 떠들썩했다. 그러나 학교에는 아직 특별반이 있다. 전체의 65% 정도가 남아있는 것이다. 계단을 내려와 농구 코트를 가로질러 걷던 이경훈이 수선거리는 분위기를 눈치 채고 발을 멈춘다. 코트 옆쪽 창고를 지나는 학생들이 발길이 빨라진다. 창고 뒤에 뱀이 있는 것처럼 행동한다. 이경훈이 그쪽으로 발을 떼자 서대균이 뒤를 따른다. 서대균은 점심시간에 대성 종고 후문에서의 참상을 보고난 후에 이경훈과 시선을 마주치지도 못한다. 창고 뒤쪽으로 간 이경훈이 예상했던 장면을 본다. 세 명이 둘을 패고 있다. 그런데 셋 중 하나가 여학생이다. 무릎 꿇린 두 남학생에게 여학생이 막 발길질을 하고 있다가 이경훈을 보더니 멈춘다. 그때 옆에 붙은 서대균이 말했다.

"저기 둘은 2학년 일진회."

패는 남학생 둘을 말한다. 일진회라지만 처음 보는 놈이다. 2학년 간부 두 놈만 만났기 때문이다. 그때 서대균이 눈을 치켜뜨고 소리쳤다.

"이 시발놈들, 큰형님한테 인사 안 해?"

이곳에서 짱을 큰형님이라고 부른다. 학교마다 다르다. 익산에서는 이경훈이 회장으로 불리었다. 놀란 일진회 두 놈이 허리를 90도가 넘게 꺾어 절을 했지만 여학생은 반듯이 서있다. 눈동자가 검고 얼굴이 붉게 상기되었다. 큰 키, 날씬한 몸매. 이경훈은 턱으로 여학생을, 눈은 서대균에게 향한 채 묻는다.

"쟤는 뭐야?"

"아니, 그게 아니라."

하고 서대균이 나섰을 때 2학년 한 놈이 한걸음 다가섰다.

"손을 좀 봐달라고 해서요."

그때 이경훈의 발길이 날아 놈의 허리를 찍었다. 입을 쩍 벌린 놈이 옆구리를 움켜쥐면서 몸을 웅크렸을 때 다시 발길이 날아 가슴을 찍었다. 급소다. 얼굴이 하얗게 굳어진 놈이 뒤로 반듯이 넘어지더니 의식을 잃었다.

"이 시발 놈 제명."

넘어진 놈을 턱으로 가리킨 이경훈이 말하고는 남은 놈에게 묻는다.

"왜 팬 거냐?"

"예? 예."

놈은 하얗게 질린 얼굴로 더듬는다.

"저, 저기, 아영이가 재들한테……."

"입을 찢기 전에 빨리 말해."

이경훈이 씹어뱉듯 말하자 놈은 더 더듬는다.

"말, 말을, 안, 안 듣는다고, 해, 해서."

"이놈도 제명."

그래놓고 이경훈이 여학생 앞으로 다가가 선다.

"니 이름."

"심아영입니다."

말끝은 떨렸지만 더듬지는 않는다. 이제 얼굴은 하얗게 굳어져 있다. 눈동자가 어지럽게 흔들렸고 번들거린다. 그때 이경훈이 말했다.

"이 썅년, 앞으로 내 눈에 띄기만 하면 털이란 털은 다 밀어 버릴 테다. 빨랑 꺼져."

심아영이 허둥지둥 자리를 떠났을 때 이경훈이 아직도 꿇어 앉아있는 놈들에게 말한다.

"너희들은 일어나."

그러고는 서대균을 돌아보았다.

"앞으로 학교에서 폭력 쓰는 놈들은 내가 팔 다리를 부러뜨린다. 그렇게 알려."

떡볶이 안집은 일진회 공금으로 월세 30만 원씩 주기로 하고 빌린 집이다. 저녁 7시, 안집에는 20여 명의 놈들이 모여 있었는데 분위기가 제법 엄숙했다. 3고 간부들이 다 모였기 때문이다. 오늘 점심시간에 병원으로 실려 간 대성 종고 3학년 두 명만 빼놓고 모두 모인 셈이다. 출석율 100%. 하나씩 호명한 한기웅이 싱글벙글 웃었다. 이곳에서 당한 대성 종고와 유경고 짱 김창곤과 최성천, 그리고 둘의 간부급 부하 두 놈과 강동식과 백광수, 거기에다 강동식의 외사촌 동생이라는 2학년 놈까지 제외한 전원이다. 상석에 앉은 이경훈이 주위에 앉거나 선 놈들을 둘러보았다. 그 순간 방안이 조용해졌다. 모두 오늘 점심시간의 사건을 아는 것이다. 둘 다 전치 3개월의 중상을 입었다. 하나는 얼굴이 함몰되었고 다른 하나는 무릎뼈가 비틀려 박살이 났다. 의사도 너무 끔찍해서 진저리를 쳤다는 것이다. 이경훈이 입을 열었다.

"강동식이가 혼자 다 처먹었더구먼."

방안은 조용했고 이경훈의 말이 이어졌다.

"난 돈을 똑같이 분배하겠다. 돈이 얼마 들어오고 나가는 걸 너희들에게 매월 다 보여줄 것이고 똑같이 나눠 쓴다."

그러고는 눈을 부릅떴다.

"뭐야, 이게? 그 시발 놈은 작년부터 수억을 챙겼더구먼. 너희들한테는 몇십 만 원 씩만 주고. 개새끼."

심호흡을 한 이경훈이 말을 잇는다.

"터미널파 형님하고도 이야기가 되었어. 돈이 오면 간부들하고 상의해서 분배 한다고 말이다. 나더러 알아서 하라고 하시더만. 그리고……."

쓴웃음을 지은 이경훈이 주위를 둘러보았다. 아직 놈들은 숨소리도 내지 않는다.

"너희들은 아직 사회인이 아냐. 그래서 너희들 통장을 나눠주되 얼마 썼는지는 매월 확인을 해야겠다. 그래서 받은 돈으로 이상한 짓 하는 놈은 잡아서 거세를 시키든지 할 거다."

그러자 몇 명이 웃었고 분위기가 부드러워졌다. 그때 방문이 열리더니 바깥 경비를 서고 있던 놈이 머리만 들여 밀고 말한다.

"터미널 회장님이 맥주하고 소주를 10박스나 보내셨는데요."

그러자 이경훈이 정색하고 말한다.

"아니, 미성년자한테 술을 보내시면 어떻게 하란 말이야? 나아, 참."

방안 분위기가 더 밝아졌다. 터미널파 보스가 맥주를 보낸 것은 이경훈을 중심으로 하는 새 체제를 인정한다는 공식 반응인 것이다. 그리고 돈 문제. 지금까지 돈을 독식해온 강동식에게 말도 못하고 있던 불만이 단숨에 해소되면서 이경훈에 대한 지지도가 배가 되었다. 돈은 얼마나 추하면서도 중요한지 이경훈은 이미 겪었던 것이다.

"여자 일진회가 있어."

다음날 2교시가 끝나고 자율학습 시간에 1층의 빈 과학 실습실에서 한기웅이 말했다. 한기웅은 이제 이경훈의 최측근이다. 눈빛을 보면 복심이 되어 있다는 것을 알 수 있는 것이다. 비서 역할의 서대균은 시키지 않았는데도 실습실 밖에서 보초를 서고 있다. 이경훈의 시선을 받은 한기웅이 쓴웃음을 지었다.

"어제 농구 코트 뒤쪽에서 애들 팬 기집애. 심아영이 걔가 2학년 일진회 짱이야."

"지랄."

혀를 찬 한기웅이 눈을 치켜떴다.

“3학년은?”

“짱이 조현정. 강동식이 이거였지.”

한기웅이 새끼손가락을 세워 보이더니 쓴웃음을 짓는다.

“요즘 눈치만 살피고 있겠지. 네가 심아영이한테 눈에 띄면 털을 다 민다고 했다는 소문이 쫙 퍼졌으니까.”

“그럴 거야.”

“여자 일진회를 어떻게 할 거야? 강동식이는 사이좋게 지냈는데.”

이경훈의 눈치를 살핀 한기웅이 다시 입술을 일그러뜨리며 웃는다.

“여학생들은 걔들한테 맡겼거든. 우리가 손대기도 껄쩍지근해서 말이야.”

“간부들 불러.”

마침내 이경훈이 말했다.

“저녁 7시, 안집에서, 한 년도 빼지 말고.”

강동식이를 병원으로 보낸 다음날부터 자리를 맨 뒤쪽으로 옮겼기 때문에 이경훈은 유서연과 마주칠 기회가 없었다. 유서연의 자리는 앞쪽이라 등판만 보였기 때문이다. 물론 비서 서대균을 통해 유서연의 신상은 다 보고 받았다. 유서연은 백광수의 애인 중의 하나라고 했다. 백광수는 학교 안에 공식 애인이 셋이나 되었는데 유서연이 그중 하나라는 것이다. 그 셋은 서로 백광수를 차지하려고 난리를 쳤지만 그중 유서연의 파워가 센 편이라고 했다. 같은 반에 있는 프리미엄이 있는데다 성격도 야무졌기 때문이라는 것이다. 이경훈은 그 야무진 유서연이 지금 얼마나 황당한 처지가 되어

있는지 가장 잘 알고 있는 인간이었다. 짜장면을 시켜먹으면서 충고를 해주던 장면이 떠오르면 저절로 쓴웃음이 지어졌다. 제가 모시던 백광수의 할아버지뻘 되는 강동식이까지 병원으로 보내고 권좌를 차지했으니까. 국사 공부를 한 김에 비교해서 말한다면 이방의 첩쯤 되는 기집애가 암행어사 앞에서 잘난 척하다가 이방하고 악독한 사또 놈까지 요절이 난 후에 달달 떨고 있는 꼴이 된 것이다. 점심시간이 끝날 무렵 뒤쪽 자리에 기대 앉아 있던 이경훈이 손짓으로 서대균을 부른다. 서대균이 득달같이 앞에 대령하자 이경훈이 말했다.

"유서연이, 6교시 끝나고 학교 앞 크라운 제과점으로 오라고 해."

머리를 끄덕인 서대균이 바로 몸을 돌리더니 유서연의 책상으로 가서 바짝 몸을 굽힌다. 서대균의 말은 이곳까지 들리지 않았지만 표정은 보인다. 엄숙하다. 책상에 앉은 유서연은 뒷모습만 보였는데 움직이지 않는다. 교실 안은 잡담이 울리고 있었지만 모두 그쪽에 신경을 집중하고 있다. 이윽고 서대균이 몸을 세우더니 이경훈을 향해 머리를 끄덕여 보였을 때 갑자기 조용해진 것이 그 증거일 것이다.

유서연은 정이진과 함께 왔다. 둘 다 특별반이었으니 수업을 빼먹은 셈이 될 것이다. 기다리고 앉아있는 이경훈을 보더니 둘은 시선을 내린 채 다가와 잠자코 앞에 나란히 앉는다. 그러자 이경훈이 정이진에게 묻는다.

"넌 왜 왔어?"

"내가 그냥 따라왔어."

긴장한 정이진의 목소리가 굳어져 있다. 그때 유서연이 머리를 들고 이경훈을 보았다. 표정은 굳어있다. 그러나 눈동자는 흔들리지 않았다.

"무슨 일인데?"

"니 의도가 뭐였어?"

이경훈이 되물었다. 눈을 치켜뜬 이경훈이 똑바로 유서연을 보았다.

"나한테 강동식을 찾아가 빌라고 한 네 의도는 뭐냐?"

그러고는 대답도 듣지 않고 말을 잇는다.

"넌 백광수 깔치라고 들었는데, 그것도 셋 중 하나. 그 일도 백광수를 위한 일이냐?"

그때 시선을 내린 유서연이 어금니를 문 듯 볼의 근육이 굳어졌다. 그러고 보니 옆에 앉은 정이진의 얼굴이 더 하얗게 굳어져 있다. 그때 유서연이 말한다.

"그래 맞아. 강동식이가 너한테 3백 가져오라고 했다는 말을 듣고 얼른 끝났으면 좋겠다는 의도로 그랬어."

낮지만 차분하게 말한 유서연이 똑바로 이경훈을 보았다.

"일이 크게 되면 결국 백광수한테도 해가 될 테니까. 지난번에 백광수는 학교에서 정학을 당해가지고 한 번만 더 사고가 일어나면 퇴학당할 것이거든."

이경훈이 머리를 돌려 옆쪽 테이블에 앉은 서대균을 보았다. 서대균이 이경훈의 시선을 받더니 머리를 끄덕였다.

"부부간에 손발이 잘 맞는구먼."

쓴웃음을 지은 이경훈이 의자에 등을 붙였다.

"이제 대충 알 것 같다."

"그럼 가도 돼?"

하고 유서연이 물었을 때 이경훈이 머리를 젓는다.

"아직 덜 끝났어."

유서연과 정이진은 긴장한 채 시선만 주었고 이경훈의 말이 이어졌다.

"너, 앞으로 내 깔치가 되어야겠다. 싫다면 다른 학교로 전학가야 되겠지."

이경훈의 시선을 받은 유서연의 얼굴이 순식간에 붉어졌다. 그러더니 황급히 시선을 내렸는데 아랫입술까지 깨물었다. 그때 이경훈의 시선이 정이진에게로 옮겨졌다.

"너도 내 애인 해. 백광수 같은 송사리가 셋이나 데리고 놀았는데 난 서른 명도 모자라지."

정이진의 얼굴도 새빨개졌다. 자리에서 일어선 이경훈이 손을 뻗어 정이진의 어깨를 툭툭 쳤다.

"먼저 너하고 데이트 하자. 오늘은 바쁘니까 내일 밤 9시에 무지개 공원 앞에서 만나자."

발을 뗀 이경훈의 뒤를 서대균이 따른다. 제과점 밖으로 나올 때까지 뒤에서는 아무 소리도 들리지 않았다.

떡볶이 안집에는 이미 한기웅과 또 한 명의 3학년 간부 박대성이 와 있었다.

"10분 후에 도착한다고 연락이 왔어."

한기웅이 웃음 띤 얼굴로 말했다.

"한 년도 안 빠지고 다 온다는구먼. 모두 여섯 명이야."

감추려고 했지만 한기웅의 들뜬 분위기가 드러났다. 여자 일진회 간부는 각 학년별 둘씩 여섯 명이다. 소파에 앉은 이경훈이 물었다.

"너도 애인 있냐?"

"응"

금방 대답한 한기웅이 빙그레 웃는다.

"특별반이야."

"괜찮은 것들은 다 너희들 손 탔겠지."

이경훈이 정색하고 말하자 한기웅은 머리를 젓는다.

"아니, 많이 남았다고. 강동식이도 손 못 댄 공주도 많아."

"뭐? 공주?"

그때 서대균이 서둘러 방으로 들어서며 말했다. 눈을 치켜뜨고 있다.

"온다, 온다."

그러고는 5초쯤 후에 여자 여섯 명이 방 안으로 들어섰다. 그야말로 여자다. 여학생이 아닌 것이다. 여섯 명 모두 키가 컸고 잘 빠졌으며 미인이다. 여학생 일진들은 모두 한 미모 한다더니 맞다. 분명 1학년도 둘 끼어있을 텐데도 다 비슷비슷해서 누가 3학년이고 1학년인지 구분이 안 되었다. 모두 사복 차림에다 몇은 가발을 써서 파마머리가 어깨를 덮었다. 그때 여자 하나가 이경훈의 두 걸음쯤 앞으로 다가와 섰다. 대장이다. 그 뒤로 다섯이 서서 이쪽을 본다. 대장이 입을 열었다.

"나, 조현정이야."

눈동자가 새까맣고 입술이 야무졌다. 목소리가 약간 고음, 피부는 까무잡잡했고 약간 마른 체격, 과연 대장다운 분위기. 조현정이 말을 잇는다.

"할 이야기가 있다면서?"

"네가 강동식이 그거였다면서?"

불쑥 이경훈이 묻자 조현정의 눈 꼬리가 솟아 올라갔다. 그러더니 픽 웃고 나서 말했다.

"그래, 맞아."

"그럼 의리상 같이 디져야 되는 거 아냐? 니가 앞으로 누구 빽 믿고 살긴데?"

한마디씩 맷돌에 갈듯이 이경훈이 천천히, 그러나 확실하게 말했다. 방 안은 숨소리도 나지 않는다. 여섯 여자들에다 비서 서대균까지 포함한 네 남자들도 속눈썹 한 개 움직이지 않는다. 그때 이경훈의 목소리가 다시 방을 덮는다.

"나, 남녀 평등주의자다. 여자라고 깔보지 않고 사정 봐 주는 것도 없다. 똑같이 줘 패고 뼉다구 부숴버릴 거다. 자, 수틀리면 죽인다. 말해라, 어서."

다시 5초쯤 시간이 지났고 조현정이 들러붙었던 아래위 입술을 떼어냈다.

"그럼 어떻게 해야 돼?"

시선은 주고 있었지만 목소리가 조금 흔들렸다. 그때 이경훈이 말한다.

"니가 내 이거가 되어야겠고."

이경훈이 새끼손가락만 세워 보이고 나서 말을 잇는다.

"모두 내 앞에서 충성을 맹세해야 되겠지. 그냥 넘어갈 수는 없지 않겠어?"

의자에 등을 붙인 이경훈이 쓰윽 여섯을 훑어보았다.

"대성 종고 애들처럼 불만 있으면 말해. 이 자리에서 똑같이 해결해 줄 테니까."

모두 입을 본드로 붙인 듯이 대답하지 않았으므로 이경훈이 눈을 치켜떴다.

"이 시발 년들. 3초 내로 대답해. 하나, 둘……."

그때 조현정이 말했다.

"할께."

이경훈을 중심으로 한기웅, 박태성, 서대균까지 넷이 어린이 놀이터 안의 벤치에 둘러앉았다. 밤 10시 반, 안집에서 여학생 일진회를 보내고 나서 걸어서 이곳, 이경훈의 아파트 안 놀이터까지 온 것이다. 서대균이 주춤거리며 이경훈에게 묻는다.

"회장, 내가 가서 쇠주라도 사올까?"

한기웅과 박태성의 시선도 이경훈에게 모여졌다. 그때 이경훈이 말했다.

"금주."

서대균이 주춤했고 주위에 어색한 정적이 덮였다. 그때 이경훈이 다시 뱉듯이 말한다.

"금연."

그러고는 이경훈이 셋을 차례로 둘러보았다.

"졸업할 때까지 금주, 금연이야. 지난번엔 형님이 보내주셔서 할 수 없이 마셨지만 앞으로는 안 돼."

어둠속에서 이경훈의 웃음 띤 얼굴이 드러났다.

"술 마시고 담배 피운 놈이 적발되면 가차 없이 제명이다. 물론 제명당하기 전에 좀 맞아야겠지."

이경훈이 말을 잇는다.

"모범을 보여야 돼. 시발, 기생충처럼 살지 말잔 말이야. 너희들이 애들한테 그렇게 전해. 괜히 학생들 패고 삥 뜯는 놈은 내 손으로 줘일 테니까."

"아 시발. 내, 이럴 줄 알았다니까."

갑자기 투덜거린 한기웅이 주머니에서 담배 갑을 꺼내더니 땅바닥에 던졌다. 그러고는 앉은 채로 발로 짓밟으면서 말을 잇는다.

"술은 참겠는데 담배는 어쩌지? 금단 현상이 무섭다는대."

"시발 놈아, 참아."

이경훈이 웃음 띤 얼굴로 말을 잇는다.

"누가 들으면 50쯤 된 아저씬 줄 알겠다."

다섯 번째 전설

영웅

3장

무지개 공원은 아파트에서 도보로 10분 거리였는데 주위가 주택단지여서 산책 나온 사람들이 많았다. 공원 입구에 서 있던 이경훈은 옆쪽에서 다가오는 정이진을 보았다. 정이진은 주택가 쪽에서 다가왔기 때문에 좀 늦게 보았다. 다가선 정이진은 베이지색 봄 점퍼 차림에 검정색 바지를 입었다. 머리에 모자를 깊게 눌러써서 고3으로는 절대 안 보였다. 운동화를 신었지만 키가 커서 이 차림으로는 나이트도 갈 수 있을 것이었다.

"어, 왔어?"

한 걸음 앞에 선 정이진의 눈을 똑바로 보면서 이경훈이 웃었다. 정이진이 시선을 내리고는 아무 말도 하지 않는다.

"저기로 가자."

이경훈이 턱으로 공원 안쪽을 가리키며 발을 떼었다.

"걱정하지 마, 안 잡아먹어."

그때 정이진이 퍼뜩 시선을 들었지만 입을 열지는 않는다. 공원 안으로 들어선 이경훈은 작은 연못가의 빈 벤치를 찾아내었다. 잠자코 이경훈의 뒤를 따라온 정이진이 나란히 벤치에 앉는다. 그러나 둘 사이의 간격이 1미터는 되었다. 둘은 앞쪽의 검은 연못을 바라본 채 한동안 입을 열지 않았다. 주위는 조용하다. 가끔 연못 건너편의 산책용 샛길로 하나 둘씩 남녀가 지나갈 뿐이다. 먼 쪽에서 차량 엔진 음이 진동으로만 울린다. 그때 불쑥 정이진이 정적을 깨뜨렸다.

"나, 일부러 불러낸 거지?"

"응?"

머리를 돌린 이경훈이 정이진의 시선을 받는다. 정이진의 눈동자가 어둠 속에서 뚜렷하게 드러났다. 정이진이 말을 잇는다.

"서연이 골탕 먹이려고 날 이용하는 거지?"

그 순간 이경훈이 어둠속에서 하얗게 이를 드러내고 웃었다.

"너, 소설 쓰냐? 내가 쓸데없이 그런 장난을 칠 필요가 있다고 생각해?"

벤치에 등을 붙인 이경훈이 말을 잇는다.

"좋으면 좋은 거야. 그렇게만 알고 있으라고. 넌 누구의 대타도 아냐."

"그럼 왜 서연이까지 애인 삼겠다고 한 거야?"

정이진이 캐물었으므로 이경훈이 쓴웃음을 짓는다.

"어쭈, 이게 벌써부터 내 애인 행세를 하려고 드네. 유서연이 뺨치겠구먼."

"말해봐."

"그건 그냥 놔두기에는 기분이 더러워서 그랬다, 왜?"

그러자 정이진이 입을 다물고는 시선만 주었다. 이경훈이 말을 잇는다.

"놔두면 기가 살아날 것 아냐? 내가 쥐고 있어야지."

"애인으로?"

"말은 그랬지만 안 만나."

"그런다고 걔가 기죽을 줄 알아?"

그러더니 정이진이 자리를 조금 좁혀 앉는다. 두 눈동자가 더 또렷하게 드러났다.

"걘 니 애인이라면서 유세 부리고 다닐걸? 백광수 애인이었을 때도 엄청 공주 행세를 했는데, 강동식이한테도 얼마나 꼬리를 쳤다고. 걘 권력 지향적이야."

"뭐? 권력 지향적? 그게 무슨 말이야?"

이경훈이 묻자 정이진이 열심히 설명했다.

"권력이 있는 자, 강한 자한테 붙는 성격이란 말이야. 더 강한 자에게 더 관심을 갖지."

"……."

"강동식한테 가서 빌라고 한 것도 다 그것 때문이야. 강동식이 비위 맞춰 주려고 한 거지. 백광수 생각한 게 아니라고."

"그렇게 심오한 뜻이……."

"네가 나도 애인 삼겠다고 했기 때문에 그때부터 나한테 말도 안 해."

"말하지 마, 그럼."

"정말 걔 안 만날 거지?"

하고 정이진이 물었으므로 이경훈이 머리를 끄덕였다.

"그럴게."

"여기서만 있을 거야?"

주위를 둘러보는 시늉을 한 정이진이 손목시계를 본다.

"나, 11시까지는 들어가야돼."

"그래서?"

이경훈이 의아한 표정으로 묻자 정이진이 이맛살을 찌푸렸다.

"이야기만 하려고 만난 거야? 뭐야?"

"어이구."

놀란 듯 눈을 크게 떴던 이경훈이 곧 쓴웃음을 짓는다.

"너, 경험 많은 것 같다."

"첨이야."

정색한 정이진이 똑바로 이경훈을 본다.

"내가 좋아하는 놈도 없었지만 일진회 놈들한테 당하지 않은 건 유서연이 덕분이긴 해."

그러더니 정이진도 쓴웃음을 짓는다.

"그 기집애가 껄떡거리는 놈들은 다 막아 주었으니까."

"그렇군."

"내 친구 오피스텔 잠깐 빌리면 돼."

정이진이 더 바짝 다가앉았으므로 허벅지가 닿았다. 다시 정이진이 말을 잇는다.

"여기서 가까워, 갈래?"

"아니."

이경훈이 팔을 뻗어 정이진의 허리를 당겨 안았다. 그러고는 허물어지듯 가슴에 안겨 온 정이진의 이마에 입술을 붙였다가 떼었다.

"오늘은 이 정도에서 끝내지."

정이진의 어깨를 잡아 상반신을 세워주면서 이경훈이 말한다.

"쉽게 붙으면 쉽게 떨어지는 법이라고."

허남준한테서 전화가 왔을 때는 오후 5시경, 학교에서 나온 이경훈이 영어 학원에 앉아있을 때였다.

"너, 지금 어디냐?"

하고 허남준이 묻길래 이경훈은 조금 망설였다. 영어 학원에 있다고 하긴 그렇다.

"집 근처에 있어요."

"그럼 석필이가 널 만나러 갈 테니까 이야기를 들어라."

그러더니 덧붙였다.

"중요한 얘기다."

허남준은 터미널파의 보스이고 석필이는 그 오른팔 안석필이다. 허남준이 직접 전화를 해온 것은 처음이었으므로 이경훈은 긴장했다. 그러자 다시 휴대폰이 울렸다. 이번에는 안석필이다.

"야, 너, 5시 반까지 국빈장으로 와."

다짜고짜 그렇게 말한 안석필이 전화를 끊었다. 하루에 짜장면을 12그릇씩 먹고 체중을 불렸다는 조폭은 익산에서 여럿 보았다. 한 끼에 짜장면 4그릇씩 먹은 것이다. 바로 안석필이 그런 부류였다. 체중이 130은 되어 보였는데 몸놀림이 유연했다. 잡히면 끝장이 날 것이다. 마침 쉬는 시간이었으므로 이경훈은 교실을 나왔다. 밤낮으로 붙어 다니는 서대균과 한기웅을 데리고 국빈장 앞까지 온 이경훈이 말했다.

"너희들은 따로 앉아서 짜장면이나 먹고 있어."

그러고는 먼저 홀 안에 들어서자 기다리고 있던 형 하나가 턱으로 안쪽을 가리켰다.

"안쪽, 장미방."

이경훈이 복도 안쪽의 장미방 문을 열고 들어서자 원탁 주위에 앉아있던 두 사내가 일제히 시선을 주었다. 안석필과 40대쯤으로 보이는 사내.

"어, 여기 앉아라."

안석필이 옆쪽 빈 의자를 가리키며 말했다. 얼굴에 가득 웃음기가 떠올라 있다. 자리에 앉은 이경훈에게 안석필이 40대 사내를 손으로 가리켜 보였다.

"인사해라, 홍 사장님이시다."

다시 자리에서 일어선 이경훈이 머리를 숙여 인사를 하자 홍 사장이란 사내가 빙긋 웃었다.

"어어, 자네가 이번에 3고를 접수한 히어로구만."

그러고는 주머니에서 명함을 꺼내 내밀었다. 명함에 대동실업 홍기창이라고 적혀 있다. 그때 안석필이 말을 받는다.

"홍 사장님이 이쪽 노원구 지역의 중고교 교복을 맡고 계셔. 그래서 너를 만나자고 하신거야."

이경훈은 눈만 껌벅였고 안석필의 설명이 이어졌다.

"아마 홍 사장님이 맡고 계신 학교가 60개는 넘을 거다. 그중에서 우리 손이 닿는 학교가 15개. 그리고……."

안석필이 가는 눈을 더 가늘게 뜨고 지그시 웃는다.

"네가 장악한 학교가 셋이지."

그러자 홍기창이 말을 받는다. 미리 연습을 한 것처럼 둘의 호흡이 맞았다.

"다음달부터 하복 주문을 받을 건데 이번에도 잘 부탁하네, 그래서……."

홍기창이 주머니에서 봉투를 꺼내 이경훈 앞에 놓았다. 봉투가 두툼했다.

"이거 선금이야. 천만 원이니까 용돈으로 써."

그러고는 빙긋 웃는다.

"1벌당 2만 원씩 가는 거 알지? 지난번 동복 때는 강동식이가 1억이 넘게 가져갔어. 그놈이 독식했는지 어쩐지는 알거 없지만 참고로 알아둬."

동복은 단가가 비쌀 테니 벌 당 수수료가 많겠지만 1억이라면 거금이다. 한기웅의 말을 떠올린 이경훈이 심호흡을 했다. 그때 안석필이 말했다.

"애들한테 물어보면 다 빠삭할 거다. 가서 애들하고 상의해서 이번에는 한번 실적을 더 올려봐."

안석필이 냄비 뚜껑만한 손바닥으로 이경훈의 어깨를 철석 때렸다.

"자, 돈 갖고 가봐."

"하복이 벌 당 2만 원씩이라면 3개 학교에서 3천 명만 가도 6천만 원이군."

돌아가는 길에 이경훈의 이야기를 들은 한기웅이 씹어뱉듯 말한다.

"동복은 최소한 3만 원을 줬다고 계산해보면 작년에 3개교에서 동복 5천 벌 받았어. 그럼 강동식이는 1억 5천을 먹은 거야."

이경훈의 시선을 받은 한기웅이 말을 잇는다.

"터미널파는 벌당 5만 원은 먹을 걸? 그 뚜쟁이 놈도 그만큼은 먹고."

뚜쟁이란 홍기창을 말한다. 한기웅이 길게 숨을 뱉었다.

"그 삥땅친 돈은 전부 원가에 포함시켜서 받아먹겠지, 개새끼들."

"그것뿐야?"

잠자코 옆을 따르던 서대균이 말을 잇는다.

"식당 놈은 어떻고? 매점은?"

이경훈은 이맛살이 찌푸려졌다. 익산에서는 이런 일이 없었기 때문이다. 이곳은 요지경 속이다. 조폭이 고교에까지 손을 뻗쳤고 업자가 고교 일진한테 돈을 먹이는 세상인 것이다.

국일 실고는 물론이고 대성 종고, 유경고도 계열 중학교가 있어서 중학생까지 합하면 3개 중고 학생 수는 7천 가깝게 되는 것이다. 일진은 중학 때부터 양성되었고 한기웅은 물론이고 서대균까지 중학 일진 출신이다. 중학 일진과 같은 계열 고등학교의 일진이 선후배 관계로 끈끈하게 맺어져 있는 것은 당연하다. 따라서 교복 리베이트도 중학 일진에게 지시해서 오더를 끌어들인 것이다. 배당을 받은 일진이 지정된 교복 매장으로 학생들을 모아주는 것은 쉽다. 가격이나 품질이 같기 때문에 소비자의 불평도 없다. 안집 방으로 돌아온 셋의 분위기는 가라앉았다. 물론 이경훈이 안석필과 홍기창을 만난 후부터 드문드문 물어볼 뿐 생각에 잠겨 있었기 때문이다. 오후 9시가 되었을 때 밖에 있던 서대균이 문을 열고 말했다. 놀란 표정이다.

"저기, 조현정이가 왔는데?"

의외여서 이경훈은 눈만 치켜떴지만 옆에서 잡지를 보고 있던 한기웅이 허둥지둥 일어섰다.

"그년이 웬일이야?"

그때 방 안으로 조현정이 들어섰다. 엷은 봄 점퍼 차림, 머리는 뒤로 묶었고 짧은 스커트 밑으로 미끈한 다리가 드러났다. 단화를 신었어도 키가 커서 20대 여자 같다. 이경훈의 시선을 받은 조현정이 어깨에 메었던 커다란 백을 내려놓으면서 앞쪽 소파에 앉는다.

"할 이야기가 있어서 들렀어."

"내가 여기 있는지 어떻게 알고?"

이경훈이 묻자 조현정이 턱으로 문 쪽을 가리켰다.

"서대균이한테 전화 했더니 여기 있다고 해서 당연히 널 모시고 있는 줄로 생각했지."

"그 병신."

한기웅이 투덜거렸다.

"저한테 전화해주는 줄 알고 들떴겠다."

그러자 조현정이 이경훈에게 묻는다.

"여자 교복은 어떻게 할 거야?"

"무슨 말이야?"

이맛살을 찌푸린 이경훈이 조현정을 쏘아보았다.

"교복을 어떻게 하다니? 내가 재단사냐?"

"오후에 전화 받았어."

이경훈의 시선을 받은 채로 조현정이 말을 잇는다.

"작년에 동복 살 때 한 번 만났던 홍 사장이란 사람한테서."

"……."

"너한테 이야기 다 해놓았으니까 둘이 상의해서 잘하라고 하던데."

"……."

"어떻게 할 거야? 작년처럼 해?"

"작년에는 어떻게 했는데?"

이경훈이 묻자 조현정의 시선이 한기웅을 스치고 지나갔다. 그러더니 입을 열었다.

"내가 애들 시켜서 오더 모았어. 중고 합해서 7백 명쯤 데려갔어."

"……."

"그랬더니 나중에 강동식이한테서 2백만 원 받았어."

이경훈과 한기웅의 시선이 마주쳤고 다시 조현정의 말이 이어졌다.

"난 그 돈 애들한테 다 나눠줬어. 난 딱 10만 원 썼어."

그러더니 조현정이 똑바로 이경훈을 보았다.

"애들 말이 많았고 데려간 애들 부모도 왜 맘대로 못 사게 하느냐면서 시끄러웠어, 하지만."

심호흡을 한 조현정이 외면했다.

"이번에도 하라면 할게."

그때 이경훈이 말했다.

"하지 마."

조현정이 퍼뜩 시선을 들었을 때 이경훈이 탁자 위에 봉투를 딱지 치듯이 내던졌다. 1천만 원 수표가 든 봉투였다. 십만 원짜리 수표가 1백 장 묶어져서 꽤 요란한 소리가 났다. 조현정이 깜짝 놀랐고 다 알고 있던 한기웅도 긴장했다. 이경훈이 말했다.

"내가 오늘 그 홍 사장이란 놈한테서 이것 받아왔다. 선금이래. 1천만 원이야."

조현정은 숨을 죽였고 이경훈의 말이 이어진다.

"1벌당 2만 원씩 계산해 준단다. 5천 명이면 1억이지. 작년 동복은 3고교 전부해서 5천 모아 주었다며? 여기서 계산해보니까 강동식이가 벌 당 3만 원씩은 받았을 테니 1억 5천은 먹었겠다."

"……."

"그런데 너한테 2백 주었다고? 여기 한기웅이는 5십 받았다더구먼."

"……."

"이 돈 돌려주고 안 할 거야. 너도 나설 필요 없어."

그러나 조현정도 시선만 준 채 입을 열지 않는다. 조금도 감동한 기색이 보이지 않는 것이다. 다시 이경훈이 말을 잇는다.

"내일 3고 간부들 모아놓고 선언하겠어. 그러니까 너도 그렇게 알고 있어."

그때 조현정이 차분한 표정으로 묻는다.

"그럼 어떻게 될 것 같아?"

이번에는 이경훈이 시선만 주었고 조현정이 다시 물었다.

"그럼 저쪽에서, 아, 알겠다하고 그만 둘 것 같아? 너, 바보야?"

눈만 치켜뜬 이경훈을 향해 조현정의 말이 이어졌다.

"너, 객기 부리는 거야, 뭐야? 터미널파하고 너 혼자 붙겠다는 거야? 아니면 어디로 도망치겠다는 거야? 도대체 말이 되는 소리를 해야지."

조현정의 목소리가 높아졌으므로 앞쪽에 앉은 한기웅이 침을 삼킨다.

"너, 그랬다가 어떻게 되는지 알지? 터미널파는 너 대신으로 누굴 내세울 거야. 여기 있는 한기웅이라도 뒤에서 누가 밀어주면 바지 역할 충분히 해."

손으로 한기웅을 가리키며 조현정이 말을 잇는다.

"네가 아무리 날뛰어도 터미널파가 없어지지 않는 한 이 장사는 계속될 것이라고, 너, 참 웃긴다."

"……."

"강동식이가 돈 욕심은 많아도 너보다는 현실적이야. 넌 참 돈키호테 같다."

그때 이경훈이 불쑥 묻는다.

"그럼 어떻게 하는 게 낫겠니?"

"그대로 해."

조금도 망설이지 않고 조현정이 대답한다. 눈을 치켜뜬 조현정이 똑바로 이경훈을 보았다.

"분란 일으키지 말고. 괜히 객기 부리면 여러 사람 머리만 아프다고."

조현정이 방을 나갔을 때 한기웅이 이경훈을 보았다.

"저거, 특별반인거 알지?"

이경훈의 시선을 받은 한기웅이 쓴웃음을 지었다.

"머리가 좋다고. 전문대로 들어가지 않고 경성대 갈 거래."

경성대면 일류 사립대다. 한기웅이 혼잣소리처럼 말을 잇는다.

"강동식이도 저거한테는 말발로 눌렸어. 옳은 소리만 해 쌓으니까."

이경훈은 잠자코 앉은 채 대꾸하지 않았다. 조현정은 며칠 전에 여학생 일진 간부들과 함께 이경훈에게 충성을 맹세했다. 이경훈이 앞으로 넌 내 그것이 되어야겠다고 주문했어도 이의를 달지 않았던 것이다. 이경훈의 시선이 문득 탁자위에 놓인 봉투로 옮겨졌다가 머물렀다. 돈은 그 자리에 그대로 있다. 한기웅도 입을 다물었으므로 방안에는 거북한 정적이 덮여졌다.

다음날 점심시간에 교무실로 들어선 이경훈에게 선생님들의 시선이 모여졌다. 자리에 앉아있던 담임 오명규가 눈을 둥그렇게 떠 보이며 묻는다.

"너, 웬일이냐?"

"선생님께 상의 드릴 일이 있어서요."

"어, 그래?"

주위 선생님들이 여전히 시선을 보내고 있었지만 입을 열지는 않는다. 오명규가 이경훈을 데려간 곳은 교무실 옆의 상담실이다. 테이블을 사이에 두고 마주 앉았을 때 오명규가 웃어보였다. 국어 담당인 오명규는 40대 후반으로 특별반의 주임 선생이기도 하다. 이경훈은 전학 온 지 3주째가 되어가고 있었지만 오명규와 한 번도 개인 면담을 하지 않았다. 오명규가 수염이 거칠하게 자란 턱을 손바닥으로 쓸면서 이경훈에게 묻는다.

"무슨 문제가 있어?"

"예, 조금."

그러자 오명규는 쓴웃음을 지었다.

"네가 학교에 금주, 금연 명령을 내렸다면서? 그리고 구타 금지, 돈 뜯는 것도 금지시켰고."

"……."

"너, 아까 선생님들 표정 보았지? 모두 널 존경하는 표정 아니더냐?"

"그럴 리가요?"

이경훈이 손으로 뒷머리를 쓸면서 어색하게 웃는다. 선생님들이 상황을 대충 알고 있으리라고 예상은 했다. 정보망이 있는 것이다. 강동식 체제가 멸망하고 이경훈의 시대가 되었다는 것은 바로 그날 알았을 것이었다. 오명규의 시선을 받은 이경훈이 입을 열었다.

"제가 어제 교복 브로커하고 터미널파 간부를 만났는데요."

와락 긴장한 오명규가 얼굴을 굳혔지만 이경훈은 태연하게 털어놓는다. 선금으로 천만 원을 받았다는 이야기도 했고 강동식이 얼마쯤 받아먹은 것 같다는 것까지 다 말한 것이다. 그러나 어젯밤 조현정과 한 이야기만 뺐다. 이윽고 이경훈이 말을 멈췄지만 오명규는 입을 꾹 다문 채 테이블만 보았다.

그래서 이경훈이 불쑥 물었다.

"선생님, 어떻게 할까요? 경찰에다 신고를 하면 지난 일까지 다 드러나게 될 것이고 학교도 불이익을 당할지도 모릅니다. 물론 저도 무사하지 못하겠지요."

"……."

"그리고 저 대신 다른 놈을 내세워 그 일을 밀어붙일 것 같습니다."

"……."

"그렇다고 제가 나서서 이 일을 하기는 싫거든요? 그런 더러운 돈은 만지기 싫습니다."

"……."

"학교 그만두거나 또 전학을 간다면 비겁한 것 같고요."

오명규는 숨을 쉬는 것 같지도 않다. 이맛살을 조금 찌푸린 채 여전히 테이블만 응시하고 있었는데 얼굴이 나무토막처럼 굳어져 있다. 이경훈이 말을 잇는다.

"그래서 제가 아는 조폭을 시켜 터미널파를 눌러 보려는 생각도 해 보았는데요."

그럴 작정으로 조현정한테 안 한다고 했다가 병신 취급을 당한 것이다. 조현정한테 그런 이야기를 할 필요까지는 없었다. 소리 죽여 숨을 뱉은 이경훈이 목소리를 낮췄다.

"잘못하면 전쟁이 일어날 것 같아서요."

그러자 오명규가 입을 열었다.

"내가 교장 선생님하고 상의를 해 볼 테니까 내일 오전까지만 기다려 줄래? 너무 큰 문제라서 그런다."

이경훈의 시선을 받은 오명규도 길게 숨을 뱉었다.

"이렇게 말해줘서 고맙기도 하고."

그러더니 얼굴을 일그러뜨리며 웃는다.

"넌, 참, 대단한 놈이다."

5교시가 끝나고 쉬는 시간이 되었을 때 어수선하던 교실이 갑자기 조용해졌다. 머리를 든 이경훈이 교실 앞문으로 들어온 조현정을 보았다. 시선을 마주친 조현정이 거침없이 다가온다. 주위의 눈총을 받으면서도 걸음은 자신만만했고 턱은 치켜들었다. 이경훈은 통로 옆자리의 유서연이 조현정이 다가오자 외면하는 것을 보았다. 그때 다가온 조현정이 이경훈의 책상 앞에서 멈춰 섰다. 그러고는 책상을 두 손으로 짚고 이경훈을 바라보았다. 조현정한테서 옅은 향내가 맡아졌다. 얼굴과 얼굴과의 거리는 30센티 정도밖에 되지 않는다. 일초 정도밖에 안 된 순간이었지만 이경훈은 긴 시간처럼 느껴졌다. 교실 안은 조용하다. 이제 48명 전원이 입을 다물고 있다. 그때 조현정이 말했다.

"2학년 둘이 잡혀 있어."

이경훈의 시선을 받은 조현정이 말을 잇는다.

"양아치 네 놈한테. 조금 전에 제 친구한테 연락을 해왔어."

교실 안은 모두 숨을 죽이고 있어서 맨 앞쪽에서도 다 들었을 것이다.

"양아치라니?"

이경훈이 묻자 조현정이 대답했다.

"학교 다니다 만 놈들. 소년원, 교도소 출신들."

그러자 심호흡을 한 이경훈이 자리에서 일어섰다.

택시 안에는 넷이 탔다. 이경훈과 조현정, 한기웅과 2학년 심아영이다. 심아영은 지난번에 농구코트 옆쪽 창고 뒤에서 애들을 패다가 이경훈한테 걸린 후부터 긴장하고 살아왔다. 이경훈이 눈에 띄기만 하면 털을 다 민다고 했기 때문이다. 그런데 오늘은 어쩔 수 없게 되었다. 집 나간 2학년 둘 중 하나가 연락을 해왔기 때문이다. 같은 반인데다 중학교 때도 같은 반이어서 꽤 친했던 애인데 고등학교에 들어온 후부터 발랑 까져서 가출을 밥 먹듯이 한다는 년이다. 그러다가 양아치한테 된통 걸린 것이다. 학교 주변에는 여학생들을 노리는 양아치들이 가끔 출몰한다. 그러다가 일진과 싸움이 붙고 나서 대개 쫓겨나지만 꼭 쥐새끼처럼 빈틈만 있으면 나타난다. 넷이 택시에서 내린 곳은 상계동 끝 쪽의 어수선한 주택가였다. 한쪽은 철거 중이었고 다른 쪽은 데모하느라 깃발과 플랜카드가 어수선하게 나부끼는 곳이었는데 길바닥에 주저앉은 데모대는 아줌마 대여섯 명뿐이었다. 전경 7, 8명이 군데군데서 있었지만 느슨했다. 뒤쪽 도로변에는 구멍가게가 늘어섰는데 아이들이 한가하게 공차기를 한다. 앞장서서 주택가를 내려가던 심아영이 우뚝 멈춰서더니 이경훈을 보았다. 심아영은 흰색 반팔 티셔츠에 진 바지를 입었는데 날씬했다. 젖가슴도 알맞게 솟았고 엉덩이도 빵빵했다. 키도 컸지만 얼굴은 어려서 18살 티가 난다.

"이 골목 같아요. 만화 가게에서 첫 번째 골목이라고 했거든요."

심아영이 앞쪽 골목을 가리키며 말했다. 같이 택시를 타고 왔지만 이경훈한테는 처음 말을 건 셈이다.

"이 골목으로 50미터쯤 들어가면 2층 시멘트 건물이 오른쪽에 있는데 그 건물 반지하방에서 산다고 했어요."

심아영이 열심히 말 하는 동안 셋은 주위를 둘러보며 듣는다. 말이 끝났을 때 이맛살을 찌푸린 이경훈이 심아영을 노려보았다.

"너, 왜 나한테 말 걸어? 내가 그랬지? 내 눈에 띄면 털 다 민다고."

그러자 심아영의 얼굴이 금방 새빨개졌고 조현정이 혀를 찼다.

"갑자기 웬 새똥 빠진 소리래? 지금 농담 따먹기 할 때야?"

"니가 정찰을 갔다 와."

골목 입구에 선 이경훈이 휴대폰을 꺼내 쥐면서 조현정에게 말했다.

"전화기 귀에 붙이고, 그게 무전기다."

이경훈이 휴대폰 버튼을 누르자 조현정의 휴대폰 벨이 울렸다. 머리를 끄덕인 조현정이 휴대폰을 귀에 붙이더니 발을 떼었다. 그러나 이경훈이 말한다.

"잘 들리냐? 오바."

"장난 마."

머리를 돌린 조현정이 이경훈을 향해 눈을 흘겼지만 귀에 붙인 휴대폰을 떼지는 않았다.

저녁 7시 반이 되었을 때 2층 건물의 반지하방 현관문이 열리더니 사내 하나가 나왔다. 머리를 노랗게 염색한 사내였는데 러닝셔츠 차림에다 슬리퍼를 신었다. 사내는 휘적거리며 골목을 나와 만화 가게 앞쪽의 구멍가게에 들어갔는데 조금도 주위를 경계하지 않는다. 그래서 만화 가게 앞에서 얼쩡대던 한기웅과 심아영, 골목 끝 쪽의 세탁소 안에 들어가 있던 이경훈과 조현정은 마음 놓고 사내를 볼 수 있었다. 지금 조현정은 가방 속에 쑤셔 넣은 교복 상의를 다림질 하라고 맡겨놓은 참이다. 반지하방을 감시한 지 30분쯤이 지난 후였다.

"심아영이 재 착해. 괜히 겁주지 마."

하고 조현정이 말했으므로 이경훈이 피식 웃는다.

"뭐? 착해? 니가 그 기집애 노는 꼴을 못 봐서 그렇지."

"걔가 애들 팼다고?"

쓴웃음을 지은 조현정이 말을 잇는다.

"사연이나 자세히 들어보고 애들 패지 그랬어? 그 맞은 놈들은 여학생들 쫓아다니다가 심아영이한테 두 번이나 경고를 받은 놈들이었어."

"어쨌든 학교 내에서 폭력은 안 돼."

그때 이경훈의 주머니에 넣어둔 휴대폰이 진동을 했다. 이경훈이 휴대폰을 귀에 붙였을 때 한기웅의 목소리가 울렸다.

"그놈이 뭘 사가지고 돌아간다."

"좋아, 뒤에서 눈치 안 채게 따라와. 그 놈 따라서 들어간다."

그러고는 이경훈이 휴대폰을 주머니에 넣고 나서 조현정을 보았다.

"나하고 기웅이가 쳐들어갈 테니까 너희들은 연락하면 들어와."

"괜찮겠어?"

걱정스런 얼굴이 된 조현정이 묻자 이경훈은 피식 웃는다.

"야, 너하고 둘이 있을 때 얘긴데, 내가 너한테 애인 하자고 한 건 니 기반 그대로 굳혀주려는 의도였어. 나, 너한테 딴 생각 없어."

"그래, 잘났다."

쓴웃음을 지은 조현정이 힐끗 뒤쪽에서 다림질을 하는 세탁소 주인에게 시선을 주었다. 안쪽의 주인은 둘의 이야기를 듣지 못한 것 같다. 이경훈은 유리창 밖으로 노란 머리가 덜렁거리며 다가오는 것을 보았다. 손에 물건을 담은 비닐봉지가 들려져 있다.그로부터 20분쯤이 지났을 때 조현정과 심아영은 2층 건물의 반지하방 현관으로 들어선다. 현관문은 활짝 열려져 있었지만 둘은 조심스럽다. 앞장선 조현정은 발끝으로만 걸음을 옮긴다. 현관 안으로 들어섰던 조현정은 안방 문이 벌컥 열리는 바람에 대경실색을 했다. 그러나 밖으로 나온 것은 한기웅이다. 한기웅이 조현정과 심아영을 보더니 얼굴을 펴고 웃는다.

"어, 들어가 봐. 신발 그대로 신고."

집안이 지저분했으므로 둘은 부담 없이 신발을 신은 채로 방 안으로 들어섰다. 그때 다시 조현정은 숨을 삼켰다. 방안은 난장판이었던 것이다. 사내 넷이 장작더미 쌓이듯이 벽 앞에 둘씩 포개져 눕혀져 있었는데 온몸이 끈과 테이프로 묶여졌다. 그리고 드러난 얼굴은 피투성이였다. 그리고 윗목에 여학생 둘이 쪼그리고 앉아 있었는데 조현정과 심아영의 시선을 받더니 일제히 울음을 터뜨렸다. 그때 창가에 서 있던 이경훈이 버럭 소리쳤다.

"이 가시나들, 시끄러!"

둘의 울음이 뚝 그쳤다. 다가간 조현정과 심아영이 둘을 잡아 일으켰다.

"빨리 나가, 이 쓰레기장에서."

조현정이 재촉하자 옆방으로 갔던 한기웅이 돌아와 말한다.

"이 개새끼들, 도둑질을 하고 살았던 것 같아. 방안에 온갖 것들이 다 있어. 완전 장물더미야."

"다 태워 죽이고 가게 휘발유통 찾아 와라."

이경훈이 말하자 묶여 쌓여있던 두 놈이 요동을 쳤지만 허리만 들썩였을 뿐이다. 겁에 질린 놈들이 두 눈만 희번덕거린다. 입에도 테이프가 붙여져 있기 때문이다. 발을 뗀 이경훈이 사내들을 흘겨보았다.

"이대로 두고 112 신고를 하면 되겠다. 그럼 경찰들이 알아서 잡아 가겠지.”

네놈은 각각 스무 살에서 스물네 살까지의 연령층으로 모두 전과자들이었다. 넷 중 가장 어렸던 스무 살짜리가 국일 중학을 중퇴하고 소년원 생활을 했던 놈으로 학교 근처에서 노상 얼씬거리다가 한미옥, 서신애하고 안면을 익혔던 것이다. 한미옥과 서신애는 일진에도 들지 못한 이른바 불량아들로 둘 다 집안 환경이 좋지 않았다. 한미옥은 어렸을 때 어머니가 집을 나가는 바람에 오빠하고 아버지, 세 식구가 살았는데 아버지는 원양어선 선원이어서 일 년에 두 달 정도만 집에 머문다고 했다. 네 살 위인 오빠하고는 사이가 좋아서 둘이 의지하고 살았지만 작년에 오빠가 군에 입대한 후부터 한미옥은 가출하기 시작했다. 그리고 서신애는 이혼한 어머니하고 둘이 살았는데 어머니가 수시로 집안에 남자를 끌어들인다는 것이다. 중학 때부터 남자를 데려온 어머니가 서신애한테 여관비를 줘서 내보냈다고 했다. 둘을 떡볶이 안집으로 데려왔을 때는 밤 10시 반이 되어가고 있었다. 둘 다 집에 들어가지 않겠다고 해서 일단 안집으로 데려왔지만 이경훈은 짜증을 냈다. 방안에 여섯이 다 모여 앉았을 때 이경훈이 이젠 대놓고 말한다.

“내가 너희들 오빠도 아니고 선생도 아냐. 그놈들한테서 빼내달라고 했다길래 부탁을 받고 빼 준건데.”

이경훈의 시선이 조현정과 심아영을 스치고 지났다. 무슨 말이 나올지 짐작한 둘은 제각기 눈을 마주치지 않는다.

“이젠 너희들 갈 데로 가봐.”

던지듯이 이경훈이 말하자 심아영이 먼저 일어섰다.

“가자.”

둘한테 말했을 때 조현정이 심아영을 노려보았다.

"잠깐, 애들 어디로 데려가려고 그러니?"

"우선 우리 집에."

"이년아, 너희 집에 데려가서 뭐 하려고."

눈을 치켜뜬 조현정이 따라 일어선 둘까지 셋을 훑어보며 말한다.

"다 앉아."

셋이 다시 얌전히 앉았을 때 조현정이 머리를 돌려 이경훈을 보았다.

"재들 당분간 여기서 학교 다니게 하면 안 될까?"

"뭐? 여기?"

이경훈이 방안을 둘러보는 시늉을 하고나서 머리를 젓는다.

"여긴 우리 사무실 용도야. 숙박업소가 아냐, 이 기집애야."

"주방까지 다 있잖아? 그리고 애들 모이는 장소는 얼마든지 다른 곳을 찾을 수 있고."

"월세 30만 원씩 공금으로 나가."

다시 머리를 젓은 이경훈이 조현정을 노려보았다.

"개소리 마, 이건 물에 빠진 년 건져냈더니 집까지 내놓으라고 하네."

그러자 그 와중에도 한기웅이 풀썩 웃었고 심아영의 얼굴에도 웃음기가 띠었다가 사라졌다. 그러나 다른 넷은 웃지 않는다. 그때 조현정이 똑바로 이경훈을 보았다.

"내가 교복쟁이한테서 받은 돈 낼게, 그럼 됐지?"

다음날 3교시가 끝났을 때 담임 오명규가 1학년 학생을 시켜 이경훈을 교무실로 부른다. 오명규는 교무실 앞에서 기다리고 있다가 이경훈을 교장실로 데리고 들어갔다. 교장실에는 교장과 교감, 생활주임 선생까지 셋이 수군거리다가 들어선 이경훈을 보더니 일제히 입을 다물었다. 이경훈은 오명규와 나란히 앉아 그들을 보았다. 셋의 얼굴은 굳어져 있다. 모두 50대의 어른. 먼저 교장이 입을 열었다.

"네 이야기 듣고 소문으로만 듣던 사실을 확인할 수 있었다, 고맙다."

그러더니 입맛을 다시고 나서 길게 숨을 뱉는다.

"사회의 썩은 물이 학교에까지 새어 들어오게 만든 어른들 잘못이 크다."

교장의 말이 이어진다.

"더구나 그것이 몇 년간이나 이어져 왔다니 부끄럽기 짝이 없구나."

이경훈은 탁자에 시선을 내린 채 잠자코 듣는다. 교장 훈시를 지난주에 들은 적이 있는데 10분이나 걸렸다. 교실에 앉아 교내 방송으로 들었지만 제대로 듣는 학생은 한두 명뿐이었다. 그때 교장이 불쑥 묻는다.

"너, 그 일을 경찰에 신고할 생각이냐?"

"네?"

머리를 든 이경훈이 교장을 보았다. 이경훈의 시선을 받은 교장이 쓴웃음을 짓는다.

"돈 받은 사실 말이다."

"아직 전……."

말을 그친 이경훈은 입안의 침을 삼켰다. 학교에 먼저 말한 것도 이 사건을 일임하겠다는 뜻이었다. 그때 이번에는 교감이 나섰다.

"우리도 그걸 생각해 보았는데 그렇게 되면 몇 년간 그것을 방치한 학교뿐만 아니라 돈 받은 네 선배들 그리고 피해를 당했다고 생각하는 학부모까지 나서서 사태가 걷잡을 수없이 커지기만 할 것 같다. 그런다고 보상을 받을 방법도 쉽지가 않고. 얻는 것보다 잃는 것이 더 많을 것 같다는 생각이 들었다."

교감이 열심히 말을 잇는다.

"네가 전학을 온 후에 한 달 만에 학교 분위기가 잡힌 것을 우리가 다 안다. 구타가 없어졌고 술, 담배가 싹 근절된데다 돈 뜯어가는 놈들도 사라졌다. 다 네 덕분이다."

"……."

"이번일은 그냥 놔두는 것이 네 신상에도 이롭다는 생각이 드는구나. 우리가 터뜨리면 학교 명예는 말할 것도 없고 학생들까지 연루가 될 것이니까 말이다."

그러자 이번에는 생활주임이 나섰다.

"물론 다음부터는 체제를 바꿔 업자가 조폭이나 일진을 통하지 않도록 할 거다. 그럼 학생들도 피해를 입지 않고 그놈들도 손을 대지 못하게 될 테니까."

그러고는 입을 다물었으므로 교장실 안에는 무거운 정적이 덮였다. 모두 이경훈의 입만 바라보고 있는 것이다. 그때 이경훈이 머리를 들고 말한다.

"저, 특별반으로 옮겨주세요."

놀란 셋은 눈을 둥그렇게 떴고 옆에 앉은 오명규는 입까지 딱 벌렸다. 이경훈이 말을 잇는다.

"대학 가게 공부하려고 그럽니다. 그러니까 먼저 특별반부터 넣어주시죠."

다섯 번째 전설

영웅

4장

"특별반?"

한기웅이 눈을 껌벅이며 이경훈을 보았다. 6교시가 끝나고 한기웅은 이경훈과 함께 나가려고 온 참이다. 주위 학생들은 모두 시치미를 떼고 있었으므로 한기웅이 옆쪽 서대균을 손짓으로 불렀다. 외면하고 있던 서대균이 귓속에 눈이 있었던 것처럼 다가와 섰다.

"회장이 특별반이라니, 어떻게 된 일야?"

"그, 그게."

당황한 서대균이 말을 더듬었을 때 이경훈이 정색하고 한기웅에게 말한다.

"공부 끝나고 밤 11시에 만세 만화방에서 보자."

떡볶이 안집은 한미옥과 서신애의 자취방이 되어있는 것이다. 한기웅이 투덜거리면서 몸을 돌린다.

"시바, 뱁새가 황새 쫓아가다가 다리 찢어지는 법이여, 무슨 수단으로 특별반이 된지는 모르지만 곧 쪽팔리게 될 거다."

반에 남아있는 특별반 25명은 다 들었지만 아무도 웃지도 이쪽을 바라보고 있지도 않는다. 다만 창 쪽의 정이진 한 명만 힐끗 시선을 주었을 뿐이다. 한기웅과 서대균이 교실을 나갔어도 교실 안은 조용했다. 맨 뒷자리였으므로 급우들의 등판을 휘둘러본 이경훈이 혼잣말처럼 말했지만 다 들렸다.

"뭐, 그런 거 있잖냐? 기여 입학, 그런 거. 나도 그런 경우라고 생각하면 된다."

그러고는 멋쩍은지 소리 내어 웃었지만 아무도 따라 웃지 않는다.

소문은 번개 같다. 특별반 수업 3교시가 끝났을 때 교실로 조현정이 찾아왔다. 그때는 오후 5시가 되어갈 무렵이었는데 한 시간 수업을 더 하고 나면 집에서 가져온 저녁 도시락을 먹는다. 조현정이 이경훈의 책상위에 묵직해 보이는 도시락 가방을 내려놓았다.

"저녁밥이야."

눈만 크게 뜬 이경훈을 향해 조현정이 빙그레 웃는다.

"처음이라 밥 안 가져왔지? 남들 밥 먹을 때 물만 마실래?"

"시끄러."

"내꺼 가져왔으니까 먹어. 난 애들이 가져오기로 했으니까."

그러더니 손바닥으로 이경훈의 어깨를 툭 쳤다.

"욕심도 많으셔."

그러고는 몸을 돌려 버렸으므로 이경훈은 입만 벌렸다가 닫는다. 조용했던 교실 안에서 수군거리는 목소리들이 들리기 시작했다. 선생님들은 모두 이경훈이 특별반이 된 사연을 아는 모양이어서 내색하지 않았는데 그것이 오히려 애들의 궁금증을 더 증폭시켰을 것이다. 그러나 이경훈은 해명하지 않기로 했다. 해명할 만큼 친한 놈들도 없는데다가 털어놓았다가는 대소동이 일어날 것이 분명했다.

"야, 정이진."

이경훈이 소리쳐 부르자 교실 안은 다시 조용해졌고 왼쪽 두 번째에 앉아 있던 정이진이 발딱 일어서더니 다가왔다.

"왜?"

눈 주위가 약간 상기되었지만 목소리는 또랑또랑 하다.

"니가 내 공부 좀 도와줘야겠다. 당분간만 말이야."

앞에 선 정이진에게 이경훈이 거침없이 말한다.

"좀 봐주라, 너밖에 없다."

"알았어."

정이진의 두 눈이 반짝였다. 이것은 공식 통보와 같다. 이제 정이진은 이경훈의 파트너가 된 것이다.

만화방 안에는 대성 종고, 유경고의 간부 급 일진까지 모두 10명 가까운 머릿수가 모여 있었는데 이경훈이 들어가자 떠들썩했던 소음이 뚝 그쳤다. 주인 여자가 이경훈을 보더니 아예 밖으로 나가 버렸으므로 만화방 안은 이제 일진 차지가 되었다. 이경훈이 안쪽에 마련된 자리에 앉자 3고 간부들이 의자를 붙여 둘러앉는다. 모두 입을 다물었고 절도가 있다. 이경훈이 둘러앉은 일진들을 차례로 보았다. 그러자 사회 역할인 한기웅이 말했다.

"3고 간부들은 다 왔어."

그렇다. 김창곤과 최석필이 제거된 후에 대성 종고와 유경고에는 대표 일진으로 전두식과 윤천수가 선출되었다. 3학년 간부 중 투표로 결정한 것이다. 오늘은 이경훈이 3고 대표 일진 및 수뇌부를 비상소집 시킨 것이다.

"내가 부른 건 교복 문제야."

이경훈이 입을 열자 모두 시선만 준다. 주위를 둘러본 이경훈이 말을 이었다.

"터미널 형님하고 브로커 홍 사장을 만났는데 벌 당 2만 원씩 준다는구먼. 그러더니 나한테 선금으로 이걸 주더라."

하면서 이경훈이 앞에 놓여 진 탁자 위에다 지난번 조현정 앞에서 했던 것처럼 딱지 치듯이 돈 봉투를 세게 내려쳤다. 돈뭉치가 든 봉투가 꽤 큰 소리를 내며 놓여졌다. 이경훈이 간부들을 둘러보았다.

"10만 원 권 수표로 1백 장, 1천만 원이다. 시발, 천 원짜리 김밥 만 줄이다."

그러고는 머리를 돌려 한기웅에게 말한다.

"3고 대표한테 각각 3백씩 나눠줘."

모두 숨을 죽였고 이경훈의 말이 이어진다.

"너희들이 실적 올리면 다 너희들 몫이야. 예를 들어서 유경고가 2천벌 받았다면 4천만 원을 먹는 거다. 물론 지금 받은 3백은 제하고."

말을 그친 이경훈이 대표들을 하나씩 훑어보았다.

"돈 문제로 말썽이 일어나면 안 돼. 관리 잘하란 말이야, 알았어?"

두 대표가 머리를 끄덕였을 때 이경훈이 자리에서 일어섰다. 그러자 모두 따라 일어섰는데 한기웅이 다급히 묻는다. 한기웅은 지금 수표를 세는 중이었다.

"회장, 1백만 원이 남는데 어떻게 하지?"

"비상금이니까 그것도 네가 갖고 있어."

던지듯이 말한 이경훈이 한기웅을 흘겨보았다.

"오늘 같은 날 식사대, 음료수대로 쓸 돈이다. 쓴 용도 다 적어놔. 꼬불치면 죽을 줄 알아."

그러자 방안에서 처음으로 웃음소리가 일어났다.

아파트 입구로 들어서던 이경훈이 주춤 걸음을 늦춘다. 앞쪽 화단을 꺾어져 간 여자 모습이 눈에 익었기 때문이다. 이경훈은 이제 서둘러 발을 떼었다. 화단을 지나갔을 때 노인정으로 꺾어지는 기둥에 몸을 붙이고 선 여자가 보였다. 여자는 핸드폰을 귀에 붙이고 통화중이었다. 어머니다. 서둘러 다가가던 이경훈이 문득 발을 멈추고는 화단가의 나무 기둥 뒤로 몸을 숨겼다. 어머니와의 거리는 다섯 걸음 정도. 어머니의 목소리가 또렷하게 들린다.

"애들 아빠는 아직 안 들어왔어."

그러고는 짧게 웃는다.

"그러지 마, 조심해야 돼. 나하고 통화 끝나면 꼭 전번 지우는 거 잊지 마."

이경훈은 나무 기둥에 아예 등을 붙이고는 어머니를 등지고 섰다. 그렇지만 어머니의 목소리가 다시 이어졌다.

"월요일하고 목요일, 일주일에 이틀이면 돼. 그 이상은 자기나 나나 무리야."

그러더니 밝게 웃는다. 이경훈은 어금니를 물었다. 어머니의 이런 웃음소리는 처음 들었기 때문이다.

"자기야, 사랑해. 그 사람 들어오기 전에 얼른 들어가야겠어."

그러더니 어머니가 발을 떼었으므로 이경훈은 어깨를 늘어뜨렸다.

그러고 보면 어머니는 마흔다섯, 아직도 한창때다. 잡지나 TV에서 남녀 치정 사건을 수없이 보았지만 다른 세상 이야기로 알았던 이경훈이다. 지금까지 단 한 번도 어머니가 그런 일에 휘말릴 것이라고는 생각해보지 않았던 것이다. 이경훈은 어둠에 덮인 어린이 놀이터 벤치에 앉아 오랫동안 움직이지 않았다. 밤 11시 반이 되어가고 있다. 문득 집에 들어가기 싫다는 충동이 일어났다. 밝은 불빛 아래에서 어머니의 얼굴을 볼 자신이 없다. 아버지는 회사 일 핑계를 대고 일주일에 5일은 밤 12시가 넘어 들어오거나 외박을 했다. 토요일만은 기숙사에서 동생 이태훈이 오는 날이라 일찍 귀가했지만 일요일 아침에도 거래처와 골프 약속이 있다면서 나가는 날이 10중 7, 8이다. 그래서 어머니가 바람이 난 것이다. 남들처럼 이경훈이 고3 수험생도 아니었기 때문에 신경 쓸 일도 없었을 것이다. 고1짜리 태훈이는 말 안 해도 기숙사에서 저 혼자 공부를 잘했으니 남는 시간에 남자를 찾았다. 그때 바지 주머니에 넣은 휴대폰이 진동을 했으므로 이경훈이 꺼내 보았다. 모르는 번호가 떴다. 누굴까? 이경훈이 휴대폰을 귀에 붙인다.

"여보세요."

"오빠, 저요."

"응?"

이맛살을 찌푸린 이경훈이 앞쪽의 그네를 노려보았다. 오빠라고 부를 여자가 기억나지 않는 것이다. 그때 여자가 말했다.

"저, 심아영이."

"어?"

눈을 더 크게 뜬 이경훈이 휴대폰을 고쳐 쥐었다.

"니가 왜? 아니 내가 왜 니 오빠야? 그리고 내 전번은 어떻게 알았어?"

"기웅 오빠가 알려줬어요."

맨 끝에 물은 대답만 했으니 이경훈은 양에 안 찼다.

"내가 너하고 오빠 동생 할 만큼 친하다고 생각하냐, 응?"

그러자 심아영이 차분하게 말한다.

"오빠, 현정 언니가 병원에 갔어요."

"응? 왜."

놀란 이경훈이 전화기를 고쳐 쥐었다. 그때 심아영이 말했다.

"나하고 안집에 같이 있었는데 중곤 오빠가 와서 따라오지 않는다고 팼어요."

"중곤이 누구야?"

"터미널파."

"뭐?"

"전부터 현정 언니 좋아했던 오빠 있어요."

"그 시발 놈도 오빠냐? 그 새끼는 지금 어디 있어?"

"몰라요."

"얼마나 다쳤는데?"

"머리가 깨져서 응급실에서 열두 바늘이나 꿰맸어요."

"……."

"중곤이가 때렸는데 넘어지다가 의자에 찧었어요."

"지금 현정이 어딨어?"

"국제병원 응급실요."

그러자 이경훈이 자리에서 일어섰다.

"알았어, 내가 갈게."

"어? 왜 왔어?"

이경훈을 보더니 깜짝 놀란 조현정이 눈을 크게 뜨고 묻는다. 침대에 머리를 붕대로 감고 누워 있지만 얼굴은 말짱했다. 옷을 갈아입었는지 옷도 깨끗했다. 다만 응급실 분위기가 어수선했고 둘러선 세 가시내들 표정이 어두웠다. 다가선 이경훈한테서 시선을 뗀 조현정이 심아영을 노려보았다.

"네가 연락했지?"

심아영이 우물쭈물하자 조현정의 눈썹이 더 치솟는다.

"너, 정말 맘대로 놀 거야? 혼나볼래?"

"아, 시끄러."

버럭 소리친 이경훈이 심아영과 두 가출소녀 한미옥과 서신애를 둘러보았다.

"너희들은 잠깐 나가 있어."

그러자 셋이 살았다는 표정을 짓고 일제히 침대 옆을 떠났다. 조현정은 이제 가출소녀 자취방이 된 떡볶이 안집에서 심아영과 함께 있다가 사고를 당한 것이다. 이경훈이 시선을 주었지만 조현정은 외면했다.

"아, 시발. 정말 조용한 날이 없구먼."

이경훈이 혼잣소리처럼 투덜거린다.

"기집애들이 왜 이렇게 지저분한지 모르겠네. 넌 도대체 남자가 몇 놈이나 돼?"

조현정은 머리를 돌린 채 대답하지 않았고 이경훈의 말이 이어졌다.

"강동식이에다 또 다른 놈이 나타났구먼. 시발 년이 룸살롱 차리려고 미리 손님 확보해 놓는 거여, 뭐여?"

그러자 갑자기 웃음소리가 났으므로 놀란 이경훈이 입을 다물었다. 머리를 이쪽으로 돌린 조현정이 큭큭 웃고 나서 말했다.

"곧 울 엄마 올 테니까 넌 얼른 가봐. 니 말대로 울 엄마가 너도 내 남자 중의 하난 줄 알겠다."

병원 앞쪽의 벤치에 나란히 앉았을 때 심아영이 말했다.

"중곤 오. 아니, 중곤이는 작년부터 언니를 쫓아다녔어요."

"그놈 뭐 하는 놈이야?"

벤치에 등을 붙인 이경훈이 앞쪽을 향한 채 묻는다. 벌써 밤 12시 반이다. 병원 앞 정원은 인적이 드물었고 한미옥과 서신애는 보이지 않았다. 심아영이 머리를 돌려 이경훈을 보았다.

"언니 2년 선배예요."

"선배 좋아하네, 거지 같은 놈."

"언니가 1학년 때 3학년 일진 회장이었대요. 그래서 동생 삼았다는데."

"……."

"작년부터 애인하자고 쫓아다녔어요. 그래서 강동식이하고 라이벌 관계였죠."

"잠깐."

이맛살을 찌푸린 이경훈이 심아영의 말을 막는다.

"이야기가 또 골목으로 빠졌는데 자꾸 골치 아프게 만들지 마라. 조현정이가 강동식이 애인 아니었어?"

"애인이요?"

눈을 치켜뜬 심아영이 이경훈을 째려보다가 풀썩 웃는다.

"누가 그래요?"

"다른 놈들이 다. 그리고 조현정이도."

"언니가 자기 입으로 그래요?"

"그랬다니까?"

"안 그래요."

정색한 심아영이 머리를 저었다.

"언니는 둘 다 데리고 놀았어요. 둘이 다 언니를 애인으로 생각할 수도 있겠네요."

"그렇다면 애인이 둘 이었군."

결론을 낸 이경훈이 머리를 끄덕였다.

"그렇게 말하면 될 걸 가지고 어린것이 어렵게 풀지 마라. 에이 시발년들."

벤치에서 일어선 이경훈이 손목시계를 보는 시늉을 한다.

"기집애들은 왜 이렇게 골치 아프게 놀지? 깜냥에 잔머리 굴리는 걸 보면 아주 머리를 깨 버리고 싶어. 그 중곤인지 종곤인지 개자식이 머리 깬 거 이해가 간다."

"오빠."

하고 심아영이 불렀으므로 이경훈이 눈을 부릅떴다.

"오빠라고 부르지 말라고 했잖여. 이 가시내야."

"오빠 인기가 얼마나 좋은지 모르죠?"

"인기 좋아하네. 내가 배용준이냐? 인기 좋아서 뭐하게? 누가 짜장면이나 공짜로 사줘?"

"내가 오빠 비서하면 안 돼요?"

"잠자리 비서?"

"그래도 되고요."

"이게 정말."

"현정이 언니도 찬성할 건데. 나 같은 애가 필요하다고 했거든요."

"애들 패게?"

"이제 안 그래요."

"아, 시끄러."

"오빠."

"너 한 번만 더 오빠라고 했다가……."

그때 바지에 넣은 핸드폰이 진동을 했다. 핸드폰을 꺼내 든 이경훈이 입맛을 다셨다. 집에서 온 전화였다. 어머니다. 아버지는 한 번도 집 전화로 이경훈을 찾은 적이 없는 것이다. 이경훈이 휴대폰을 켜자마자 말했다.

"곧 갈게."

그러고는 휴대폰 덮개를 내리고는 심아영을 노려보았다.

"넌 왜 집에 안 가?"

"언니가 비행기를 탔거든요."

"그건 또 무슨 말이야?"

"스튜어디스란 말이죠."

"지미, 그래서? 그게 네가 집에 안 들어가는 거하고 무슨 관계가 있는데?"

"언니가 비행기 타고 외국에 가는 날은 집에 혼자 있으니까 밖에서 놀아도 된다고요."

그러더니 정색하고 덧붙였다.

"엄마 아빤 LA에 계세요. 난 고등학교만 그럭저럭 마치고 LA로 갈 거라고요. 한국에서 고등학교는 마치고 와야 한다는 아버지 명령이라 이러고 있는 거죠. 난 미국 시민권자라고요, 이래 봬도."

이제는 잠자코 눈만 껌벅이는 이경훈을 향해 심아영이 말을 잇는다.

"오빠랑 지금 우리 집에 가도 되는데."

현관으로 들어선 이경훈은 집안 분위기가 어수선 한 것을 바로 알아차렸다. 불은 환하게 켜져 있었지만 아무 소리도 나지 않는다. 현관문이 열리는 기척이 났을 텐데 어머니는 나와 보지도 않았다. 제 방으로 들어가던 이경훈은 주방 구석에서 깨진 그릇 조각을 보았다. 어머니하고 아버지가 싸운 것이다. 대개 싸움은 금방 끝났는데 아버지가 금방 식기 때문이다. 어머니가 깐족대면 길어지겠지만 아버지의 화가 충천하기 직전에 피해버린다. 그러면 가구 몇 개에 화풀이를 한 아버지도 식는 것이다. 오늘은 무엇 때문에 붙었는지 알 수 없지만 이경훈은 곧 제 방으로 들어가 문을 닫는다. 다른 때 같으면 어머니한테 가서 영문을 묻고 분위기를 살폈을 것이다. 그러나 아파트에 들어오다가 어머니의 전화하는 내용을 들은 후부터는 만정이 떨어져서 얼굴도 보기 싫었다. 화장실에서 씻고 방에 돌아왔을 때도 집안은 불이 켜진 채 조용했다. 아버지는 안방에서 잘 것이고 어머니는 태훈이 방에서 깨어 있을 것이다.

"잘 돌아가는 집구석이다."

구시렁대며 말한 이경훈이 거실의 불을 끄고는 집안을 둘러보았다. 그 순간 가슴이 묵직해지면서 목이 멘다. 이것이 바로 가슴이 미어진다는 것이구나. 그렇게 생각하면서 이경훈은 제 방으로 돌아왔다. 밤 1시 반이 되어가고 있었다.

특별반이 되었으니 도시락 두 개 싸달라는 말을 안 했기 때문에 이경훈은 오늘도 도시락 하나만 들고 학교에 왔다. 아침에 어머니 얼굴을 보지도 못하고 나온 것이다. 식탁에 밥상은 차려져 있었으므로 아침은 먹었다. 그리고 미리 싸 놓은 도시락만 들고 집을 나왔는데 어머니는 방안에서 나오지 않았다. 그래서 뭐라고 한마디 하려고 입만 열었다가 말았다. 아버지는 전날 아무리 술에 떡이 되어서 오더라도 다음날 아침 6시면 일어나 7시 안에 나간다. 그래서 오늘은 아버지가 떠나는 기척도 못 들었다. 물론 다른 때 같으면 학교 간다고 방에다 대고 소리라도 쳤을 것이지만 오늘은 아무 소리도 안 했다.

"야, 정이진."

1교시가 끝났을 때 이경훈이 잠자코 준비물을 건네주고 돌아가는 정이진을 불렀다. 정이진은 특별반 교재, 준비물 그리고 지금까지의 진도까지를 과목별로 정리해서 이경훈에게 건네주었다. 복사할 것은 하고 교재는 제 돈으로 사서 주었는데 오늘 받은 준비물은 정가가 5만 원이나 되는 참고서다. 정이진이 다가오자 이경훈이 지갑에서 10만 원 권 수표를 꺼내 내밀었다.

"이거 준비물 값 받아."

옆쪽 애들이 바라보고 있었기 때문인지 정이진이 잠자코 받았다. 그때 이경훈이 말했다.

"야, 학원 좀 추천해주라. 오늘부터라도 다닐 테니까."

"알았어. 그럼 나하고 같이 가."

시선이 마주친 정이진의 눈 밑이 조금 붉어졌다. 정이진이 소곤대듯 말을 잇는다.

"몇 과목이나 받으려고?"

"너 받는 만큼."

그러자 정이진이 피식 웃었다. 그때 정이진의 뒤쪽 책상 세 개 건너편에 앉아있던 유서연이 자리에서 일어서더니 교실 앞쪽 문으로 나갔다. 이쪽에 시선을 주지 않는 것이 바로 의식하고 있다는 증거일 것이다.

"너 요즘 유서연이하고 말 않지?"

하고 정이진 쪽으로 몸을 기울인 이경훈이 더 목소리를 낮추고 물었다. 정이진 얼굴과는 20센티 거리밖에 되지 않는다. 그러자 정이진이 머리를 끄덕였다.

"전혀."

정이진의 눈동자에 박힌 자신의 얼굴을 보면서 이경훈은 쓴웃음을 짓는다. 당연한 일이다. 그리고 유서연은 그렇게 소외 되어야 마땅하다.

점심시간이 되었을 때 앞쪽 문으로 한기웅이 들어왔다. 도시락을 먹던 이경훈과 시선이 마주치자 빙긋 웃는다.

"밥 먹었냐?"

이경훈이 묻자 한기웅이 앞쪽 책상 주인을 일으키더니 털썩 그 자리에 앉으며 말했다.

"응, 2교시 끝나고."

"배고프겠다, 밥 줄까?"

먹던 도시락을 앞으로 내밀자 한기웅이 옆쪽 책상의 여학생 볼펜 두 자루를 움켜쥐고는 곧 젓가락으로 삼아 밥을 떼어 넣는다.

"현정이 마빡 깨졌다며?"

씹던 것을 삼킨 한기웅이 묻더니 다시 밥을 떼어간다.

"응, 열두 바늘."

아예 삼분지 일쯤 남은 밥에 손을 대지 않은 채 이경훈이 한기웅에게 묻는다.

"너, 황중곤이 알아?"

"알다마다, 그 새끼."

다시 한 조각 밥을 떼어 입에 넣은 한기웅이 말을 잇는다.

"강동식이가 당하고 나서 쥐새끼처럼 납작하게 숨어 있더니 다시 조현정이 앞에 나타나신겨."

이경훈이 가만있었어도 한기웅은 목소리를 낮추었다.

"조현정이 아이큐가 높거든. 둘을 데리고 놀았어. 강동식이, 황중곤이, 둘을."

"야, 그만 처먹어."

이미 도시락은 깨끗이 비워졌으므로 이경훈이 뚜껑을 덮으며 눈을 부라렸다.

"이 돼지가 남의 밥 다 먹었네."

"내가 할 이야기가 있어서 왔는데."

입을 손등으로 닦은 한기웅이 자리에서 일어서며 말했다.

"나가자."

비상계단으로 나온 둘이 운동장을 내려다보면서 나란히 앉는다.

"어, 담배 생각이 간절하네."

입맛을 다신 한기웅이 힐끗 이경훈을 보더니 정색하고 묻는다.

"5월부터 식당이 운영된다는 거 너도 알지?"

"들었어."

이경훈의 표정이 시큰둥했다. 식당이 운영된다는 것이 아니라 점심을 외주 도시락 업체에서 가져오는 것이다. 임시로 강당에 국과 찌개, 반찬통을 놓고 점심을 배급한 후에 철수하는 방식이다. 점심 한 끼에 3천 원, 중고교 학생과 교직원이 3천5백 명이니 하루 식비만 1천만 원이 넘는다.

한기웅이 말을 잇는다.

"그것 때문에 터미널파에서 작업 중이야. 업자하고 손을 잡았다는 거다."

"손을 잡건 발을 잡건 난 관심 없어."

"학교에서 만일 다른 업자를 잡는다면 우리가 나서야 될 거다."

"뭘 나선단 말이야?"

"못 먹겠다고 데모를 하는 거지. 3년 전에도 그랬어. 업자가 일주일도 못 배겨내고 터미널파하고 거래를 했다는구먼."

"……."

"억대를 주었다는 거야."

"시발 놈들."

머리를 든 이경훈이 비상계단 입구에 서서 망을 보고 있는 서대균을 불렀다.

"대균아, 내 비서 오라고 해."

"비서? 누, 누군데?"

눈을 치켜뜬 서대균이 더듬거리자 이경훈이 쓴웃음을 짓는다.

"아참, 넌 모르지. 여학생 비서, 2학년 심아영이."

그러자 한기웅이 놀란 듯 입을 반쯤 벌렸지만 이경훈은 모른 척했다.

심아영은 10분도 안 되어서 달려왔다. 가쁜 숨을 몰아쉬며 계단을 올라오는 심아영의 두 눈이 반짝인다. 이경훈과 시선이 마주치자 생긋 웃기까지 했다.

"오빠, 불렀어요?"

다섯 계단쯤 밑에 선 심아영이 가쁜 숨을 내쉰 얼굴로 이경훈을 올려다보았다.

"이런 지기미."

이맛살을 찌푸린 이경훈이 옆에 앉은 한기웅에게 말한다.

"봐라, 기집애들 쫌만 풀어주면 막 위로 올라간다."

"어? 얘가?"

정색한 한기웅이 이경훈을 보았다.

"이 잔털만 난 것이 네 위에 올라가서 했단 말이야?"

그 순간 한기웅이 배를 움켜쥐고 허리를 굽혔다.

"아이고."

이경훈이 팔꿈치로 배를 친 것이다. 한기웅은 놔두고 이경훈이 심아영을 보았다.

"너, 현정이한테 가서 터미널파가 어떤 식당 업자하고 손을 잡았는지 알아보라고 해라."

"네? 그게 뭔데요?"

"그게 뭐긴 뭐야?"

했다가 이경훈이 한숨을 쉬고 나서 사연을 말해 주었다. 그러고는 덧붙인다.

"현정이 애인, 그러니까 박 터지게 한 놈한테 물어보면 될 거다."

"말도 안 돼."

정색한 심아영이 머리까지 젓는다. 뒤쪽에 서 있던 서대균은 숨도 죽이고 있다. 서대균은 조현정이 박 터진 사건을 모르는 것이다. 심아영이 똑바로 이경훈을 쏘아보았다.

"언니가 어떻게 그 자식한테 알아봐요? 나, 안 할래요."

"비서 안 할 거야?"

"비서 말고 그 심부름."

"이런 여우같은."

눈을 치켜뜬 이경훈이 이로 맷돌을 가는 것처럼 말한다.

"어쨌든 그렇게만 전해. 누구한테 알아보건 조현정이는 남자가 많으니까 우리보단 나을 거다. 그리고 터미널파에 숨겨진 남자가 또 있을지 모르잖아?"

심아영은 기를 쓰고 시선을 내리지 않았으므로 이경훈이 입맛을 다신다.

"그렇다면 이야기를 전하기나 해. 그냥 업자가 누군지 알아볼 수 있으면 알아보라고 하란 말이야."

이경훈이 학원 현관을 나왔을 때는 밤 11시 40분이다. 앞쪽 찻길은 버스와 데리러 온 승용차들로 혼잡했고 보도는 학생들로 가득 차 있다.

"집에 갈 거야?"

뒤에서 묻는 소리에 이경훈은 몸을 돌렸다. 정이진이다. 정이진과는 같은 학원에서 같은 과목 강의를 세 개나 받고 있는 것이다.

"그래야지, 왜?"

주위를 둘러본 이경훈이 다시 발을 떼었다. 유명한 학원이라 국일고 특별반 애들도 많다. 유서연도 같은 학원에 다니는 것이다.

"누구 찾아?"

옆에 붙은 정이진이 웃음 띤 얼굴로 묻는다. 정이진한테서 옅게 화장품 냄새가 맡아졌다. 그러고 보니 어느새 머리도 뒤로 묶었고 엷은 봄 점퍼를 걸쳤다. 가방만 벗는다면 숙녀 같다.

"유서연이?"

정이진이 묻자 이경훈은 쓴웃음을 지었다.

"너, 걔한테 콤플렉스 아직도 못 버렸어?"

"맞아."

의외로 선선히 수긍한 정이진이 이경훈을 보았다. 어느새 정색한 표정이 되었다.

"남자가 좋아할 스타일이지, 걘."

"어떤 면에서?"

"섹시하고, 어떨 땐 화려했다가 남자의 보호 본능을 발동시키기도 하고."

"복잡하네."

"아마 준다면 다 환장하고 달려들걸?"

"난 아니잖아?"

걸음을 늦춘 이경훈이 정이진을 보았다.

"걔가 기다리고 있는데도 난 손도 내밀지 않고 있는 거 몰라?"

"내 친구 오피스텔 갈래?"

불쑥 정이진이 묻더니 이경훈의 시선을 받고는 외면했다. 그러나 말은 잇는다.

"방 비었어."

"너, 그렇게 하고 싶어?"

이경훈이 웃지도 않고 그렇게 묻자 정이진은 우뚝 걸음을 멈춘다. 두 걸음이나 더 걷던 이경훈이 몸을 돌리고 말했다.

"가자, 하러."

주위를 학생들이 지났지만 무슨 말인지 알아듣지 못한 것 같다.

정이진은 처녀였다. 섹스가 끝날 때까지 정이진은 숨만 헐떡였을 뿐 아무 소리도 내지 않았다. 그러나 정이진이 욕실로 들어간 후에 방의 불을 켠 이경훈은 시트에 떨어진 피를 보았다. 피는 꽤 많았으므로 놀란 이경훈이 엉거주춤 일어났을 때 욕실에서 서둘러 정이진이 나왔다. 어느새 바지에 셔츠를 입은 정이진이 외면한 채 침대 시트를 걷어 다시 욕실로 들어선다. 밤 12시 반이 되어가고 있다. 침대에 우두커니 앉아있던 이경훈이 옷걸이에 걸린 바지 주머니에서 휴대폰을 꺼내 보았다. 걸려온 전화는 없다. 어머니는 요즘 늦어도 연락을 하지 않는 것이다. 이경훈이 진학반으로 옮겨 학교에서 특별수업을 받고 학원에 다니는 줄도 모른다. 그때 욕실에서 정이진이 나왔다.

"씻어."

정이진이 외면한 채 말했다. 얼굴이 붉게 상기되어 있었으므로 이경훈이 불쑥 말했다.

"좋았냐?"

힐끗 시선을 마주친 정이진의 얼굴이 더 빨개졌다. 몸을 일으킨 이경훈이 억제하지 못하고 말을 잇는다.

"다음에는 더 잘해줄게."

"아버지."

현관 안으로 들어섰던 이경훈이 놀란 눈을 크게 떴다. 아버지가 소파에 앉아 있었기 때문이다. 새벽 1시 반, 아버지는 양복을 그대로 입은 채였는데 술에 취한 것 같지는 않다. 아버지가 눈을 크게 뜨고 이경훈을 보았다.

"야, 네 엄마한테 연락 없었어?"

"엄마요?"

다가선 이경훈이 집안을 둘러보는 시늉을 했다.

"엄마 없어요?"

"나갔다."

머리를 돌린 아버지가 입술을 비틀면서 웃었다.

"짐 다 싸갖고."

"짐을."

말을 멈춘 이경훈은 자신이 별로 놀라지 않는다는 사실을 깨닫는다. 지난번 화단가에서 어머니의 통화를 엿들은 후부터 이런 경우를 무의식중에 예상하고 있었던 것 같다. 그때 아버지가 어깨를 늘어뜨리면서 길게 숨을 뱉는다.

"갈 테면 가라고 해."

그러고는 아버지가 충혈 된 눈으로 이경훈을 보았다.

"몇 달 전부터 네 엄마가 나한테 이혼하자고 했다. 태훈이하고 둘이 살겠다고 하더구나."

"……."

"내가 수상해서 휴대폰에 찍힌 번호를 추적시켜 보았더니 남자가 있었어. 옷가게를 하는 놈인데

1년쯤 전부터 만나고 있었더구먼."

그때 전화하던 그놈인가? 아버지의 말이 이어졌다.

"내가 태훈이 대학교 들어갈 때까지만 기다렸다가 갈라서자고 해도 막무가내였어. 그러다가 오늘 집에 와 보니까 짐 싸갖고 나갔구먼."

아버지가 다시 얼굴을 찌푸리며 웃는다.

"이거 태훈이 공부에 지장이 없어야 할 텐데 야단났다."

이경훈은 소리죽여 숨을 뱉는다. 어머니도 그렇지만 아버지 또한 내 걱정은 하지 않는 것이다. 하긴 맨날 싸움이나 하고 말썽을 피웠으니 좋게 본다면 이쯤 사건에 끄떡없을 놈이라고 생각하고 있는지도 모른다. 이경훈은 잠자코 몸을 돌린다. 하긴 내 일은 아닌 것이다.

방에서 나온 이경훈이 응접실 탁자위에 놓인 돈과 쪽지를 본다. 돈은 2만 원, 쪽지에는 아버지가 메모를 남겼다.

"내가 밥은 못하겠다. 난 나가서 먹을 테니까 너도 밥 사먹어라."

오전 7시 5분 전이다. 특별반은 8시부터 수업을 받아야 했으므로 이경훈은 씻기만 하고 학교에 간다. 아직 어머니가 없어진 것에 대한 실감이 나지 않았다. 다만 배가 좀 고플 뿐이다.

2교시 끝나고 쉬는 시간에 이경훈은 매점으로 내려와 빵을 사 먹는다. 이경훈한테는 처음 있는 일이어서 따라온 서대균도 엉겁결에 빵을 얻어먹었다. 그때 휴대폰이 진동을 했으므로 이경훈은 바지 주머니에서 꺼내 보았다. 한기웅이다.

"응, 왜?"

휴대폰을 귀에 붙인 이경훈이 묻자 한기웅도 묻는다.

"너, 어디야?"

그러더니 1분도 안되어서 매점으로 뛰어 내려왔다. 한기웅이 서대균이 들고 있는 빵을 낚아채고 나서 이경훈에게 말한다.

"전두식이한테 금방 들었는데 대성 종고 매점 문 닫게 하려고 어제부터 일진 애들을 동원 했다는 거야."

여기도 매점이었으므로 힐끗 안쪽을 살핀 한기웅이 말을 잇는다.

"어제부터 한 놈도 매점에 안 간다는구먼. 아마 이삼일 후면 항복할걸?"

"그래서 어떻게 한다는 거야?"

수업 벨이 울렸지만 이경훈이 못 들은 척 물었다. 카운터 뒤쪽의 매점 주인이 이쪽에 시선을 주었다가 안으로 들어가 버렸다. 40대 중반의 주인 아줌마는 이경훈이 누군지 아는 것이다. 매점에 있던 학생들이 순식간에 빠져나갔고 구석에 선 그들 셋뿐이다. 한기웅이 목소리를 낮추고 말한다.

"아마 터미널파하고 매점 주인이 협상을 하겠지."

"……."

"협상이 안 되면 문 닫고 나가든지, 손님이 한 명도 안 올 테니까."

"여기도 그런가?"

불쑥 이경훈이 묻고는 매점 안을 둘러보는 시늉을 했다. 그러자 한기웅이 쓴 웃음을 짓는다.

"당근. 이 매점은 6년 전인가 들어왔는데 그때 터미널파에다 한꺼번에 목돈을 줬다는 소문이야. 매점 주인 여자가 터미널파 큰 형님하고 누님 동생하는 사이라는 소문이 났어."

"……."

"이 기회에 전두식이가 한몫 받겠는데, 안 그래?"

허겁지겁 달려온 목적이 바로 이것인 모양이다. 한기웅이 목소리를 더 낮춘다.

"매점 일이 끝나면 터미널파한테서 한몫 받지 않겠어? 그 시발 놈이 3고 회장인 너한테 상납을 좀 할까?"

"시끄러, 이 새끼야. 거지 같이 놀고 있어."

눈을 치켜뜬 이경훈의 기세가 사나웠으므로 한기웅이 정색했다. 그러나 이경훈은 카운터만 노려본 채 한동안 입을 열지 않는다.

"나 좀 봐."

점심시간에 복도로 나온 이경훈이 뒤에서 말하는 소리에 몸을 돌렸다. 유서연이다. 시선이 마주치자 유서연의 눈 밑이 금방 붉어졌다. 유서연이 이렇게 말을 하기는 그때 제과점에서 만난 후로 처음이다. 이경훈이 다시 발을 떼자 유서연은 반 보쯤 뒤로 떨어져 따른다.

"오늘 학원 끝나고 만나."

유서연이 다시 말했다. 얼굴이 굳어져 있었고 목소리도 부자연스럽다. 이경훈의 시선을 받은 유서연이 말을 잇는다.

"11시 40분에 시계탑 앞에서."

그러고는 몸을 돌려 사라졌다.

요즘은 도시락도 학교로 배달이 된다. 물론 학교 앞에서 받아와야 했지만 이경훈은 심아영이 받아온 도시락으로 교실에서 저녁을 먹는다.

"오빠, 현정 언니가 내일부터 학교 나온대요."

물 잔을 앞에 내려놓은 심아영이 옆에 붙어 앉아 소곤소곤 말했다. 빈자리가 많았기 때문에 뒤쪽 창가의 명당자리에는 그들 둘뿐이다. 심아영이 말을 이었다.

"언니가 곧 조사해오겠다고 했어요."

"그건 그렇고."

초밥을 삼킨 이경훈이 심아영을 보았다.

"너, 우리 매점 말이야."

눈만 크게 뜬 심아영을 향해 이경훈이 목소리를 낮췄다.

"시내 가게하고 우리 매점 가격 비교를 해봐, 할 수 있지?"

"가격을요?"

했다가 심아영이 주위를 둘러보고는 반짝이는 눈으로 이경훈을 보았다.

"다요?"

"그래, 다."

"언제까지요?"

"내일까지."

그러자 심아영이 머리를 끄덕였다.

"알았어요. 비싸다고 소문이 났었는데 오빠가 손 좀 보려는 거죠?"

"비싼 거야?"

"그렇지만 일진도 말을 못했죠. 매점을 터미널파에서 운영한다는 소문도 있거든요."

"그런 소문도 있어?"

쓴웃음을 지은 이경훈이 다시 젓가락을 집었다.

"어쨌든 싹 조사해 와, 비밀로."

어머니한테서 전화가 왔을 때는 학교 끝나고 학원으로 가는 중이었다. 오후 9시 10분전, 이경훈은 바쁘게 걸으면서 휴대폰을 귀에 붙인다. 그러나 먼저 입을 열지는 않았다. 엄마라고 부르기가 갑자기 어색했기 때문이다. 그러나 어머니가 말한다.

"경훈아."

"말해."

"미안해."

어머니가 울음 섞인 목소리로 말했다.

"정말 미안해. 날 용서해달라고도 못하겠어. 이해해달라고도……."

"아이고, 그만."

와락 소리친 이경훈이 주위를 둘러보았다. 10미터쯤 뒤로 정이진이, 그 5미터쯤 뒤로 유서연이 따라오고 있다. 학교에서 학원까지는 사거리 두 개만 건너면 된다. 밤이었지만 상가의 불빛이 환해서 다 보인다. 전화기를 고쳐 쥔 이경훈이 말을 잇는다.

"잘 살아. 그리고 앞으로 나한테 연락 안 해도 돼."

수화기에서 어머니의 흐느낌 소리가 났다. 한마디 더 해줄까 하다가 이경훈은 휴대폰을 귀에서 떼었다. 걸음을 늦췄을 때 곧 정이진이 옆으로 붙어 왔다.

"오늘 왜 도시락 안 싸 왔어?"

낮게 묻는 정이진의 눈동자가 상가의 불빛을 받아 반짝였다. 전에 보던 눈과 표정이 아니다. 엷게 웃음기가 배어진 얼굴에서 친근감이 배어 나왔다. 그 순간 갑자기 목이 메었으므로 이경훈은 심호흡을 했다. 그러나 말은 거칠게 나왔다.

"가방이 무거워서 그랬다, 왜?"

시계탑은 학원가 끝 쪽 은행 빌딩을 말한다. 빌딩 최상층에 커다란 시계가 걸려 있었기 때문이다. 11시 40분, 빌딩 앞의 꽤 넓은 공터에는 남녀 학생이 많다. 화단 옆쪽의 벤치는 다 찼고 땅바닥에 앉아있는 놈들도 있다. 이경훈이 공터 끝 쪽에 섰을 때 어느새 유서연이 옆쪽으로 다가왔다.

"저기로 가."

낮게 말한 유서연이 앞장을 섰으므로 이경훈은 뒤를 따른다. 밤공기는 시원하고 후련했다. 가슴과 머리가 후련하다는 뜻이다. 공부가 끝난 이 시간이 되면 이경훈은 성실하게 하루를 보냈다는 만족감을 느끼는 것이다. 온몸이 늘어지도록 운동을 한 후의 느낌과 비슷했다. 성공과 실패는 다음 문제, 최선을 다하는 것이다. 앞장선 유서연이 50미터쯤 가더니 오른쪽 골목으로 꺾어졌다. 유서연은 반팔 티셔츠에 면바지를 입었다. 머리에 야구 모자를 눌러썼고 흰색 운동화를 신었는데 숙녀 같다. 가방은 어디다 두었는지 맨손이다. 골목 안에는 찻집과 카페가 차례로 늘어서 있다. 학원가에서는 이곳을 카페 골목으로 부른다. 이윽고 유서연은 작은 카페 안으로 앞장서 들어섰다. 들어서면서 힐끗 이경훈의 눈치를 본다. 현관의 불빛에 반사된 눈동자가 고양이처럼 반짝였다. 그 순간 이경훈은 쓴웃음을 지었다. 정이진의 말이 떠올랐기 때문이다. 정이진은 유서연이 남자의 보호본능을 발동시키는 스타일이라고 했다. 그리고 준다면 다 환장하고 달려든다고도 했던 것이다. 카페 안은 손님이 서너 쌍 있었는데 모두 성인 같았다. 아마 사복 차림인 이경훈과 유서연도 그들 눈에는 그렇게 보일 것이다. 좌석이 모두 칸막이로 되어 있었으므로 둘은 안쪽 칸막이 안으로 들어섰다. 주문을 받으러 다가온 종업원에게 이경훈은 토마토 주스를, 유서연은 우유를 시켰다. 종업원이 돌아섰을 때 이경훈이 묻는다.

"자 말해, 무슨 일이야?"

그러자 유서연이 말했다.

"이유 없어. 그냥 너하고 같이 있으려고."

그러더니 이제는 똑바로 이경훈을 보았다.

"네가 만나자고 하기를 기다렸다가 지쳐서 그랬어."

이경훈은 심호흡을 했다.

그렇게 콧대가 높아 보였던 유서연한테서 이런 말이 나오다니. 그때 유서연이 여전히 시선을 준 채로 말을 잇는다.

"네가 정이진하고 만나는 것도 알아, 소문이 다 났거든."

"이제 내가 양다리 걸쳐도 된단 말이지? 네가 했던 것처럼 말이야."

이경훈이 한마디씩 차근차근 말했을 때 유서연은 머리를 끄덕인다.

"상관없어. 나만 왕따 안 당한다면."

그러더니 희미하게 웃는다.

"내가 요즘 어떤 상황인지 아니? 애들이 나하고 말도 안 한다고. 꼭 이지메 당하는 느낌이야."

이제는 유서연의 목소리가 떨렸고 눈이 번들거렸다. 물기가 배어나왔기 때문이다.

"그래. 난 오늘 너 만나고 너 만났다는 이야기 할 거야. 그럼 당장 분위기가 풀리겠지. 그래서 널 만나자고 한 거야."

마침내 유서연이 손끝으로 눈물을 닦는다. 그때 다시 정이진의 말이 떠올랐다.

다섯 번째 전설

영웅

5장

아침에 응접실로 나온 이경훈이 놀라 눈을 둥그렇게 떴다. 아버지가 밥상을 차리고 있었기 때문이다. 오전 6시 40분, 아버지는 셔츠 차림에다 머리가 부스스했고 눈은 충혈되어 있다. 세수도 안 한 것 같다. 이경훈이 주방으로 들어가 아버지 옆에 섰다.

"아버지, 출근 시간 늦은 것 같은데."

"아, 오늘 하루는 쉬기로 했다."

국의 간을 보면서 아버지가 외면한 채 말한다.

"오늘 낮에 네 엄마를 만나 이혼 수속을 하기로 했거든."

"그럼 태훈이는 어떻게 하고?"

"내 자식인데 내가 데리고 있어야지."

국을 푸면서 아버지가 말을 잇는다.

"한 달에 한 번은 만나도록 해줄 거다."

"재산 정리는 어떻게 하고?"

"3억."

그러더니 아버지가 턱으로 옆쪽을 가리켰다.

"저기, 수저하고 젓가락 식탁에다 놓아라."

이경훈이 수저와 젓가락을 놓는 사이에 아버지는 밥과 국을 퍼 왔다. 식탁에 앉은 아버지가 말을 잇는다.

"딱 19년 2개월 살았다. 꽤 오래 되었냐?"

아버지가 수저로 밥을 뜨면서 쓴웃음을 짓는다.

"갈라서는 건 금방이야. 도장 꽝 찍으면 바로 남남이 되는 거다."

"그것 참."

수저로 밥을 뜨던 이경훈도 외면한 채 말을 잇는다.

"정말 황당하네, 아버지."

"뭐가 말이냐?"

"나하고 태훈이는 뭐야?"

그때서야 아버지가 시선을 들고 이경훈을 보았다. 이경훈이 아버지와 비슷한 웃음을 짓는다. 얼굴이 비슷해서 웃음도 닮았다.

"우리는 어디 가서 도장 꽝 찍고 갈라서는데 없어? 왜 우리는 안 되지?"

"이자식이."

했지만 아버지의 목소리는 약했고 시선도 떨어졌다. 이경훈이 말을 잇는다.

"그럼 나도 오늘부터 집 나갈게. 단, 태훈이가 오는 토요일에는 집에 와서 자고 기숙사 들어간 후에 나가도록 할게."

놀란 아버지가 머리를 들었지만 입을 열지는 못한다. 그때 이경훈이 자리에서 일어서며 말한다.

"난 동생 태훈이를 생각해서 일주일에 하루라도 이집에서 잘 생각을 한 거야. 두 분께서는 갈라설 때 우리 둘 생각은 하지도 않으신 것 같은데 그래도 내가 젤 나은 것 같네."

식탁 옆에 버티고 선 이경훈이 아버지를 쏘아보았다.

"난 법적으로 갈라설 자격이 없으니까 돈 내라고 할 수는 없고. 고등학교 졸업 때까지 한 달 하숙비만 보내주면 떨어져 나갈게. 알량한 재산 남은 거 다 태훈이한테 넘겨줘."

점심시간에 대성 종고 일진회장 전두식이 3학년 간부 두 명을 데리고 왔다. 1층의 화학 실험실 안에서 기다리고 있던 이경훈이 웃음 띤 얼굴로 그들을 맞는다. 이경훈이 부른 것이다. 실험실 안에는 일곱 명이 둘러앉았는데 국일 실고 측에서 이경훈이 3학년 간부인 한기웅과 박대성에다 조현정을 참석시켰기 때문이다. 모두 자리를 잡고 앉았을 때 이경훈이 전두식에게 묻는다.

"너희들 매점 일 해결되었어?"

"응."

머리를 끄덕인 전두식이 말을 잇는다.

"오늘부터 풀라는 연락을 받았어. 아마 해결이 된 것 같아."

"어떻게 해결되었다는 건 모르고?"

"그야 모르지."

당연한 일 아니냐는 듯이 전두식이 가는 눈을 더 가늘게 뜨고 이경훈을 보았다. 이경훈이 다시 묻는다.

"그럼 그것으로 끝나는 거냐?"

"아마 터미널 큰형님이 얼마쯤 주겠지."

전두식이 시큰둥한 표정으로 말을 잇는다.

"한 백만 원쯤 줄까?"

그러더니 전두식이 이경훈에게 묻는다.

"그 일 때문에 부른 거야?"

"우리 학교 매점의 물건 가격이 시내보다 10퍼센트에서 20퍼센트까지 높아."

이경훈이 주머니에서 접혀진 종이를 꺼내더니 테이블 위에 툭툭 쳤다. 심아영이 애들 10명을 시켜 조사해 온 가격표인 것이다. 이경훈이 아침에 등교하자마자 착실하게 건네주고 갔다. 전두식의 시선을 받은 이경훈이 말을 잇는다.

"우리 매점은 이만큼 해 처먹으니까 아마 터미널파하고 뭔가 거래가 있겠지. 그러니까 아무소리 않는 거 아니냐?"

"그야."

해놓고 전두식이 눈을 껌벅이며 이경훈을 본다. 조금 불안해진 표정이다. 그때 이경훈이 말했다.

"너, 아마 곧 터미널파에서 연락이 올 텐데. 이번 매점 일에 대한 수고비 주려고 말이야."

전두식의 시선을 잡은 이경훈이 한마디씩 또박또박 말한다.

"결과를 나한테 말해, 알겠어?"

전두식이 대답하지 않았으므로 이경훈은 쓴웃음을 짓는다.

"내가 3고 짱인 거 이용해서 너 등쳐먹으려고 그런 거 아녀, 이 새끼야. 병신같이 터미널파 종노릇이나 하면서 깡통에다 던져준 잔돈 받아먹고 헤헤거리겠다면 말 안 해도 된다."

이경훈이 맷돌에다 이를 가는 것처럼 말을 이었다.

"터미널파에서는 너한테 결과 이야기 해주고 납득할만한 대가를 줘야 된다고 생각한다. 그리고 그 돈은 네가 네 식구들하고 공평하게 나눠먹고, 그게 정상 아니냐?"

"맞아."

하고 불쑥 대답한 것은 전두식이 아니라 따라온 간부 임태호다. 턱에 칼자국이 난 임태호가 눈을 치켜뜨고 말한다.

"알았어, 우리가 보고할게."

그러자 전두식도 머리를 끄덕였다.

"그렇게 할게."

이경훈의 시선을 받은 나머지 간부가 심호흡을 하고 나서 말한다.

"맞는 말이야. 그리고 이 일은 이곳에 있는 우리만 알고 있는 게 좋겠어."

전두식 일행이 나가고 실험실에 넷이 남았을 때 먼저 조현정이 묻는다.

"어떻게 하려고 그래?"

조현정은 교실 안인데도 야구 모자를 쓰고 앉아 있다. 꿰맨 상처를 아직도 붕대로 감고 있었기 때문에 가리려고 썼지만 학교에서 모자 쓴 여학생은 조현정 하나뿐이다. 정색한 조현정이 다시 묻는다.

"그래서, 터미널파하고 전쟁하겠다는 거야? 이거 왜 이래?"

그때 이경훈이 잇사이로 말한다.

"우리가 종이냐? 이 시발 놈들이 날 뭐로 보고 이 지랄들이야?"

혼잣소리처럼 말했지만 모두 숨을 죽였고 조현정은 입안의 침을 삼켰다. 머리를 든 이경훈이 둘러앉은 셋을 차례로 보았다.

"교복, 매점. 이제는 식당까지 시발 놈들이 철저히 뜯어먹고 있어. 이젠 그렇게 못한다. 그 돈을 모아 장학금을 만들어서 없는 애들한테 나눠 줄테다."

그러고는 시선을 조현정한테로 옮긴다.

"너한테는 차 한 대 사줄게."

6교시가 끝나고 특별반만 학교에 남겨졌을 때 이경훈은 한기웅과 서대균, 그리고 비서 심아영을 데리고 학교를 나왔다. 이사하려는 것이다. 옮겨갈 곳은 떡볶이 안집. 지금 한미옥과 서신애 둘이 살고 있었지만 방이 두 개여서 지장은 없다. 더구나 부엌도 딸린 별채라 이젠 한미옥과 서신애가 도시락도 싸줄 것이었다. 이사 간다니까 모두 놀랐지만 이유는 묻지 않았다. 그러나 일이 커졌다. 서대균이 3학년 일진한테만 말했다고 했는데 1, 2학년 일진까지 10여 명이 짐 나른다고 몰려온 바람에 짐보다 사람이 더 많아서 아파트가 버글거렸다. 그러나 덕분에 이사는 빨리 끝났다. 우스운 것이 같은 집에 살게 된 한미옥과 서신애가 좋아서 어쩔 줄을 모르는 것이었다. 한기웅하고 심아영이한테까지 핀잔을 받고서도 벌려진 입을 다물지 못했다. 일한 애들한테 짜장면 곱빼기를 먹여 보낸 후에 집안에 심아영과 한기웅까지 다섯이 남았을 때는 밤 10시가 다 되었다.

"이젠 너희들도 돌아가."

이경훈이 말하자 먼저 심아영이 머리를 젓는다.

"난 애들 방에서 자고 갈래."

"여기가 합숙소냐?"

얼굴을 굳힌 이경훈이 꾸짖었지만 이번엔 한기웅이 말했다.

"나도 자고 갈란다, 물론 네 방에서."

"이자식이."

"쇠주 한잔 하고 싶은데 안 되겠지?"

"안 돼 인마, 애들 있는데."

그러자 한기웅이 앞에 주르르 앉아있는 심아영, 한미옥, 서신애를 훑어보며 말한다.

"이것들이 너보다 술이 더 셀걸?"

한기웅의 시선을 받은 셋이 피식거리며 웃었으므로 이경훈이 눈을 부릅떴다.

"너희들 잘 걸렸다."

그러고는 이경훈이 한미옥과 서신애를 노려보았다.

"담배 피우고 술 마시는 거 걸렸다간 죽을 줄 알아라."

"알았어요."

둘이 동시에 대답했는데 전혀 기가 죽지 않았다. 그때 심아영이 말한다.

"오빠, 맥주는 괜찮지 않을까요? 맥주는 음료수 취급을 한다던데."

이경훈이 대답하지 않았지만 심아영이 기어이 한마디 덧붙인다.

"딱 한 캔씩만."

아버지 전화가 왔을 때는 12시 반이다. 그 시간에 집에 들어왔다가 이경훈이 짐 싸갖고 나간 것을 안 것 같았다.

"필요한 거 없냐?"

대뜸 그렇게 묻는 아버지의 목소리는 술에 취해 있었다.

"없어."

그러자 아버지의 긴 숨소리가 들린다.

"내일 네 통장에 5백 넣어줄게. 그 돈으로 필요한 거 사고 생활비 써."

"필요 없다니까 그러네."

"토요일 날 올래?"

아버지가 굳어진 혀를 굴리며 그렇게 물었으므로 이번에는 이경훈이 소리 죽여 숨을 뱉는다.

"갈께."

"네가 태훈이한테 전화 한 통 해줘."

"……."

"내가 오늘 저녁에 했더니 그놈이 태연한 척 하는 것이 엄마한테서 연락을 받은 것 같기도 하고……."

"……."

"그놈 공부에 지장이 없어야 할 텐데."

"끊을게."

전화기를 귀에서 뗀 이경훈이 쓴웃음을 짓는다. 그때 방문이 열리더니 심아영이 나왔다. 이경훈은 마당에 서 있었던 것이다. 심아영이 어둠속에 서 있는 그를 보더니 활짝 웃는다.

"오빠, 여기서 뭐해요?"

심아영은 맥주 대신 주스와 과자를 사 와 파티를 하는 중이다. 방안에서 한기웅의 목소리가 떠들썩하게 새어나온다. 다가선 심아영이 이경훈을 올려다보았다.

"오빠, 기웅 오빠가 나한테 애인 하자고 했는데."

소곤대듯 말한 심아영이 바짝 다가섰다. 어둠속에서 눈동자가 또렷하게 드러났다.

"해도 돼요?"

"맘대로 해."

이맛살을 찌푸린 이경훈이 휴대폰의 버튼을 누르고는 한 걸음 물러섰다.

"애는 낳지 말고."

"형?"

신호음이 세 번 울린 후에 이태훈이 낮게 응답했다. 이태훈의 사립학교는 휴대폰 사용이 오후 8시에서 11시까지 3시간만 허용된다. 그래서 지금은 규정을 어긴 셈이 되는 것이다. 이경훈도 목소리를 낮췄다.

"너, 알고 있지?"

"응, 엄마 전화 받았어."

"아버지도 오늘 오후에 전화했다면서?"

"응."

"너, 어때?"

"어떻긴."

하더니 이태훈의 한숨 소리가 수화기에서 들린다. 숨을 죽인 이경훈의 귀에 이태훈의 말이 이어졌다.

"할 수 없지, 뭐."

"아버지 어머니는 네 걱정뿐이더라."

그러자 이태훈은 대답하지 않았고 이경훈이 말을 잇는다.

"기운 내라, 응? 난 다 컸지만."

"나도 컸어."

불쑥 말한 이태훈이 묻는다.

"형은 괜찮아?"

"인마, 내가 누구냐?"

어둠속에서 어깨를 부풀려 보인 이경훈이 잇사이로 말한다.

"내가 3고 짱 아니냐? 너, 누구 손볼 놈 있어? 말만 해."

"없어."

"애비 에미는 그렇게 되었더라도 너하고 난 도장 찍고 갈라서는 사이가 아냐. 그니까 무슨 일이든 말해."

"고마워, 형."

"토요일 날 보자."

"그래, 형."

"다 잊고 공부나 해. 그것들 둘이 갈라섰을 뿐이지 너하고의 관계는 하나도 변한 것 없으니까 말이야."

그러나 이태훈이 별 반응 없었으므로 입맛을 다신 이경훈이 말한다.

"끊는다."

휴대폰을 주머니에 넣은 이경훈이 머리를 들고 하늘을 보았다. 지붕 사이로 보이는 하늘에는 아무것도 떠있지 않았다. 어둡고 지저분한 느낌이 든다.

오늘은 도시락을 두 개 싸갖고 갔다. 한미옥과 서신애가 싸준 것이다. 둘이 집안일을 맡아 해주었기 때문에 집에서 다닐 때보다 더 편해졌다. 점심시간에 다시 화학 실험실에 모인 멤버는 이경훈과 한기웅, 박대성이 끼었다. 심아영이 비서 노릇을 하고부터 서대균은 제가 비서실장쯤으로 승급이 된 것인 줄 착각을 했는지 실험실 앞에 2학년 일진 두 명을 배치시키고 말석에 끼었지만 놔두었다.

먼저 조현정이 말한다.

"도시락 납품업체는 이미 정해졌다고 들었어. 학교에서 업체가 입찰하는 것처럼 꾸몄지만 한 업체가 선정되도록 작전을 짰다는 거야."

모두의 시선을 받은 조현정이 말을 잇는다.

"업체 이름은 모르고 최 사장이란 것만 알아."

이경훈이 잠자코 머리만 끄덕였다. 그때 박대성이 입을 열었다.

"내가 2학년 일진한테 들은 말인데 우리 매점 주인 아줌마가 터미널 큰형님한테 매년 초에 3천씩 바친다고 했다는 거야."

이번에는 모두의 시선이 박대성에게 모여졌다. 박대성의 말은 느리다.

"전화 하는걸 우연히 들었는데 년 초에 3천씩 떼어 주려면 살점이 떼어지는 것 같다고 했다는구먼."

"거기에다."

이번에는 한기웅이 나섰다. 한기웅의 부릅뜬 눈이 번들거린다.

"지금까지 우리 애들이 하복 오더 맹근 것이 1천 벌이 넘어. 마감까지 중고 합치면 2천 벌은 될 거야. 그것만 해도 터미널파는 6천 가깝게 벌지, 시발 놈들."

"6천이 뭐야?"

말석의 서대균도 끼었다. 머리를 젓은 서대균이 말을 잇는다.

"우리한테 벌 당 2만 원씩 주고 저거들은 3만 원 먹는다고? 지나가던 개가 웃겠다. 아마 5만 원은 먹을걸?"

"거기에 또."

하고 심아영도 거든다.

"대성 종고, 유경고 교복은 어떻고? 매점은?"

"그것뿐이냐?"

쓴웃음을 지은 조현정이 나섰다.

"터미널파에서 장악한 중고교가 모두 15개다. 아마 거기서 매년 수십억은 뜯어먹을 거야."

그때 이경훈이 입을 열었다.

"오늘 밤에 전두식이를 만나기로 했어. 우선 대성 종고하고 손발을 맞춘 다음에."

심호흡을 한 이경훈이 말을 잇는다.

"유경고 애들을 만나 힘을 모은다. 그래야 제대로 일을 할 수가 있어. 우리 힘만으로는 벅차."

모두 숨을 죽여서 실험실 안은 조용해졌다.

특별반 수업까지 마친 이경훈이 정이진과 나란히 학원으로 걷는다. 오후 8시 반, 도로는 삼삼오오 모여 학원으로 향하는 학생들로 혼잡한 편이다. 잠자코 걷던 정이진이 머리를 들고 이경훈을 보았다.

"오늘밤 안 갈 거야?"

오피스텔이다. 얼른 이경훈의 시선을 피한 정이진이 말을 잇는다.

"방 비었거든. 싫으면 관두고."

"너, 그거 좋아해?"

불쑥 이경훈이 묻자 정이진은 대답하지 않는다. 똑바로 앞만 보았기 때문에 굳어진 옆모습이 드러났다. 이경훈이 어깨로 정이진을 슬쩍 밀었다.

"이게 그런 것 같지 않던데, 색골이네?"

"시끄러."

했지만 여전히 정이진은 앞만 본다.

"소문 다 났어. 물론 유서연이가 냈겠지만 말이야."

정이진이 말을 잇는다.

"너, 며칠 전에 유서연이하고 데이트 했다면서? 네가 만나자고 했다던데, 맞아?"

"그렇게 소문이 났니?"

쓴웃음을 지은 이경훈이 팔을 뻗어 정이진의 어깨를 감싸 안았다.

"그럼 이것도 내일 쫙 소문이 나겠다, 그지?"

"정말이야?"

하고 정이진이 머리를 들고 이경훈을 보았다. 그러나 어깨에 얹은 이경훈의 손은 털어내지 않는다. 입맛을 다신 이경훈이 입을 열었다.

"놔둬라. 왕따 당하고 있었다면서? 걔 덕분에 네가 처녀였잖아?"

"그까짓."

"그게 어딘데? 내가 네 첫 남자였다는 사실이 얼마나 감동적이라고."

이제 정이진은 입을 다물었고 이경훈의 말이 이어졌다.

"네가 그러지 않아도 돼. 난 어떤 놈처럼 물개 노릇은 안 해."

"오늘 석필이 형 만났어."

하고 학원가 뒤쪽의 카페 안에서 전두식이 말했다. 오늘도 전두식은 3학년 간부 임태호와 장영수를 데리고 왔다. 이쪽은 이경훈과 한기웅, 박대성에다 조현정과 서대균, 심아영까지 모였다. 그래서 카페 안쪽 테이블을 세 개나 붙이고 모여 앉았다. 전두식이 말을 잇는다.

"술 마시라고 나한테 1백만 원 주더라. 내가 예상했던 대로지."

쓴웃음을 지은 전두식이 머리를 돌려 옆에 앉은 장영수를 보았다. 그러자 장영수가 입을 열었다.

"내가 매점 주인아저씨한테서 직접 들었어. 2년간 봐주는 조건으로 5천만 원 주었대."

"5천만 원."

놀란 한기웅이 눈을 부릅떴다.

"시불 놈. 그런데 백만 원만 주었단 말야? 일은 다 너희들한테 시키고?"

"좋아."

손을 들어 한기웅의 말을 막은 이경훈이 똑바로 전두식을 보았다.

"어쩔래? 우리 손잡고 터미널파 몰아내지 않을래? 너희들 30명만 모아. 주로 2, 3학년으로 말이야, 해볼래?"

"해보려고 온 거다."

전두식이 잇사이로 대답한다.

"하지만 터미널파 정보원 노릇을 하는 놈이 몇 명 있어, 그놈들은 빼야 돼."

"그래야겠지."

머리를 끄덕인 이경훈이 말을 이었다.

"빠른 시일 내에 끝내야 돼. 오래 끌면 저쪽에서 손을 쓰게 되니까. 그럼 우리가 당한다."

"어떻게 할 건데?"

턱에 칼자국이 난 임태호가 묻자 이경훈이 심호흡을 했다.

"이건 전쟁이야. 저쪽 입장에서 보면 밥줄이 걸린 일이라고. 목숨을 걸고 하는 짓거리란 말이다. 그래서…….”

의자에 등을 붙인 이경훈이 목소리를 낮췄다.

“내가 좀 놀아봤으니까 나한테 맡기고 우선 너희들 행동대를 모아.”

“유경고는?”

전두식이 물었을 때 이경훈이 정색했다.

“너하고 친하다면서? 네가 윤천수 만나서 슬쩍 떠봐. 신중하게 말해야 돼.”

윤천수는 유경고 짱이다.

새벽 2시 반, 이곳은 학원가에서도 차로 10분 거리인 상계동 번화가의 카페 안이다. 칸막이가 되어있는 테이블에서 여자들의 웃음소리와 함께 술 취한 남자들의 목소리가 울린다. 조명은 어둡고 침침하다. 안쪽의 밀실 안, 여기는 룸살롱처럼 방으로 되어있다. 방 안에는 세 사내가 모여 있었는데 둘은 중년 사내였고 앞쪽에는 이경훈이 앉았다. 중년 둘 중 다부진 인상의 사내가 입을 열었다.

“들을수록 심하다는 생각이 드는구먼. 욕심 부리다가 망한 놈을 내가 여럿 겪었는데 허남준이가 그 짝이다.”

그러고는 사내가 입맛을 다신다. 사내는 바로 익산의 오거리파 보스 유조. 이경훈의 연락을 받고 비밀리에 상경을 한 참이다. 유조가 옆에 앉은 오른팔 백남철을 보았다. 말 하라는 표시였다. 그러자 백남철이 입을 열었다.

“우리가 전면에 나설 수는 없어. 무슨 말인지 잘 알 거다.”

백남철은 모사다. 긴 얼굴에 주걱턱을 치켜든 백남철이 말을 잇는다.

“그렇게 되면 허남준이도 연줄을 동원해서 조직간 전쟁이 될 테니까 말이여. 가장 좋은 방법은 조직 안에서 내분이 일어나 허남준이가 쫓겨나도록 하는 거다."

이경훈은 눈만 치켜떴고 유조는 지그시 눈을 감은 채 의자에 등을 붙이고 있다.

"조직 안에서 불만을 가진 놈이 몇 있어. 그중에서 우리가 조종하기 쉬운 놈을 골라 포섭을 해놓고 시작하는 거야."

그러자 이경훈이 머리를 끄덕였다.

"알겠습니다, 형님."

"터미널파에서 제거해야 할 놈이 몇 있을 거야. 그건 너한테 맡긴다."

"예, 각오하고 있습니다."

"겉으로는 3고 총회장인 네가 반란을 일으켜 허남준 일당을 제거하는 거야. 그럼 터미널파 내부에서 다시 보스를 뽑는 것이지, 우리 꼭두각시로 말이야."

"압니다, 형님."

"그럼 넌 터미널파안에서도 대번에 위상이 높아질 거다. 보스도 너한테 함부로 못하겠지."

당연한 일이다. 실제 보스는 익산 오거리파 꼭두각시가 되어있을 테니까. 그때 이경훈이 입을 열었다.

"우리 3고에서 나오는 리베이트는 딱 절반을 잘라 저희들한테 주십쇼."

그러자 유조가 번쩍 눈을 뜨더니 이경훈을 보았다.

"앗 하하하."

다음 순간 유조가 소리 내어 웃었고 백남철은 비시시 웃는다. 웃음을 그친 유조가 말한다.

"그럼, 내가 약속하지. 3고에서 나온 자금은 다 너하고 상의한 후에 절반을 너한테 주기로 하겠다."

그러더니 덧붙였다.

"우리로서는 네가 다 달라고 해도 줄 입장이거든, 안 그러냐? 네 덕분에 우리가 서울에다 셋방을 얻게 되었으니 말이다."

"밥 먹어."

어깨를 흔들며 누가 깨우는 바람에 이경훈이 눈을 떴다. 손등으로 눈을 비비며 일어난 이경훈이 몸을 굳힌다.

"아니."

눈앞에 조현정이 서 있는 것이다. 반팔 셔츠에 반바지 차림의 조현정이 활짝 웃는다.

"니가 웬일이야?"

"옆방에서 잤어."

몸을 돌리면서 조현정이 말을 잇는다.

"너, 오늘 새벽 4시가 되어서 들어왔지? 내가 얼마나 걱정 했다고."

"니가 왜?"

방을 나가는 조현정의 뒤에다 대고 이경훈이 투덜거렸다.

"니가 내 마누라라도 되냐?"

식당 겸 거실로 나간 이경훈은 식탁에 앉아 기다리고 있는 셋을 보았다. 조현정, 한미옥, 서신애다. 이미 식탁 위에는 밥과 찬이 놓여서 이경훈이 오기만 기다리고 있었던 것이다.

"어이구, 진수성찬."

자리에 앉은 이경훈이 감탄한다. 찬이 7, 8개나 되었고 김치찌개에 콩나물국도 있다. 계란 부침은 기본. 서신애가 계란 부침 하나는 기가 막히게 잘한다. 젓가락을 들면서 이경훈이 여자들을 둘러보는 시늉을 했다.

"거기에다 마누라가 셋씩이나. 대한민국에서 나만큼 행복한 놈도 없을껴."

"지랄."

국을 떠먹으면서 조현정이 웃지도 않고 말한다.

"물개 같은 소리하네."

우연의 일치겠지만 정이진한테 한 말이 떠올라 뜨끔해진 이경훈이 잠자코 밥을 씹는다. 한미옥과 서신애의 표정은 밝다. 둘은 며칠 전부터 학원까지 다닌다. 물론 생활비, 학원비, 교재비에다 용돈까지 회계 담당 한기웅이 대주고 있다. 한기웅은 제가 장학금을 지급하는 어른이니 저를 장학관으로 불러달라고 한다. 멍청한 놈이 장학관을 장학금을 지급하는 사람으로 알고 있었지만 이상하게 생각하는 사람은 아무도 없다.

점심때 학교 앞으로 터미널파 보스 허남준의 비서 격인 안석필이 찾아왔다. 이경훈과 한기웅이 학교 앞 제과점으로 들어서자 쫄다구 둘을 뒤에 세워놓은 안석필이 빙긋 웃었다.

"어, 니가 국일 실고 군기를 싹 잡아서 학교 안에는 담배꽁초 하나도 떨어져 있지 않다면서?"

앞에 앉은 이경훈을 향해 안석필이 느글거리며 웃는다.

"더구나 특별반에 들어가 밤늦게까지 공부를 한다는데 그 대갈통에 뭐가 들어가긴 하냐?"

"그럼요."

했지만 이경훈이 똑바로 안석필을 본다.

"형님, 무슨 일로 오셨는데요?"

"아, 참."

의자에서 등을 뗀 안석필이 양복 가슴 주머니에서 봉투 하나를 꺼내더니 탁자 위에 휙 던졌다.

봉투가 꽤 무거워서 툭 소리를 내고 떨어졌다.

"이번에 도시락업체 선정되었는데 거기서 인사하는 거다."

봉투에 시선만 주고 있는 이경훈에게 안석필이 말을 잇는다.

"다음달부터 도시락 먹을 텐데 뭐가 좀 좋지 않더라도 너희들이 애들 입 막아줘라, 무슨 말인지 알지?"

"3백이구만."

학교로 돌아오자마자 비상계단 구석으로 가더니 봉투 안에 든 수표를 센 한기웅이 말했다. 쪼그리고 앉은 한기웅의 입술이 튀어나와 있다.

"시발 놈들이 우릴 거지로 아나?"

"야, 1백 받은 전두식이 보다는 낫지 않아?"

하고 이경훈이 웃음 띤 얼굴로 묻자 한기웅은 눈을 부릅떴다. 어깨까지 부풀려서 기세가 사나웠다.

"이제 알 건 다 안 이상 이렇게는 못 견딘다. 남자 새끼가 이렇게 무시당하고 살 수는 없어. 죽기 살기로 해볼 거다."

한기웅이 얼굴을 붉히면서 말했을 때 이경훈의 눈이 놀란 듯 커졌다.

"야, 너, 말 잘하는구나."

이제는 입만 딱 벌린 한기웅을 향해 이경훈이 말을 잇는다.

"네가 이렇게 길게 말할 수 있으리라고는 상상도 못했거든. 너, 대단하다, 야."

"아, 시발."

맥이 풀린 한기웅이 어깨를 늘어뜨렸다.

"김빠지네, 시발."

저녁 도시락을 다 먹었을 때 핸드폰이 진동을 했다. 발신자는 전두식이다. 이경훈이 복도로 나가 휴대폰을 귀에 붙였다. 특별반만 남은 교실은 조용해졌고 불이 켜진 교실이 한적하게 느껴졌다. 일진 대부분은 학교를 빠져나갔다.

"응, 웬일이냐?"

이경훈이 묻자 전두식이 가라앉은 목소리로 말한다.

"내가 8시 반에 윤천수를 만나기로 했어. 윤천수한테서 오늘 확실한 대답을 받을 거다."

"그래, 하지만 눈치를 보고나서 말해. 따라온 애들은 떼어놓고."

조심스럽게 이경훈이 말하자 전두식의 목소리가 단호해졌다.

"알고 있어. 조심할 테니까 걱정 마."

휴대폰을 주머니에 넣은 이경훈이 창밖의 어둠에 덮인 운동장을 내려다보았다. 운동장을 건너 서너 명이 정문 쪽으로 걷고 있었다. 그 순간 이경훈의 가슴이 차분하게 가라앉는다. 빈 운동장, 또는 어둠, 또는 여러 상황이 복합됐기 때문인지도 모른다. 심호흡을 하고 난 이경훈이 다시 교실로 돌아왔다. 그때 앞쪽에서 정이진과 유서연이 나란히 앉아 도시락을 먹고 있는 것이 보였다. 아까까지만 해도 따로 떨어져 앉아 있었다.

특별반 수업이 끝나 교실을 나왔을 때 이경훈이 정이진과 유서연을 불렀다. 둘이 같이 나오고 있었으므로 말 한마디면 되었다. 학생들이 다 먼저 가기를 기다리면서 주춤대던 이경훈이 주위가 비었을 때 둘을 번갈아 본다. 이제 빈 복도에는 그들 셋뿐이다.

"화해한 거냐?"

이경훈이 묻자 정이진이 큭큭 웃었다.

"싸운 적도 없으니까 화해라고 할 것도 없지."

유서연도 배시시 웃었으므로 이경훈이 정색하고 물었다.

"너, 내가 정이진이하고 잔 거 알아?"

"알아."

대번에 대답한 유서연이 다시 웃는다.

"그 다음날 알았는 걸 뭐."

어깨를 늘어뜨린 이경훈이 이번에는 정이진을 보았다.

"너, 내가 유서연이 데리고 나가서 섹스 해도 돼?"

"돼."

정이진도 대번에 대답하더니 이젠 눈을 치켜떴다.

"열 번 해도 돼."

"이것들이 정말."

"왜냐면 우린 서로 이용하고 있거든."

하고 정이진이 말했을 때 유서연이 말을 잇는다.

"넌 우리의 보호자 역할이야. 그러니까 부담 느끼지 않아도 돼. 섹스는 그대가로 주는 거야. 물론 우리도 즐기고.”

“요즘 애들은 참.”

마침내 쓴웃음을 지은 이경훈이 발을 떼었고 둘은 나란히 좌우에 붙어서 따른다. 이경훈이 혼잣소리처럼 말한다.

“요즘 애들은 진정이 없다니까. 도무지 순수하지가 않아.”

“글쎄 말이야.”

하고 정이진이 말을 받았고 바로 유서연이 화답했다.

“나이 좀 들면 순수해진다고 들었어.”

“시발.”

그때 문득 유서연이 정색하고 묻는다.

“조현정이 하고는 했어?”

“뭘?”

했다가 이경훈이 입맛을 다신다.

“에이, 까진 년들 데리고 다니려니까 맨날 했냐 안 했냐만 묻는구먼.”

“까지긴 지가 까져놓고.”

정이진이 말대답을 하고 나서 이경훈의 시선을 받더니 얼른 외면했다.

막 잠이 들었던 이경훈은 침대 옆 탁자위에 놓인 휴대폰이 진동으로 떠는 바람에 눈을 떴다. 어둠속에서 휴대폰이 벌레처럼 떨면서 탁자위에 부딪치고 있다. 휴대폰에 뜬 번호는 생소했지만 이경훈은 귀에 붙였다. 새벽 2시 반이다.

“여보세요.”

“나야, 임태호.”

대성 종고 전두식의 측근 임태호다. 순간 정신이 번쩍 든 임태호가 헐떡이며 말했다.

"방금 전두식이가 잡혀갔어."

"누구한테?"

이경훈이 다그치듯 묻자 임태호가 서둘러 말을 잇는다.

"유경 윤천수하고 또 한 놈을 만났는데 이야기는 잘 끝났어. 비밀 지키기로 하고 내일 간부들만 모아서 다시 만나기로 했는데 정보가 터미널파에 샌 거야."

"……."

"윤천수하고 같이 온 놈이 불었는지 어쩐지는 모르겠어. 윤천수는 손뼉을 치면서 합류하겠다고 했는데."

"……."

"내가 전두식이 아파트 건너편에서 조금 전에 헤어졌는데 아파트 입구로 들어가던 전두식이가 숨어있던 놈들한테 잡혀 가는 것을 봤어. 10분쯤 전이야. 그 새끼들이 분 것이라고."

"……."

"전두식이는 다쳤을 거야. 7, 8명이 달려들었는데 봉고차 두 대가 달려와 싣고 갔으니까."

"알았어."

마침내 이경훈이 말했다. 이곳도 안전하지 않은 것이다. 전쟁은 시작되었다.

새벽 3시, 터미널파 보스 허남준이 얼굴을 일그러뜨리며 웃는다. 기가 막힌다는 시늉이다. 룸살롱 '핑크'는 상계동 번화가에서 가장 고급으로 알려져 있었는데 아가씨들 수준이 강남의 특급 룸살롱과도 뒤지지 않았다. 지금 허남준은 '핑크'의 밀실에 앉아있는 것이다. 주위에는 간부급 부하 네 명, 둘씩 벌려 앉았지만 상황이 상황인지라 여자는 부르지 않았다. 허남준이 입을 열었다.

"그 촌놈이 일을 벌였던 초창기에 싹을 죽였어야 했어. 괜히 익산 논두렁 깡패 새끼들 부탁을 받고 놔둔 게 화근이 되었다."

그러자 우측에 앉은 안석필이 말을 받는다.

"애들 보냈으니까 곧 잡아올 겁니다. 그 놈 하나만 없애면 일은 간단하게 끝납니다, 형님."

그러고는 눈을 가늘게 뜨고 조심스럽게 말한다.

"기분 푸시고 술이나 드시죠. 애들 들어오라고 하겠습니다."

"들어오라고 해."

"예, 형님."

벨을 누른 안석필이 환해진 얼굴로 말을 잇는다.

"국일 실고에 허수아비 짱 심어 놓는 건 일도 아닙니다, 형님. 이경훈이만 없어지면 모두 콩알처럼 주르르 흩어져버릴 테니까요."

"나아, 참. 고삐리가 반란을 일으키다니."

왼쪽 사내 하나가 헛웃음을 지으면서 말한다. 허남준의 행동대장 신종구, 폭력 전과 5범인 신종구는 안석필과 함께 허남준의 양팔 노릇을 한다. 신종구가 힐끗 허남준을 보았다.

"형님, 지금 잡아놓은 전두식이는 어떻게 처리할까요?"

"이경훈이 잡아오면 같이 처리해. 둘 다 병신을 만들어서 아예 사회생활을 못하게 해버리란 말이다."

"그놈이 강동식이한테 한 것처럼 다리뼈를 부숴버리죠. 그럼 두 달쯤 병원에 입원했다가 병신이 되어 나오겠죠."

안석필이 말했을 땐 허남준이 손목시계를 보는 시늉을 했다. 그러자 안석필도 따라 시계를 보면서 혼잣소리처럼 말한다.

"지금쯤 그놈이 사는 떡볶이 안집을 덮쳤을 겁니다. 마침 그놈이 집을 나와 살고 있거든요."

그러나 10분쯤 후에 안석필은 부하한테서 연락을 받는다. 안집에 이경훈이 없다는 것이다. 여학생 둘만 건넛방에 있다는 말을 듣고 나서 안석필은 집 주위에 부하들을 배치시켰다. 이제는 파트너 시중을 받으며 술을 마시던 허남준이 안석필의 보고를 받더니 입맛을 다시고 말한다.

"어쨌든 우리가 알게 되었으니까 오늘 아침에 학교 앞에 지켜서라도 잡아."

그러고는 자리에서 일어섰다. 새벽 3시가 넘은 시간이다.

"난 가서 잘 테니까 말이야."

그러자 예쁘장한 파트너가 따라 일어선다. 둘이 이차 나가기로 한 것이다.

"예, 형님."

일제히 자리에서 일어선 사내들이 허남준을 향해 90도로 허리를 꺾어 절을 했다. 보스가 먼저 나가줘야 자유롭게 노는 것이다.

노크 소리가 들렸으므로 허남준이 침대에서 몸을 일으켰다. 파트너는 욕실로 씻으러 들어갔고 허남준은 가운 차림으로 앉아 룸서비스를 기다리는 중이다. 문으로 다가간 허남준이 묻는다.

"누구야?"

"룸서비스입니다."

룸서비스로 텍스를 가져오라고 시켰기 때문에 허남준은 잠자코 쇠사슬 고리를 풀고는 문을 열었다. 그 순간 허남준은 눈을 치켜떴다. 눈앞에 서 있는 사내는 호텔 룸서비스가 아니다. 낯익은 얼굴, 다음 순간 허남준의 입에서 비명 같은 외침이 뱉어졌다.

"아니, 너."

다 합해서 2초밖에 안 되는 순간이 지난 후에 허남준의 몸이 움직였다. 무의식중으로 문을 다시 닫으려고 한 것이다. 왜냐하면 문 앞에 선 사내는 사복 차림의 이경훈, 그리고 그 뒤쪽에 7, 8명의 무리가 서 있었기 때문이다. 기습이다. 그러나 늦었다. 이경훈이 허남준의 가슴을 손바닥으로 밀어붙이면서 방안으로 들어왔기 때문이다. 뒤로 서너 놈이 따라 들어오면서 문이 닫혔다.

"어, 이 새끼."

뒤로 밀려 비틀거리면서도 허남준은 눈을 부릅뜨고 외친다.

"이 개새끼가 감히."

그때 방안으로 들어선 이경훈이 얼굴을 일그러뜨리며 웃는다.

"형님께 예의상 마지막 기회를 드리지요."

그러더니 어깨를 늘어뜨리며 말했다.

"저 혼자서 상대를 하겠습니다. 제가 넘어지면 애들은 다 나갈 겁니다."

좌우 어깨를 번갈아 세워 보인 이경훈이 한 걸음 다가섰다.

"하나가 병신이 될 때까지 하십시다. 형님은 절 죽이셔도 됩니다."
다음 순간 이경훈이 펄쩍 뛰어 덮쳐왔다.

그로부터 10분쯤 후에 이경훈은 호텔을 나왔다. 방 안에는 정신을 잃은 허남준이 누워 있었는데 뒤처리를 하러 온 익산 오거리파의 백남철에게 맡기고 나온 것이다. 허남준과의 대결은 싱겁게 끝이 났다. 한기웅과 박대성 등이 관전하는 앞에서 허남준은 2분도 되지 않아서 이경훈의 발길에 턱이 부서져버린 것이다. 인도로 나왔을 때 옆으로 서대균이 다가와 말한다.

"이제 안석필이만 남았어."

흥분으로 떨리는 서대균의 목소리를 듣고 이경훈이 잠자코 머리를 끄덕인다. 이미 행동대장 신종구는 룸살롱 안에서 요절을 내었고 그 뒤처리도 백남철이 했다. 그때 한기웅도 옆으로 다가왔다.

"하룻밤 사이에 세상이 뒤집힌 거야."

맞는 말이다. 허남준은 이렇게 기습을 당하리라고는 상상도 하지 못했을 것이다. 파트너를 데리고 호텔방에 들어가면서도 경호원 두 명은 주차장 차안에 남아 있었다. 태평성대가 계속 되었기 때문에 경호원 따위는 필요 없었던 것이다. 이경훈이 세력을 모은다는 정보를 듣고서도 그렇다. 안석필도 룸살롱에서 파트너를 끌고 근처 모텔에 투숙하고 있었으므로 그들은 곧 모텔로 들이닥쳤다. 반란은 이쪽에서 일으키지만 은밀한 뒷수습은 오거리파가 해주는 것이다. 모텔 앞 골목에서 망을 보던 2학년 일진이 이경훈을 보더니 머리를 끄덕여 보인다. 어둠속에서 두 눈이 반짝였다. 겁이 없는 표정이다.

"아무도 안 나갔어요, 형."

안석필이 방에 있다는 말이다. 이경훈이 일진의 어깨를 손바닥으로 툭 쳐 주면서 모텔 현관을 향해 다가간다. 이제 20여 명으로 불어난 국일 실고와 대성 종고 일진들이 뒤를 따른다. 3고 일진들의 반란인 것이다.

다섯 번째 전설

영웅

6장

그날 오후 3시경이 되었을 때 터미널파는 새로운 보스가 취임했다. 전(前) 보스 허남준에 밀려 변두리에서 당구장을 경영하던 강복성이 보스로 추대된 것이다. 중간 보스들도 모두 교체 되었는데 지금까지 허남준 일파에게 밀려 소외되었던 고참들이 대거 기용되었다. 하룻밤 사이에 터미널파가 새롭게 변신한 것이다. 혼자서 전횡하던 허남준 하나만 없어져도 터미널파는 머리 없는 닭 꼴이 될 것이었다. 그런데 심복 신종구와 안석필까지 없어진 터라 보스 추대와 개편은 일사분란하게 이루어졌다. 물론 새 보스 강복성에게는 고문 역할로 익산파의 백남철이 자리 잡았다. 그리고 중간보스로 익산파 출신이 절반쯤 차지했어도 조직 내부에서는 전혀 갈등이 일어나지 않았다. 오히려 조직이 강화된 것을 축하하는 분위기였다. 겉으로는 터미널파의 조직 개편이었지만 내면으로는 익산파에 흡수된 것이나 같은 것이다. 이 동기를 제공하고 실제로 반란의 주역을 맡은 것이 바로 이경훈이다. 익산파 안에서 이경훈의 위상이 높아진 것은 당연했다. 개편이 끝난 직후에 새 보스 강복성이 이경훈에게 전화를 해온 것을 봐도 그렇다. 교실에서 특별반 수업을 받고 있던 이경훈이 슬쩍 교실을 빠져나와 복도에 서서 강복성의 전화를 받는다.

"솔직히 네 덕분에 내가 보스가 되었어."

강복성이 성실함이 느껴지는 목소리로 말한다.

"옆에 남철 형님도 계시니까 앞으로도 잘 부탁한다."

"축하합니다, 형님."

이경훈이 그렇게만 말했어도 강복성은 기쁜 듯이 대답한다.

"고맙다. 앞으로 자주 만나자."

전화를 끝냈을 때 이경훈은 길게 숨을 뱉다가 문득 '권불십년'이란 문구를 떠올린다. 10년 이상 가는 권력이 없다는 뜻인데 허남준의 경우가 맞다. 듣자하니 8년 되었다.

그날 저녁에는 학원에 가지 않았다. 터미널파 조직 개편에는 안 가도 되었지만 3고 일진은 정리 해야만 되었기 때문이다. 특히 유경고 일진은 손을 봐야만 했다. 오후 8시가 되었을 때 대성 종고 뒷문 앞의 공터에는 80여 명의 일진이 모였다. 그중 60여 명은 국일 실고와 대성 종고 일진이었고 유경고 일진의 출석률은 나빴다. 출석을 부른 결과 7명이 빠졌다. 국일과 대성이 100% 출석한 것과는 대조적이다. 어두웠지만 둥글게 모여 선 일진들의 중앙에 세 명이 꿇어앉아있다. 유경의 회장 윤천수와 두 명의 간부, 그리고 그 앞에는 이경훈과 대성의 회장 전두식이 서 있다. 전두식은 터미널파에 납치되었다가 이경훈에 의해서 구조되었는데 크게 다치지는 않았다. 만일 이경훈이 조금이라도 늦게 행동했다면 지금 이 자리에 나타나지 못했을 것이다. 꿇어앉은 윤천수와 두 명의 간부는 이미 오늘 새벽에 학교 근처 비디오방에서 잡아다가 창고에 쑤셔 박아 놓았던 터라 기진맥진한 상태였다. 관리를 전두식한테 맡겼으니 그 동안 수도 없이 두들겼을 것이다. 셋은 꿇어앉아 있었지만 제대로 몸을 가누지 못한다. 둘은 겁에 질려 징징거리며 울었고 윤천수는 상반신을 자꾸 기울였다. 앉아있기도 힘든 것이다. 이윽고 이경훈이 입을 열자 주위는 순식간에 조용해졌다.

"오늘부터 유경고 회장은 차기성이다. 차기성 앞으로 나와."

그러자 어둠속에서 일진 하나가 나와 이경훈의 옆에 섰다. 이경훈이 말을 잇는다.

"내가 터미널파의 착취에 함께 힘을 뭉쳐 반발하자고 했더니 유경의 윤천수는 배신해서 터미널파에 다 불었다. 그래서 대성 전두식이 오늘 새벽에 터미널파에 잡혔지만 너희들도 들었다시피 살아나왔다."

잠깐 숨을 고른 이경훈이 말을 잇는다.

"터미널파는 보스가 갈렸고 이제 3고 일진은 거의 자체적으로 운영된다. 나는 그 자금을 너희들한테 모두 공개할 것이고 그 운영도 너희들하고 상의할 예정이다."

공터에는 기침소리도 들리지 않는다. 이경훈이 한걸음 물러서며 말했다.

"차기성이. 인사말 해."

차기성은 이경훈과 전두식 등이 상의한 후에 골라놓은 것이다. 차기성의 흥분된 인사말을 들으며 이경훈은 소리죽여 숨을 뱉는다. 이제 3고 일진은 명실상부하게 평정되었다. 그렇다면 내 다음 목표는 무엇인가?

안집으로 돌아왔을 때는 밤 11시, 중식당 하나를 통째로 빌려 회식을 했지만 술과 담배를 철저히 금지시킨 터라 실컷 먹였다. 먹기 시합을 해서 짜장면을 9그릇 먹은 대성 2학년 일진도 있었고 유경 1학년은 탕수육을 네 그릇이나 먹었다. 거실에는 조현정과 심아영이 기다리고 있었는데 안방 주인인 한미옥과 서신애는 보이지 않는다. 한기웅과 동행한 터라 거실에는 넷이 모였다.

"너희들, 웬일이야?"

이경훈이 묻자 조현정이 웃음 띤 얼굴로 대답한다.

"축하해주려고. 가만있을 수는 없잖아?"

"무슨 축하?"

정색한 이경훈이 묻자 조현정은 눈을 흘기는 시늉을 한다.

"날 뭘로 보고. 오늘 북경장에서 짜장면 9그릇 먹은 놈이 누군지도 알고 있어."

"이게 공부는 않고."

"공부 따윈 아무래도 좋아."

"시끄럽다."

방으로 들어간 이경훈이 옷을 갈아입고 나왔을 때 한기웅의 무용담을 듣던 심아영이 묻는다.

"파티 안 해요?"

"파티 같은 소리 하고 있네."

그러자 조현정이 거들었다.

"맥주 딱 한 캔씩만 마시면 안 돼?"

"안 돼."

"도대체 저렇게 융통성이 없어가지고 어떻게."

그러자 이경훈이 눈을 치켜떴다.

"누군 마시고 싶지 않은 줄 알아? 내가 너희들 입장 같았으면 소주 10병도 마신다. 그래도 명색이……."

말을 그친 이경훈이 탁자에 놓인 과자 봉지를 들어 한기웅의 얼굴을 향해 던졌다. 한기웅이 날쌔게 피하는 바람에 과자 봉지는 벽에 맞고 떨어졌다.

"난 잘 테니까 너희끼리 마셔. 이번 한 번만은 내 옆방에서 마시는 거 봐준다."

그러고는 자리에서 일어나 방으로 들어가며 말한다.

"내 몫으로 소주 두 병만 더 마셔라."

이경훈은 옆쪽의 기척에 번쩍 눈을 떴다. 깊게 잠이 들었던 터라 그만큼 더 놀랐다. 깊은 밤, 시간이 어떻게 되었는지 알 수가 없다. 옆쪽 탁자 위에 시계가 놓여 있지만 바로 그쪽에 사람이 있다. 그 순간 허리에 닿은 촉감에 이경훈은 숨을 죽였다. 그리고 냄새, 여자다.

"깼어?"

그때 여자가 낮게 묻는다. 조현정이다. 이경훈이 조현정에게로 몸을 돌렸다.

"뭐야?"

"곤하게 자네."

"너, 왜 왔어?"

"그냥."

하더니 조현정이 손을 뻗쳐 이경훈의 허리를 안는다.

"나, 안아줘."

"이거 왜 이래?"

"나, 너, 좋아해, 알고 있지?"

그러더니 몸을 바짝 붙여왔다. 그러고 보니 조현정의 하반신은 알몸이다. 위쪽에만 셔츠를 걸쳤는데 큰 것이 이경훈의 셔츠 같았다. 이경훈이 잠자코 팔을 뻗어 조현정의 허리를 감아 안는다. 조현정의 몸은 벌써 뜨거웠다. 숨소리도 가쁘다. 조현정이 이경훈의 팬티를 끌어내리면서 말했다.

"어서."

팬티가 벗겨지자 이경훈은 조현정의 몸 위로 오른다. 조현정이 팔을 뻗어 이경훈의 어깨를 움켜쥐었다. 어둠속이었지만 조현정의 눈동자가 짐승처럼 번들거린다. 이윽고 이경훈의 몸이 조현정의 몸 안으로 미끄러져 들어갔다.

"아아."

낮게 탄성을 뱉은 조현정이 허덕이며 말한다.

"사랑해."

다시 눈을 뜬 이경훈은 침대 옆자리가 비어져 있는 것을 본다. 탁자에 붙은 시계는 오전 7시 10분, 조금 늦었다. 문은 닫혀있지만 밖에는 계란부침 냄새가 난다. 이경훈이 거실로 나왔을 때 주방에 서 있던 한미옥과 서신애가 웃음 띤 얼굴로 인사를 한다. 둘의 얼굴도 밝다. 학교도 지각 한 번 하지 않았고 학교 끝나면 학원도 같이 다닌다.

"오빠, 이번에 여행 가도 돼요?"

한미옥이 식탁에 밥을 내려놓으며 묻는다. 2학년은 다음주에 2박 3일간 제주도 여행을 가는 것이다. 비행기를 타는데다 숙박시설도 고급이어서 일인당 경비가 25만 원이다. 식탁에 앉은 이경훈이 이맛살을 찌푸렸다.

"이것들이 오빠가 땅에서 돈을 줍는 줄 아나?"

긴장한 둘이 주춤거렸고 이경훈의 말이 이어졌다.

"착실하게 학교 다닌 상이다."

이경훈이 지갑을 꺼내 10만 원 권 수표 4장씩을 둘에게 나눠주었다.

"학교에 내고 나머지 15만 원은 여행가서 용돈으로 써."

"고맙습니다."

돈을 받은 둘이 거의 동시에 허리를 굽히고 인사를 한다. 한미옥은 얼굴이 빨갛게 상기되었고 서신애의 눈에는 눈물이 가득 담겨져 있다.

"3학년 될 때까지 앞으로 뭘 할 것인가 차분하게 생각들 해봐라."

수저를 들면서 이경훈이 말을 잇는다.

"너희들이 열심히만 하면 오빠가 도와줄 테니까 말이야."

점심시간에 도시락을 먹던 이경훈이 전화를 받는다. 발신자는 조수호. 백남철의 심복으로 이번에 터미널파의 중간 간부가 된 사내다.

"경훈아. 나, 학교 앞에 있는데 잠깐 나올래?"

나이 차가 열 살 가깝게 되었지만 조수호가 정중하게 묻는다. 그만큼 이경훈의 격이 높아졌다는 표시였다. 이경훈이 한기웅, 박대성에다 서대균까지 데리고 학교 앞 양식당에 들어서자 구석 쪽 테이블에 앉아있던 조수호가 손을 들었다. 조수호는 부하 두 명과 함께였는데 옆쪽에 앉은 중년 사내가 낯이 익었다. 다가선 이경훈을 향해 사내가 얼굴을 일그러뜨리며 웃었다.

"잘 지냈어?"

교복 브로커, 대동실업의 홍기창이다. 테이블 두 개를 붙여 여덟이 둘러앉았을 때 먼저 조수호가 말했다.

"형님이 너한테 홍 사장을 데려가라고 하셨어. 너한테 홍 사장이 직접 약속하라고 말이야."

그러자 홍기창이 낮게 헛기침을 하고나서 이경훈을 보았다.

"하복에서 모두 8만 원을 먹었는데 2대 4대 2였어. 학교에 2만, 저기 허 사장한테 4만, 그리고 내가 2만 먹었는데."

다시 헛기침을 한 홍기창이 말을 잇는다.

"저기, 새 사장님 지시로 내가 1만, 조직에서 3만, 그리고 학교에 4만을 주기로 했어."

"그리고."

이제는 조수호가 말을 잇는다.

"3고 통합혀서 자금은 모두 너한테 넘길 테니까 니가 알아서 허라는 형님의 지시였어."

"알겠습니다."

머리를 끄덕인 이경훈이 홍기창에게 말했다.

"그럼 가보시지요."

그러자 당황한 홍기창이 조수호의 눈치를 보았다. 홍기창과 시선이 마주친 조수호가 이맛살을 찌푸렸다.

"이보쇼. 가라는 소리 못 들었소? 얼른 가보셔."

무안한 얼굴이 된 홍기창이 자리에서 일어서더니 건성으로 머리를 숙여 보이고는 식당을 나갔다. 그러자 조수호가 의자 밑에서 묵직하게 보이는 가방을 들어 테이블 위에 놓았다.

"지금까지 하복 3고 합해서 3천 벌쯤 주문을 받았더라. 그려서 여기 1억 2천쯤 가져왔다. 잔 수표니까 쓰기 쉬워."

이경훈을 포함한 고삐리 넷은 놀라 눈만 크게 떴고 조수호가 말을 잇는다.

“가방 안에 학교별 주문 현황이 있다.”

“형, 내가 말하려고 한 건.”

가방을 집어 옆에 앉은 한기웅에게 넘겨준 이경훈이 조수호를 보았다.

“이번에 허남준이 우리 학교 도시락 업체를 선정했다는 거, 아세요?”

“그 이야기를 들었어, 지금 파악 중이여.”

“우리 매점도 시내 가게보다 가격이 비싼데 매년 초에 허남준한테 3천씩 상납했다는 정보가 있어요.”

“우리가 그것도 처리할 거다.”

“다른 학교도 알아서 봐 주세요.”

“니가 무슨 뜻으로 말하는 건지 알아.”

정색한 조수호가 머리를 끄덕였다.

“솔직히 니 덕분에 서울 변두리에 기반을 잡았는디 학교에서 돈 빼먹기 창피허다. 나도 그런디 형님들은 오죽허겄냐? 다 너허고 상의혀서 조치할 꺼여.”

“난 상대 가고 싶다.”

학원 복도에 서서 자판기 커피를 마시던 이경훈이 불쑥 말했다. 그러자 정이진이 눈을 둥그렇게 떴다.

“장사꾼이 되려고?”

“인마, 장사꾼이 뭐야? 이게 사농공상 따지나?”

“아니, 그게 아니라.”

주먹을 들어 보인 이경훈을 보더니 한 걸음 물러선 정이진이 활짝 웃는다.

"귀여워서 그래."

"너, 죽을래?"

쓴웃음을 지은 이경훈이 주위를 둘러보는 시늉을 했다.

"유서연이는?"

"집에 일이 있다고 먼저 갔어."

"그럼 오늘밤 네 친구 오피스텔 빌릴 수 있나 물어봐라."

"오늘 밤?"

금방 얼굴이 붉어진 정이진이 시선을 내렸다가 든다. 두 눈이 반짝였다.

"내가 연락 해볼게."

하면서 반쯤 몸을 돌렸던 정이진이 이경훈을 쏘아보았다.

"서연이 없을 때 이러는 거 싫어. 우리가 뭐, 걔 눈치 볼 일 있니?"

"앞으론 걔 있을 때 말할게, 큰소리로."

눈을 흘긴 정이진이 몸을 돌리더니 곧 주머니에서 휴대폰을 꺼내 들었다. 수업 시작 벨이 울렸지만 정이진은 교실 출입구에서 몇 발짝 더 떨어져 선다.

24시간 편의점을 꺾어지면서 이경훈이 손목시계를 보았다. 오전 2시 반, 오늘은 정이진하고 오피스텔에 들렀다가 나오는 바람에 두 시간쯤 늦었다. 인적이 드물어진 보도를 걷던 이경훈이 문득 주머니에서 휴대폰을 꺼내 들었다. 메시지 음이 울렸기 때문이다. 버튼을 누른 이경훈은 부재중 통화가 5번이나 찍혀 있는 것을 보았다. 아버지 휴대폰 번호다. 아버지가 연락을 해온 것이다. 한 시간 전까지 아버지는 통화를 시도했다. 빈 거리를 걸으면서 이경훈은 휴대폰의 버튼을 눌렀다. 휴대폰을 귀에 붙이고 발신음을 세 번 들었을 때 응답 소리가 들렸다.

"여보세요."

아버지 목소리가 아니었으므로 이경훈이 긴장했다.

"저기, 이용국 씨 전화 아닙니까?"

"아, 그럼 거긴 경훈인가?"

"예, 맞는데요."

"아, 그런가? 난 아버님과 같은 회사 직원이네."

사내의 목소리가 조금 빨라졌다.

"아버님이 수술 들어가시기 전에 찾으셨네, 여긴 제일 병원인데."

"수술이요?"

주춤 걸음을 멈춘 이경훈의 귀에 사내의 말이 이어진다.

"응, 교통사고를 당하셨는데 장 파열이 되어서……. 아버님이 여러 번 연락을 하셨다가 급해서……. 지금은 수술중이시네."

"제가 바로 가겠습니다."

서둘러 말한 이경훈이 전화를 끊는다.

아버지는 술에 취해서 택시를 잡으려고 차도로 나왔다가 차에 치었다고 했다. 장이 파열되었는데 다른 곳은 괜찮다는 것이다. 함께 술을 마셨다는 회사 직원들은 이경훈이 오고 나서 한동안 같이 있다가 돌아갔다. 아버지의 수술이 끝났을 때는 오전 5시경이었다. 무려 5시간이 넘는 수술이었다. 수술을 마친 집도의가 보호자로 혼자 남아있는 이경훈에게 말했다.

"수술은 잘 끝났지만 상태는 좀 두고 봐야겠어."

그러더니 가라앉은 시선으로 이경훈을 보았다.

"워낙 많은 부분이 손상 되어서 말이야."

중환자실로 실려 간 아버지는 아직 혼수상태에서 깨어나지 않았다. 병원에서 이경훈이 제일 먼저 전화를 한 사람은 한기웅이다. 오전 7시여서 한기웅은 잠이 덜 깬 목소리로 전화를 받는다.

"너만 알고 있어."

먼저 그렇게 조건을 내놓고 나서 이경훈이 상황을 설명했다. 놀란 한기웅이 제대로 말도 꺼내기 전에 이경훈이 다시 한 번 다짐했다.

"말 나가게 하지 마라, 재수 없다."

했지만 한 시간쯤 후에 터미널파의 고문인 백남철이 조수호와 간부급을 세 명이나 데리고 와서 한바탕 법석을 치다 돌아갔다. 그러고는 부하 둘을 병원 안에 대기 시켰는데 잔심부름을 시키라는 것이다. 이경훈보다 나이가 서너 살씩 위인 형들이었지만 서열이 한참 아래이니 마음대로 시키라고 했다. 그러고 나서 12시가 조금 넘었을 때 3고 일진의 간부들이 몰려왔다. 모두 20여 명이 넘는 터라 중환자실 앞이 사람들로 가득 찼다. 그들을 겨우 돌려보내자 이번에는 조현정이 여학생들을 인솔하고 들이닥쳤다. 모두 20여 명이나 되었는데 심아영은 눈물을 뚝뚝 떨어뜨려서 이경훈한테 재수 없다고 꿀밤을 맞았다. 여학생들을 돌려보냈지만 조현정은 남았다. 한기웅과 박대성, 서대균은 백남철과 함께 와서 계속 병원에 있는 터라 다섯 명은 병원 뒤쪽 잔디밭에 둘러앉았다.

"어머니는 어떻게 하려고 그래?"

불쑥 한기웅이 물었지만 표정은 조심스럽다. 둘러앉은 셋은 숨을 죽였고 옆쪽의 조현정은 침을 삼켰다. 모두 집안 내막을 아는 것이다. 이것도 한기웅한테만 말해 주었는데 다 퍼뜨린 것 같다.

"이 새끼들."

눈을 부릅뜬 이경훈이 한기웅을 노려보았다. 험악한 표정이다.

"주둥이가 가벼워서 아예 상종을 말든지 해야지 내가."

이경훈이 잇사이로 말했을 때 한기웅은 뒷머리를 긁는다.

"이런 일은 입을 미싱으로 박았어도 터뜨렸을 거야."

시선을 내린 채로 한기웅이 정색하고 말을 잇는다.

"다른 일은 때려 죽여도 불지 않는다고. 하지만 니가 때리면 맞겠어."

"어쨌든 어머니한테는 알릴 필요가 없어. 너희들도 이 새끼가 말해서 알겠지만."

턱으로 한기웅을 가리킨 이경훈이 말을 잇는다.

"지금 좋은 남자 만나서 알콩달콩 사는 사람한테 전 남편 사고 났다면서 전남편 자식이 전화 해봐라. 얼마나 황당하겠냐?"

모두 외면한 채 입을 다물었으므로 이경훈이 쓴웃음을 짓는다.

"입장을 바꿔서 생각 해 보라고. 그래, 네가 여자니까 금방 이해가 될 거다."

이경훈이 똑바로 조현정을 보면서 묻는다.

"어때? 징글징글 하지 않겠냐?"

외면한 조현정이 대답하지 않았으므로 이경훈은 손목시계를 보면서 자리에서 일어섰다. 중환자실의 저녁 면회 시간이 되어가고 있다.

"응, 네 엄마한테 연락 안 했지?"

이경훈을 본 순간에 아버지가 한 말이다. 아버지는 팔에 주사기를 여러 개 꽂고 있었는데 얼굴은 멀쩡했다. 다만 가슴에서 아랫배까지 온통 붕대를 감았고 목소리가 약했다.

"안 했어."

이경훈이 자르듯 말했을 때 아버지가 또 묻는다. 그러고 보니 눈의 흰 창에 붉은 실핏줄이 선명하게 드러나 있다.

"태훈이는?"

"안 했어."

"잘했다. 공부에 지장 있으면 안 돼."

그러고는 아버지가 눈을 감았으므로 이경훈이 바짝 다가서 상체를 굽히고 말한다.

"수술 잘 끝냈대."

아버지가 희미하게 머리만 끄덕였다.

"며칠 있다가 일반 병실로 옮긴대."

다시 머리를 끄덕인 아버지의 귀에 이경훈이 입을 가깝게 대었다.

"아버지, 다시 집으로 돌아갈게."

"……."

"짐 옮겨서 아버지 퇴원하면 같이 살도록 할게."

"……."

"아버지한테 할 말이 엄청 많거든. 내가 지금 특별반에……."

아버지가 잠이 든 것 같았으므로 이경훈은 길게 숨을 뱉었다. 그러고 보니 할 이야기가 너무 많다. 대학 진학 관계뿐만 아니라 돈 관리 문제도 상의하고 싶은 것이다. 그때 면회 시간이 끝났으므로 이경훈이 말했다.

"아버지, 내일 점심때 다시 올게."

그날은 학교에 결석했기 때문에 이경훈은 병원에서 곧장 학원으로 갔다. 꼭 공부를 해야겠다는 생각은 없었지만 밤에 중환자실에 있는 아버지 옆에 있을 수도 없는데다가 빈둥거리기는 싫었기 때문이다. 학원 교실에 앉았을 때 정이진과 유서연이 다가와 앞에 섰다. 둘 다 굳어진 표정이다. 둘이 눈만 크게 뜨고 서 있었으므로 이경훈이 입맛을 다셨다.

"왜? 둘 다 실연이라도 당한 거냐?"

그러자 정이진이 먼저 말한다.

"어떻게 해?"

"괜찮아?"

하고 유서연이 말을 받았으므로 이경훈이 심호흡을 하고나서 정이진에게 묻는다.

"오늘밤 그 오피스텔 빌릴 수 있냐?"

어젯밤에도 정이진하고 두 시간 동안 머물고 나온 터라 정이진의 얼굴이 금방 새빨갛게 되었다. 이경훈이 정색하고 다시 묻는다.

"오늘밤 혼자 자기 싫어. 너희들 둘 다 나하고 같이 가지 않을래?"

이번에는 유서연의 눈 밑이 붉어졌다. 그러나 둘은 외면한 채 그대로 서 있다.

"학원 끝나고 카페 골목 앞으로 와."

이경훈이 자르듯 말하자 둘은 몸을 돌렸다.

그러나 이경훈은 10시경이 되었을 때 슬그머니 학원을 빠져나온다. 그 동안 한기웅, 박대성, 대성 종고의 전두식과 유경고의 차기성한테까지 만나자는 연락이 왔지만 다 사양했다. 정이진과 유서연한테는 혼자 자기 싫다고 했지만 마음에도 없는 말이다. 실제로는 혼자 있고 싶었다. 막상 나왔지만 갈 곳이 마땅치 않아서 택시 정류장 쪽으로 걷던 이경훈은 휴대폰의 진동을 느낀다. 주머니에서 휴대폰을 꺼낸 이경훈이 잠깐 망설이다가 귀에 붙였다. 조현정의 전화였기 때문이다.

"학원이야?"

하고 조현정이 대뜸 물었으므로 이경훈이 정직하게 대답했다.

"아니, 답답해서 금방 나왔어."

"지금 어딘데?"

조현정의 목소리가 와락 밝아졌다.

"내가 거기로 갈게."

"무슨 일인데?"

"할 이야기도 있고, 또."

"넌 어딘데?"

"나도 학원 근처야. 구암 빌딩 앞에."

조현정도 학원에서 나온 모양이다. 걸어서 5분 거리였으므로 둘은 서로 다가오기로 했다. 잠시 후에 거리에서 만난 둘은 택시를 타고 남산으로 향한다. 조현정이 좀 먼 곳으로 가자면서 택시 운전사에게 말해준 곳이 남산이다. 둘 다 사복 차림인데다 키가 커서 어른 같다.

"엄마는 그래도 동생한테는 연락해야 되지 않을까?"

차가 동부간선도로에 들어섰을 때 조현정이 주저하며 묻는다. 조현정이 좁혀 앉더니 이경훈의 손을 잡았다.

"내일 아침이라도 연락해, 응? 동생도 고1이면 다 컸어."

바짝 붙어 앉은 조현정이 낮고 부드러운 목소리로 말을 잇는다.

"내가 아빠한테만 살짝 물어보았더니 그렇게 하는 게 낫대."

"뭐야? 네 아빠한테 물었어?"

퍼뜩 눈을 치켜뜬 이경훈이 묻자 조현정이 시선을 받는다.

"응, 미안해. 너라고는 말 안 했어. 나 혼자 생각은 부족할 것 같아서 어른 이야기를……."

"시꺼."

"미안해."

조현정이 잡은 손에 힘을 주었다가 이경훈이 뿌리치는 바람에 떼어졌다. 이경훈이 외면하고 말한다.

"이것들이 동네방네 떠들고 지랄들이야."

"잘못했어."

"너도 생각 좀 해봐라."

목소리를 낮췄지만 이경훈이 힐끗 운전사의 뒷모습을 보았다.

"부모가 이혼한 지 한 달이 겨우 지났는데 또 아버지가 중환자실에 있다고 하면 고1 짜리가 어떻게 되겠어?"

"……."

"그러니까 입 닥치고 가만있어."

11시가 넘어 있었지만 남산 길은 행인이 많았다. 대부분이 젊은 남녀 커플로 가끔 일본인과 중국인 관광객도 지나갔다. 이경훈과 조현정은 천천히 남산 산책로를 내려온다. 바지 주머니에 두 손을 찔러 넣은 이경훈의 한 쪽 팔을 두 손으로 감싸 안은 채 걷는 조현정은 마치 매달려 있는 것 같다. 5월 말의 날씨는 포근했고 달콤한 숲 냄새도 맡아졌다. 조현정이 이경훈의 어깨에 붙였던 머리를 떼더니 조심스럽게 묻는다.

"저기, 지난번에 날 다치게 한."

말을 뚝 자른 조현정이 이경훈을 보았다. 이경훈이 잠자코 대여섯 걸음이나 떼고 나서 되물었다.

"말 똑바로 해, 얼버무리지 말고."

"누가 얼버무려?"

대뜸 퉁겼던 조현정이 한숨을 쉬더니 다시 묻는다.

"날 때린 놈, 어떻게 했어?"

"네가 양다리 걸쳤던 애인 놈 말이야?"

"누가."

조현정이 이경훈의 몸에서 떨어졌다. 눈을 치켜뜬 조현정이 내쏘았다.

"누가 애인이래? 자꾸 그럴 거야?"

"다 아는 사실 덮을 거 없다니까? 내가 뭐라고 하디?"

걸음을 멈춘 이경훈이 조현정을 똑바로 보았다.

"터미널파 간부한테 말했더니 손 좀 봐주고 쫓아낸 모양이더라. 아마 두 번 다시 나타나지 못할 거다."

"……."

"왜? 서운해?"

그러자 조현정이 다가와 다시 이경훈의 팔을 감싸 안는다.

"나, 오늘 친구 집에서 잔다고 했어. 우리 러브호텔 가자."

"이게 미쳤나."

했지만 이경훈의 얼굴에 쓴웃음이 떠올랐다.

휴대폰의 벨소리에 이경훈이 눈을 떴다. 옆에서 자고 있던 조현정도 동시에 깨었다. 휴대폰에 적힌 번호는 낯설었지만 이경훈은 서둘러 귀에 붙인다. 창밖이 어스름하게 밝아지는 중이다.

"여보세요."

"이용국 씨 보호자 되시지요?"

수화기에서 사내 목소리가 울린 순간 이경훈은 벌떡 상반신을 일으켰다. 따라 일어선 조현정이 어둠속에서 더듬거리며 벗은 옷을 찾는다.

"네, 그렇습니다."

이경훈은 자신의 떨리는 목소리를 듣는다. 병원인 것이다. 그때 사내가 차분한 목소리로 말했다.

"여기 제일병원 중환자실인데요. 빨리 와 주시지요. 아버님이 위독하십니다."

그러고는 전화가 끊겼고 이경훈은 침대에서 일어나 옷을 입는다. 방안은 조용해서 옆에 있던 조현정도 다 들었다. 조현정도 잠자코 옷을 입었다. 벽에 붙여진 시계가 오전 5시 반을 가리키고 있다.

오전 7시 10분, 이경훈은 아버지 옆에 우두커니 서있다. 옆에 서 있던 중년의 간호사도 떠나 이젠 혼자다. 아버지는 15분전에 숨이 끊어진 것이다. 이경훈이 이곳에 도착했을 때는 6시 30분, 그러나 아버지는 산소 호흡기로 숨만 쉬고 있을 뿐이지 뇌는 정지한 상태라고 했다. 그러다 이경훈은 아버지와 말 한마디 나누지도 시선 한 번 마주치지도 못했다. 의사는 아버지가 쇼크사를 했다지만 이경훈도 그것이 무엇인지 따질 기력이 없다. 아버지의 얼굴은 평온하게 보였다. 링거 주사들도 다 떼고 목 밑까지 시트를 덮어서 곤하게 잠이 든 것 같았다. 수선거리던 분위기가 지나고 혼자 있게 되자 주위가 조용해졌다. 이경훈이 손을 뻗쳐 아버지의 뺨에 손바닥을 붙였다. 아직 따뜻하다. 숨을 들이켠 이경훈이 입술을 달싹이며 낮게 말한다.

"아버지, 자?"

그러고는 덧붙였다.

"영혼이 있으면 잘 들어. 내가 태훈이 돌볼 테니까 걱정 말고 가."

이경훈이 손바닥에 힘을 주어 아버지의 뺨을 밀었다. 그러자 아버지의 입술이 조금 떨렸다. 무슨 말을 하려는 것 같다.

"아버지, 잘 가. 글고 아버지."

이경훈이 서두르듯 말한다. 뒤쪽에서 소음이 들렸기 때문이다.

"아버지, 사랑해. 사랑하고 있었어. 알고 있지? 아버지……."

그때 뒤에서 사내의 목소리가 울렸다.

"저기, 영안실로 모셔야겠는데요."

중환자실 문이 열리고 이경훈이 밖으로 나왔을 때 기다리고 있던 조현정이 와락 다가온다. 눈을 치켜뜨고 있는 것이 잔뜩 겁에 질린 표정이다. 조현정의 시선이 이경훈의 뒤를 따라 나오는 환자 운반용 침대로 옮겨진 순간 얼굴이 하얗게 굳어졌다. 입만 반쯤 벌린 채 몸을 굳히고 서 있는 조현정에게 이경훈이 말한다.

"니 말대로 태훈이한테 연락 했어야 되었는데."

이경훈이 앞서가는 침대를 바라보며 말을 잇는다.

"하지만 난 아버지한테 할 말 다했어."

장례식은 전남 순천 본가의 일가친척들이 몰려왔고 익산 오거리파의 유조 형님에다 터미널파 수뇌부까지 모두 참석한데다 3고 일진이 다 모였기 때문에 제일병원 영안실 5년 역사상 가장 많은 문상객이 모였다는 소문까지 났다. 본가의 어른이나 삼촌 두 명은 까다롭지 않았기 때문에 아버지는 화장한 다음 벽제의 납골당에 모셨다. 두 아들과 가까운 곳에 모셔야 부친을 자주 뵐 수 있지 않겠느냐고 어른들이 결정을 한 것이다. 그러나 어른들은 어머니를 철저히 무시했다. 어머니는 발인하는 날이 되어서야 연락을 받았지만 장례식이 끝난 후였다. 장례식이 끝난 후에도 어머니는 집 안에 들어오지 못했다. 일가친척들이 집안에 진을 치고 있었기 때문이다. 그래서 이경훈과 태훈은 그날 저녁때가 되었을 때 아파트 안 놀이터에서 어머니를 만났다. 두 형제가 다가오자 놀이터 안 통나무집의 벤치에 앉아있던 어머니가 일어섰다.

"엄마."

이태훈이 먼저 다가가 어머니의 손을 잡는다. 울먹이고 있다.

"아이구, 이놈아."

어머니가 태훈을 껴안더니 흐느껴 울었다. 태훈도 따라 운다. 이경훈은 벤치 끝에 앉아 부둥켜안고 울음을 놓은 두 모자를 보다가 주위를 둘러보다가 했다. 이윽고 울음을 그친 모자가 벤치에 나란히 앉는다. 이경훈, 태훈, 어머니 순서가 되었다. 이태훈이 딸꾹질을 했으므로 이경훈이 입맛을 다신다.

그때 어머니가 말했다.

"미안해, 내가 미안해."

훌쩍이며 말한 어머니가 손수건으로 눈물을 닦는다.

"내가 죄인이야. 너희들한테도 그리고……."

말을 멈춘 어머니가 불끈 머리를 들고 이경훈을, 다음에 이태훈을 보았다.

"너희들한테 할 말이 있어."

비가 오려는지 습기를 띤 바람이 놀이터를 쓸고 지나갔다. 피부가 끈적이는 느낌이 든다. 어머니가 말을 이었다.

"나, 다시 너희들하고 살면 안 되겠니?"

"안 돼."

어머니의 말이 끝나기가 무섭게 이경훈이 대답했다. 놀란 듯 어머니는 물론이고 이태훈도 이경훈에게로 머리를 돌렸다. 이경훈이 한 마디씩 힘을 주어 말을 뱉는다.

"내가 아버지 돌아가시기 전에 이야기 했어. 태훈이 내가 보살피겠다고. 아버지도 부탁한다고 했어."

둘은 숨도 죽였고 이경훈의 말이 이어졌다.

"아버지 유언이야. 그러니까 택도 없는 소릴랑 하지 마."

그러고는 이경훈이 태훈의 어깨를 팔로 감싸 안고 일으켰다.

"그리고 어머닌 우리하고 살 자격이 없다고."

어머니와 헤어져 아파트 현관으로 다가가던 이경훈이 머리를 돌려 이태훈을 보았다. 이태훈은 머리를 숙인 채 터벅터벅 걷는다.

"태훈아."

머리를 든 이태훈에게 이경훈이 차분한 목소리로 말한다.

"이유야 어떻든 간에 어머니는 아버지를 배신했어. 난 어머니가 남자하고 비밀 이야기를 하는 장면까지 보았어."

놀란 듯 걸음을 멈춘 이태훈의 앞에 이경훈이 바짝 다가가 섰다.

"아버지도 바람을 피워서 서로 맞불을 놓았다고 치자. 그렇다고 자식 두고 남자 찾아서 집 나가는 여자가 엄마냐? 넌 집에 없어서 아버지가 얼마나 상처 받았는지 모를 거다."

"……."

"아버지는 엄마가 집 나갔을 때 제일 먼저 걱정한 게 너였어. 너한테 알리지 말라고 하더구나. 근데 엄마는 너한테 바로 전화했다면서?"

"……."

"네가 받을 충격 걱정부터 했던 아버지하고 너한테 자기변명부터 하려고 든 엄마하고 비교해 봐."

"난 모르겠어."

머리를 젓은 이태훈의 목소리에 다시 울음이 섞여졌다.

"엄마가 집나간 후부터 공부도 안 돼. 집중도 안 돼서 학교 다니고 싶지도 않단 말이야."

"이 새끼가."

바짝 다가선 이경훈이 두 손으로 이태훈의 어깨를 움켜쥐었다.

"사내자식이 견뎌야지, 응? 이를 악물고 참아야지, 이 새끼야."

이태훈은 머리를 숙인 채 대답하지 않는다. 장례식 내내 우두커니 앉아서 거의 말도 하지 않던 이태훈이다. 그러더니 지금 처음으로 제 심중을 털어놓는다. 그때 이태훈이 머리를 들고 이경훈을

보았다. 눈물로 범벅이 된 얼굴이 보안등 빛을 받아 번들거리고 있다.

"알았어, 형. 형한테 걱정 끼치지 않을게."

그러더니 한 마디씩 덧붙였다.

"엄마한테도, 그리고 돌아가신 아빠한테도."

"야! 야! 야!"

하고 누가 악을 쓰는 바람에 이경훈은 소스라치며 깨어났다. 그 순간 온몸에 식은땀이 솟아났다. 악몽을 꾼 것 같다. 그때 다시 고함 소리가 들렸으므로 이경훈은 현실로 돌아왔다.

"야! 빨리 나와!"

친척 아저씨 같다. 방안에 누워있던 친척들이 수선대며 깨어났을 때 불이 켜졌다. 그래서 옆쪽 자리를 보았다. 이태훈이 자던 자리였다. 그러나 태훈이 없다.

"태훈이가 떨어졌어!"

다시 문 밖에서 고함소리가 울렸다. 울부짖는 소리다. 그때 다시 이경훈의 몸에서 식은땀이 솟아났다. 그러고는 머리끝도 곤두섰다.

태훈이는 아파트 15층 난간을 넘어 세상 밖으로 뛰어내렸다. 그래서 17년간 산 이 세상을 몇 초 만에 떠나버렸다. 친척들은 거의 다 돌아가지 않았으므로 따로 연락할 필요도 없었다. 친척 하나가 익숙했기 때문인지 제일병원 영안실을 다시 예약하는 바람에 모두 또 그곳으로 몰려갔다. 그러나 아버지가 쓰던 방은 아니었다. 이경훈은 다시 상주가 되어서 손님을 받는다. 그러나 친척 어른이 보기 사납다고 다음날 장례를 치르기로 해서 영안실에서 하룻밤만 자면 되었다. 그래도 그 하루 동안 유조 형님부터 터미널파 식구들까지 다 왔다. 3고 일진들도 마찬가지, 조현정, 심아영은 말할 것도 없고 한미옥, 서신애, 정이진에다 유서연까지 다 와서 심부름을 했다. 유조 형님이 상주처럼 다 알아서 해주었기 때문에 주위 영안실에서는 조폭 두목의 장례식장인 줄 알았다고 했다.

다시 이태훈의 장례를 치룬 날 저녁, 아파트 안에는 아버지 장례를 치룬 날보다 더 많은 친척들이 버글거린다. 이경훈은 친척 어른들한테 차례로 불려가 당부와 격려, 눈물어린 충고의 말씀을 듣는다. 그들은 또 이경훈마저 어떻게 될까봐 걱정인 것이다. 9시가 되었을 때 이경훈은 아파트를 나온다. 친척 형들이 둘이나 따라 나왔다가 현관 앞에 한기웅과 전두식 등 친구 10여 명이 몰려와 있는 것을 보고는 돌아갔다. 이경훈이 잠자코 앞장서 걷자 모두 말없이 뒤를 따른다. 남자들 뒤에 있어서 못 보았는데 조현정과 심아영도 끼어있다. 놀이터로 다가간 이경훈이 그네에 앉았다. 빈 놀이터에는 이제 일진들로 가득 찼다. 모두 시소에, 미끄럼틀 계단에, 작은 목마 위에도 걸터앉았다. 조현정과 심아영은 뒤쪽 정자의 벤치에 나란히 앉아있다. 모두 입을 다물고 침묵을 지키고 있다. 그때 이경훈이 주머니에서 휴대폰을 꺼내 버튼을 누른다. 버튼 누르는 작은 소리까지 뒤쪽 조현정에게도 들린다. 이경훈이 휴대폰을 귀에 붙였다. 신호음이 울린다. 한 번, 두 번, 세 번 그러고는 곧 응답소리가 들렸다.

"경훈아."

어머니다. 이경훈이 심호흡을 하고 나서 어금니를 물었다. 그러고는 하늘을 올려보았다.

"어머니."

그러고는 머리를 든 이경훈이 잇사이로 말했다.

"어머니는 죽지 마."

"경훈아."

어머니의 목소리는 또렷했다. 이경훈은 전화기를 귀에서 떼고 전원을 껐다. 머리를 들고 다시 하늘을 올려다본 이경훈이 심호흡을 했다. 놀이터 안의 십여 쌍이나 되는 눈이, 귀가 모두 이경훈에게 집중되었다. 그때 이경훈의 눈에서 눈물이 흘러 내렸다. 그 순간 이경훈의 입에서 외마디 소리처럼 말이 뱉어진다.

"저기 누가 있는 거야?"

다섯 번째 전설
영웅

7장

그 순간 주위에 둘러앉거나 서 있던 일진들이 일제히 긴장한다. 이경훈이 그네에서 벌떡 일어섰기 때문이다. 모두의 시선을 받은 이경훈이 하나씩 차례로 둘러보았다. 맨 마지막으로 통나무집 안의 벤치에 앉은 조현정과 심아영까지를 본다. 그 동안 모두 숨도 죽인 채 기다리고 있다. 그때 이경훈이 말했다.

"너희들 와줘서 고맙다."

이경훈의 목소리는 차분했다. 다시 이경훈이 말을 잇는다.

"너희들이 걱정 안 해도 돼, 난 살아나갈 테니까."

어둠속에서 이경훈의 흰 이가 드러났다. 소리 없이 웃는 것이다.

"그래, 내일 학교에서 만나자. 모두 집에 돌아가 쉬어."

그러자 모두 자리에서 일어선다. 그러고는 제각기 이경훈에게 다가와 인사말을 던지고는 어둠속으로 사라진다. 조현정과 심아영도 맨 마지막에 다가왔지만 표정이 차분했다.

"낼 학교서 봐."

하고 조현정이 말했고 심아영은 머리만 숙여 인사를 한다.

모두 돌려보낸 후에 이경훈은 아파트를 향해 걷는다. 이젠 혼자다. 그 순간 이경훈의 눈앞에 마치 스크린이 장치된 것처럼 장면이 펼쳐졌다. 소리도 들린다. 주위에는 인적이 없었으므로 주춤 걸음을 멈춘 이경훈이 장면을 보았다. 어머니와 낯선 사내. 지금 둘은 집 안에 있다.

"도대체 무슨 일이야?"

하고 사내가 물었지만 머리를 숙인 채 소파에 앉은 어머니는 대답하지 않는다. 이맛살을 찌푸린 사내가 혀를 찼다.

"답답하구먼."

사내는 양복 차림인데 어정쩡한 자세로 서서 어머니를 내려다본다. 이윽고 사내가 결심한 듯한 표정으로 어머니를 보았다.

"나, 잠깐 나갔다 올 테니까."

그러나 어머니는 머리를 들지 않았고 사내는 몸을 돌렸다. 그때 잠깐 동안 멈춰 서 있던 이경훈이 당황한 표정으로 머리를 저었다.

"이게 무슨 일이지?"

이맛살을 찌푸린 이경훈이 다시 발을 떼었다. 그러고는 혼잣소리를 잇는다.

"내가 몸이 약해졌나? 왜 헛것이 보이는 거야?"

아파트로 들어선 이경훈은 집안 분위기가 굳어져 있는 것을 보았다. 친척들은 둘로 나뉘어져 있었는데 원인은 돈 때문이다. 아버지가 소유권이 있는 문중 토지를 그대로 문중에서 관리하느냐 아니면 처분해서 이경훈에게 넘기느냐고 의견이 나뉘어져 있는 것이다. 토지 가격은 10억이 넘었기 때문에 가벼운 일이 아니다. 작은 아버지 둘은 당장 처분해서 이경훈에게 넘겨야 한다는 의견이었으나 종갓집 아저씨는 반대했다. 아버지가 생전에 자신에게 그 토지를 맡긴다고 약속했다는 것이다. 삼촌 둘은 죽은 사람한테 덮어씌운다면서 펄펄 뛰었지만 종가에서 올라온 어른들은 모두 종가 아저씨 편이었다. 칼자루는 종가에서 쥐고 있으니 역부족이다. 이경훈이 거실로 들어서자 소파에 둘러앉은 어른들이 말을 뚝 그쳤는데 삼촌 둘의 얼굴은 벌겋게 상기되어 있었다. 경황이 없었지만 이경훈도 내막은 대충 알고 있는 일이었다. 아버지 생전에 들었던 일이기도 했다. 이경훈의 시선이 어른들의 얼굴을 스치고 지나갔다. 그때 소파의 상석에 앉은 종가 아저씨가 이경훈의 시선을 받더니 말했다.

"좋아. 그럼 내가 바로 땅을 양도해주기로 하지."

그러더니 모두를 둘러보는 시늉을 했다.

"누구, 종이하고 펜 좀 가져오게. 내가 내일 내려가서 양도하겠다는 서약서를 쓰고 사인을 할 테니까. 여기 모인 사람들이 모두 확인한다는 보증인이 되어 주시게."

"아니, 갑자기 왜 이러시오?"

하고 지금까지 종가 아저씨 편을 들었던 어른 하나가 놀란 듯 묻자 아저씨가 엄숙하게 말한다.

"입 닫으시게. 순리를 벗어나면 벌을 받는 법. 내가 문득 깨달았네."

"장하시오."

누군가가 칭찬했고 거실 분위기가 밝아졌다. 몸을 돌려 방으로 들어서는 이경훈의 뒤에서 종가 아저씨가 말한다.

"어여 종이하고 펜 가져오라니까?"

밤 12시, 주위는 조용하다. 거실 건너편 현관 옆방에서 두런거리는 목소리만 들릴 뿐 방안의 친척들은 모두 잠이 들었다. 벽 쪽에 누운 이경훈도 눈을 감은 채 고른 숨소리를 내고 있었지만 잠든 것이 아니다. 눈을 감은 이경훈은 앞에 선명하게 떠오른 장면을 본다. 지금 이태훈이 아파트의 베란다에 나와 있다. 발은 맨발, 셔츠에 잠옷 바지 차림으로 떨어져 죽기 전의 모습이다. 베란다 난간으로 다가간 이태훈의 얼굴은 하얗게 굳어져 있다. 이태훈이 난간을 두 손으로 움켜쥐고는 이를 악문다.

"형, 미안해."

이태훈이 입을 꾹 다물고 있었지만 목소리는 또렷하게 이경훈의 귀를 울렸다. 이태훈의 말이 이어졌다.

"형, 나 혼자 견딜 수가 없어서 그래. 난 형이나 어머니의 짐이 되기는 싫어."

이경훈이 이를 악문다. 그때 이태훈이 난간에 발을 옮겨 놓았다. 그러고는 중심을 잃고 두 손으로 난간을 움켜쥐었다가 곧 아래로 떨어졌다. 그때는 아무 말도 들리지 않았다. 이태훈의 생각이 끊긴 것 같다. 빈 난간이 눈앞에 보인 순간에 이경훈은 눈을 떴다. 온몸에 식은땀이 솟아나 있다. 천장을 노려본 채 누운 이경훈이 어금니를 물었다. 내가 왜 이럴까? 아까 종가 어른이 갑자기 토지 양도하겠다고 나선 것도 내 의지가 투입되었기 때문이다. 그랬으면 좋겠다는 생각이 컴퓨터에 입력시키는 것처럼 쑤욱 종가 어른의 머릿속으로 주입되었다. 아파트에서 어머니와 사내의 장면을 본 것도 그렇다. 어머니가 어떤 상황에 놓였는지 알아야겠다고 생각했더니 눈앞에 쫙 펼쳐졌다. 그리고 지금 영문을 몰랐던 태훈이의 죽기 전 생각을 기록 필름처럼 보고 들을 수가 있었던 것이다.

"내가 왜 이렇게 되었을까?"

이경훈이 맹렬한 표정을 짓고 그렇게 스스로 묻는다.

"이것이 과연 현실인가?"

그것은 과연 현실이며 실제 일어나는 일이었다. 학교에 나간 이경훈이 교실로 들어섰을 때 안은 순식간에 조용해졌다. 이경훈의 굳어진 표정을 본 급우들은 숨만 죽이고 있을 뿐 입을 열지도 못한다. 서대균은 물론이고 정이진, 유서연도 마찬가지, 시선도 마주치지 못하고 있다. 자리에 앉은 이경훈의 시선이 정이진의 뒷모습에 닿았다. 그때 정이진의 생각이 목소리로 머릿속을 울린다.

"뭐라고 해야 되지? 잘 끝냈어? 아냐, 그건 맞지 않아. 웃지도 못하고, 안 됐다고 할까? 그건 너무 약해. 어쩌면 좋지?"

이경훈의 시선이 유서연의 뒷모습으로 옮겨졌다. 유서연의 생각도 목소리로 들린다.

"어떡하지? 경훈이가 먼저 말을 걸어주면 좋을 텐데."

그때 이경훈이 입을 열었다. 아직도 교실 안은 기침소리도 내지 않아서 조용했기 때문에 이경훈의 목소리가 울리자 모두 깜짝 놀란다.

"얘들아. 나한테 신경 써줄 필요 없다. 그냥 전처럼 웃고 말 걸어. 떠들어도 좋아. 시끄럽게만 말고."

그러자 급우들의 머리가 이쪽저쪽으로 돌아갔고 시선도 이쪽으로 온다. 아직 말 걸어오는 인간은 없었지만 분위기는 확 풀렸다. 그때서야 서대균이 주춤대며 이쪽으로 걸어오고 있다. 이경훈은 심호흡을 했다. 이건 현실이다. 남의 생각이 다 보이고 다 들린다. 그렇다면 내 능력도 어디까지인가?

커피숍으로 들어선 장동익이 두리번거리다가 곧 활짝 웃었다. 안쪽 테이블에 앉아있던 유민선이 웃음 띤 얼굴로 장동익을 맞는다.

"오후 2시 비행기야."

앞쪽에 앉은 장동익이 옆에 놓은 손가방을 손으로 툭툭 쳐 보이면서 말했다.

"한 시간 빨리 출발하는 중국 비행기가 있어서 그걸로 바꿨어."

"잘됐네."

다시 활짝 웃은 유민선이 눈을 가늘게 뜨고 장동익을 보았다.

"그 여자 지금 어디 있어?"

"집에."

장동익의 이맛살이 찌푸려졌고 저절로 입맛까지 다셔졌다. 유민선의 시선을 받은 장동익이 말을 잇는다.

"전남편이 사고로 죽은 건 그냥 넘어갈 수 있었던 모양인데 자식까지 자살을 해버려서 넋이 나간 거야."

"당연하지."

어깨를 늘어뜨리면서 유민선이 길게 숨을 뱉는다.

"우리가 못할 짓 하는 거 같아. 그 여자한테 말이야."

"아니, 그럼 우리가 그 사고들을 저질렀단 말이야?"

이맛살을 찌푸린 장동익이 유민선을 쏘아보았다.

"그건 운이라구. 그 여자 운이 나쁜 거야. 사고는 나하고 관계가 없어."

"하긴."

쓴웃음을 지은 유민선이 찻잔을 쥐었다.

"자기한테 빠진 것도 운이지."

"이건 사고가 일어나기 전부터 계획한 일이야."

입맛을 다신 장동익이 손목시계를 보았다. 오전 10시 반이다. 한 시간쯤 후에는 공항으로 출발 해야만 한다.

점심시간, 비상구 계단에 쪼그리고 앉은 이경훈이 앞쪽을 보고 있다. 그러나 눈동자의 초점이 잡혀있지 않았다. 계단 아래쪽에 한기웅, 박대성, 서대균에다 조현정과 심아영 등 10여 명의 남녀 일진이 모여앉아 있었지만 가끔 이쪽을 힐끔댈 뿐 다가오지 않는다. 그때 이경훈의 눈에 초점이 잡혀졌다. 어금니를 문 듯 볼의 근육이 솟아오른다.

박선주는 눈을 떴다. 소파에 앉아 있다가 잠깐 졸았던 것 같다. 벽에 걸린 시계가 오후 2시 40분을 가리키고 있다. 소파에서 일어선 박선주가 방으로 들어가 벽장문을 열었다. 그러고는 가방을 꺼내들고 다시 거실로 나온다. 집 안은 조용했다. 사방에서 퀴퀴한 냄새가 난다. 요즘 며칠 동안 치우지 않은 터라 어수선하다. 집주인 장동익은 일이 바쁘다면서 하루걸러 외박을 하더니 요즘은 잠깐 얼굴만 보이고 나갔다. 어젯밤에도 나가더니 여태 연락도 없다. 소파에 앉은 박선주가 가방에서 통장을 꺼내 펼친다. 그러고는 통장을 들여다보았다. 찬찬히, 몇 초가 지났을 때 박선주가 심호흡을 하더니 눈을 서너 번 깜박였다. 머리를 흔들어 보기도 한다. 그러고 나서 통장을 눈앞으로 바짝 붙여본다. 박선주의 이맛살이 찌푸려졌다. 머리도 한쪽으로 기울인다. 통장 잔고에는 4억 7천5백만 원이 기록되어 있다. 맨 위쪽에 찍혀진 금액과 같다. 전남편 이용국과 헤어지면서 갖고나온 돈이다. 그 동안 곗돈을 모아 알뜰하게 돈 관리를 해온 덕분에 이용국 모르게 만들었던 자금이다. 자식들이 대학에 가거나 급한 자금이 필요할 때 쓰려고 모은 돈이었지 집 나올 때 싸들고 나오려는 목적은 아니었다.

"이게 웬일이야?"

저도 모르게 박선주가 혼잣소리로 말했다. 이 돈을 장동익이 사업 자금으로 빌려가 어제까지 잔고가 2백만 원밖에 남지 않았었기 때문이다. 그 명세가 그대로 통장에 찍혀져 있다. 그런데 갑자기 오늘 전액이 입금되어서 다 상환된 셈이었다. 한동안 통장을 바라보던 박선주가 길게 숨을 뱉는다. 돈은 채워졌지만 가슴이 텅 비어진 건 여전했기 때문이다. 그때 벨 소리가 났으므로 박선주가 소스라쳐 일어났다. 요즘은 예민해져서 전화벨 소리에도 화들짝 놀란다. 현관으로 다가간 박선주가 인터콤 버튼을 눌렀다.

"누구세요?"

화면에 낯선 사내의 얼굴이 떠 있다.

"예, 부동산인데요."

사내가 커다란 목소리로 말했으므로 박선주는 문을 조금만 열었다.

"무슨 일이신데요?"

"내일 오전 8시에 온다는데 괜찮겠지요?"

사내가 소리쳐 물었으므로 박선주는 이맛살을 찌푸렸다.

"뭐가 온다는 거죠?"

"아이구, 참."

쓴웃음을 지은 사내가 문 앞으로 바짝 다가선다.

"이사 말입니다. 주인아저씨한테 이야기 들으셨죠? 전세금 다 받으셨고 각서까지 써주셨지 않습니까? 어쨌든 내일 8시에 이사 올 테니까 준비 해주세요."

박선주가 이경훈의 전화를 받은 것은 그로부터 10분쯤 후였다. 그때는 박선주가 넋을 잃고 다시 소파에 앉아 있을 때였는데 이경훈이 대뜸 말했다.

"우리 집으로 와."

그 와중에도 가슴이 철렁 내려앉는 박선주가 입만 딱 벌렸을 때 이경훈의 말이 이어졌다.

"문 비밀번호는 태훈이 주민증 앞 번호 6개야."

그러더니 이경훈이 한 마디씩 또박또박 말한다.

"집에 돌아오면 좀 나아질 거야, 내 말 믿으라고."

그 말을 들은 순간 박선주는 가슴이 차분하게 가라앉는 것을 느낀다. 장동익은 돈을 다 통장에 넣어 주었지만 모르는 사이에 아파트를 내놓고 전세금을 받아 간 것이다. 부동산 사내가 돌아간 후에 집안을 살펴보았더니 옷가지는 물론이고 값나가는 물건은 다 가져갔다. 남은 가구는 몇만 원도 안 되는 가전제품뿐이다. 장동익은 빌려간 돈을 갚고 도망쳐 버린 것이다. 이윽고 박선주가 대답한다.

"알았어, 고맙구나."

"아니, 이게."

베이징 시간으로는 오후 4시, 시내의 은행 카운터에서 담당 직원과 마주 앉은 장동익이 눈을 치켜떴다. 장동익 옆에 앉은 조선족 이태균의 이맛살이 찌푸려져 있다.

"무슨 말이요? 내 계좌 세 개가 전부 비어있다니? 다시 확인해보라고 해요."

장동익의 목소리가 높아졌고 뒤쪽에 선 유민선이 불안한 표정으로 두리번거렸다. 그때 중국인 은행원이 쓴웃음을 짓더니 컴퓨터 화면을 눈으로 가리키며 말한다.

"다 빠져 나갔답니다. 오늘 오전에 말입니다."

이태균이 통역했고 은행원의 말이 이어진다.

"세 개 통장의 잔고는 150위엔이라는 데요, 장 선생."

장동익이 어깨를 부풀렸다가 내린다. 3개 통장에 분명히 8억 가까운 돈이 입금되어 있었던 것이다. 박선주한테서 사기 친 자금이 5억 가깝게 되었고 나머지는 전세금 받은 돈에다 유민선이 보탠 돈이다.

"아니, 믿을 수가 없어. 이놈들이 사기 친 거야. 이 중국 놈들이 내 돈을 먹었다고."

마침내 얼굴을 붉힌 장동익이 소리쳤다.

"오늘 오전까지 멀쩡했던 통장의 돈이 뭐? 150위엔 남았어? 8억이 150원으로 변했어? 이 도둑놈들아!"

장동익이 악을 쓰자 은행안의 모든 시선이 모아졌고 금방 경비원이 셋이나 달려왔다. 은행원의 손짓을 받은 경비원들이 장동익의 몸을 사방에서 잡는다.

"놔! 놔! 이 강도들아!"

장동익이 뿌리치며 소리쳤을 때 조선족 통역 이태균이 슬그머니 뒤로 빠졌다. 옆에 남아서 좋을 일이 없기 때문이다.

밤 9시 반, 이경훈은 대성 종고 후문이 내려다보이는 산기슭에 혼자 앉아 있다. 주위는 어두웠지만 후문 앞쪽의 공터를 횡단하는 개도 뚜렷하게 보인다. 오늘은 학원에 가지 않았다. 특별반 수업도 두 시간만 받고 나서 혼자 빠져나와 이곳까지 걸어온 것이다. 따라 붙으려는 한기웅과 박대성 등을 11시에 만나자면서 돌려보내고 혼자 이곳까지 온 것이다. 어제 밤부터 일어나는 현상은 초능력이다. 기적이라고 불릴 수도 있을 것이다. 어머니의 상황을 알고 나서 장동익의 통장 예금액을 이체시킨 것도 생각만으로 가능했다. 장동익과 유민선이 피해를 입힌 사람들의 계좌로 돈을 나눠 보낼 수도 있었던 것이다. 마음먹은 대로 되었다. 이경훈은 이제 불안해졌다. 자신이 능력을 받은 이유를 모르는 것이다. 따라서 자신에게 주어진 능력이 어디까지인지 알 수 없는 것도 불안했다.

"왜 그럽니까?"

풀숲에 앉은 이경훈이 하늘을 올려다보면서 묻는다. 짙은 숲으로 둘러싸인 산기슭은 무거운 적막으로 덮여 있다. 도시의 불빛에 그을린 하늘은 검붉다. 이경훈이 다시 소리쳐 묻는다.

"왜 나한테 이런 능력을 줍니까? 그리고 당신은 누굽니까? 내 능력은 어디까지지요? 그리고……."

그때 굵은 목소리가 울렸으므로 이경훈은 소스라쳤다.

"내가 누구냐고 물었느냐?"

이경훈의 머리끝이 곤두섰다. 지금 자신이 소리쳐 말하고 있는 것이다. 마치 몸속에 또 한 명의 자신이 들어가 말하는 것 같다. 다시 이경훈의 입이 열렸다.

"나는 신(神). 영적 존재이며 전능은 아니나 생각에 따라 기적을 일으킬 수 있는 능력을 너에게 준 것이다."

"그, 그러면 왜?"

진땀을 흘리며 이경훈이 물었을 때 이경훈의 입에서 대답이 튀어나왔다.

"내가 선택했기 때문에, 그러나 우연이 아니다."

"그럼 난 죽은 사람도 살릴 수 있는 겁니까?"

그 순간에 이경훈의 입에서 웃음이 터졌다. 웃고 난 이경훈이 말한다.

"그것은 신의 몫이다. 넌 영혼을 불러 만날 수는 있다."

"내 능력은 어디까지입니까?"

"써 보아라."

불쑥 말한 목소리가 덧붙였다.

"넌 내가 들어간 두 번째 몸. 첫 번째 몸은 수줍어서 너처럼 이것저것 묻지도 못하더구나."

그러고는 이경훈이 길게 숨을 뱉는다.

몸 안에 있던 신(神)이 떠난 것이 분명히 느껴졌기 때문이다.

"왔어?"

현관 안으로 들어선 이경훈에게 어머니가 말한다. 어깨를 늘어뜨린 어머니는 이경훈의 시선을 마주 받지 않는다. 어머니는 집으로 돌아온 것이다. 소파에 앉은 이경훈이 집안을 둘러보았다. 밤 10시 반, 집안은 조용하다. 초상을 연거푸 두 번이나 치러서 집안도 잔뜩 어지럽혀져 있었는데 지금은 깨끗하다. 어머니가 청소를 해놓은 것이다.

"밥 먹을래?"

하고 어머니가 물었으므로 머리를 젓은 이경훈이 소파에 앉는다. 주방에서 있던 어머니가 주춤거리며 다가왔다.

"경훈아, 미안해."

어머니가 두 손으로 얼굴을 감싸면서 울먹였다.

"다 나 때문이야. 나 때문에 이렇게 되었어."

"엄마, 여기 앉아."

이경훈이 말하자 어머니는 앞쪽 소파에 쓰러지듯 앉는다. 불빛에 비친 어머니의 얼굴은 반쪽이 되어있다. 눈물로 범벅이 된 얼굴을 들고 어머니가 처음으로 이경훈을 보았다.

"경훈아, 엄마는 살고 싶지가 않아. 내가 여기 어떻게 왔는지 모르겠어." 어머니가 띄엄띄엄 말했을 때 이경훈이 정색했다.

"아직도 장동익이한테 미련이 있어?"

"으응?"

화들짝 놀란 어머니의 얼굴이 하얗게 굳어졌다. 마치 시체 같다. 그때 이경훈이 한마디씩 또박또박 말했다.

"장동익이는 지 애인하고 지금 베이징에 있어. 호텔비도 없는 거지가 되어서 민박집에 겨우 들어갔는데 아마 한국에 돌아오지도 못할 거야."

어머니는 숨도 쉬지 않는 것 같았지만 이경훈이 말을 잇는다.

"엄마 통장의 돈은 내가 넣은 거야. 그 놈이 전세금까지 다 빼내 도망쳤지만 내가 그놈이 사기 친 돈을 다시 엄마 통장에다 입금시켰지."

그때 어머니의 눈이 두어 번 깜박인 것은 믿기지 않았기 때문일 것이다. 장동익이 이름이 나왔을 때 놀라 정신이 나갔다가 통장 돈을 빼내 넣었다는 말도 안 되는 소리를 듣자 제 정신이 돌아왔다. 그때 이경훈이 쓴웃음을 짓고 말한다.

"엄마, 그럼 이 장면을 봐."

그러고는 턱으로 앞을 가리켰다. 그 순간 어머니와 이경훈 사이에 스크린이 펼쳐지면서 민박집 방안에 있는 장동익과 유민선의 모습이 드러났다. 화들짝 놀란 어머니가 몸을 뒤로 젖혔을 때 장동익이 말한다.

"그년이 빼갔을 리는 없어. 내가 오늘 오전까지 중국은행의 잔고를 확인했단 말이야."

민박집 방안은 지저분했다. 벽지는 낡았으며 창문의 틈이 벌어졌고 문고리는 망가져 있다. 그때 유민선이 앙칼진 목소리로 말한다.

"아유 재수 없어. 이게 도대체 뭐야? 그럼 귀신이 그랬단 말이야? 그 재수 없는 년 돈을 사기 친 것이 어쩐지 찜찜하더라니 중국까지 와서 거지가 된 거야?"

그러더니 발버둥을 치면서 운다.

다음날 점심시간에 이경훈은 일진 간부 전원을 화학 실험실로 모은다. 간부는 이경훈까지 포함해서 10명, 각 학년별 2명씩인데다 3학년은 이경훈, 한기웅, 박대성에다 서대균까지 끼워졌고 여학생은 조현정과 심아영인 것이다. 이경훈이 교실 안에 둘러앉은 간부에게 말한다.

"자금은 장학금으로 사용될 건데 각 학년별로 생활 형편이 어려운 애들을 너희들이 조사해와. 그러고 나서 간부들의 동의를 얻어 지불한다. 지불시기는 1년에 2회. 학기가 시작될 때고 금액은 50만 원에서 1백만 원 사이. 그리고 인원은 각 학년별 10명씩이다."

"아, 시발."

제일 먼저 한기웅이 투덜거렸다.

"우리가 이거 해야 돼? 말 듣다 보니까 머리가 어지럽구먼."

"그럼 시발 놈아, 이 돈 썩힐 거냐?"

이경훈이 면박을 주었을 때였다.

"하긴 강동식이는 저 혼자 먹었으니까."

그렇게 말을 받은 것이 조현정이었으므로 모두의 시선이 모여졌다. 조현정은 강동식의 시대에서 애인 행세를 해왔기 때문이다. 시선을 받은 조현정이 와락 이맛살을 찌푸렸다. 그러고는 하나씩 둘러보았는데 제대로 시선을 맞받은 사내놈은 없다. 이경훈하고 시선이 부딪쳤을 때도 입맛을 다신 이경훈이 먼저 외면했다. 그러자 조현정이 한 마디씩 힘주어 말한다.

"회장이 그렇게까지 해주는데 우리가 귀찮다고 하면 벌 받지. 우리가 알아서 만들어야지."

그때 다시 한기웅이 나섰다.

"잘됐다. 그럼 니가 맡아서 해라."

"저 시발 놈이."

하고 눈을 치켜뜬 조현정이 욕을 하는 바람에 이곳저곳에서 웃음이 일어났다. 그러자 이경훈이 말했다.

"그럼 돈 관리는 조현정이하고 한기웅이 둘이서 맡고. 그, 머시냐. 총무는 심아영이가 해라. 이상 끝."

그러고는 이경훈이 실험실을 나왔다.

정상수업이 끝나고 특별반 수업이 시작되기 전에는 한 시간 동안의 자율학습 시간이 있다. 이미 짙게 그늘이 진 비상계단에 앉아있던 이경훈이 아래쪽 마당을 달려오는 심아영을 본다. 심아영 뒤쪽으로 부르러 보낸 서대균이 따라오고 있다. 학교 내에서는 특별한 경우를 제외하고 휴대폰 사용이 금지되어서 이경훈도 충실히 규칙을 따르는 것이다. 계단을 뛰어 올라온 심아영이 다섯 계단 아래에서 멈춰 섰다. 그러자 이경훈이 비스듬히 내려다보는 위치가 된다. 숨을 헐떡이는 심아영의 모습이 아름다웠으므로 이경훈이 잠깐 동안 시선을 준다. 시선이 마주쳤을 때 심아영의 눈동자가 반짝이는 것 같다. 이경훈이 입을 열었다.

"조현정이한테 장학금에서 3천만 원을 떼어 한기웅이한테 주라고 해."

놀란 심아영이 입만 딱 벌렸고 계단을 올라오던 서대균도 그 말을 다 들었다. 심아영 뒤에 서서 눈만 껌벅이고 있다. 그때 이경훈은 말을 잇는다.

"한기웅이 부모님이 하시는 식당 전세금 인상분을 아직 못줘서 집을 저당 잡히려고 하신다. 그러면 큰일 나."

심아영이 눈만 깜박였으므로 이경훈은 쓴웃음을 짓는다.

"한기웅이한테 입 닥치고 받아야지 존심 세우면 존나게 맞는다고 전해라, 알았어?"

"응."

이경훈이 눈을 부릅떴다.

"응이라고?"

"네."

"대신 한기웅이가 졸업할 때까지 활동비 못 받는다, 그것도 전해."

"네."

"한기웅이가 나한테 와서 징징거린다면 그때도 맞는다고 전해."

"네."

"빨랑 가. 눈썹이 휘날리게 달려."

그러자 심아영이 눈을 흘겨 보이더니 몸을 돌린다. 심아영이 뒷마당을 달려 사라졌을 때 서대균이 눈을 껌벅이며 이경훈을 보았다. 그러자 이경훈이 입맛을 다셨다.

"어떻게 아느냐고 지금 물으려는 거지?"

대답 대신 서대균이 고인 침을 삼켰을 때 이경훈의 말이 이어졌다.

"정보원이 있어 인마. 난 네가 우리 반 정영옥이하고 그렇고 그런 사이인 것도 안단 말이야, 인마."

놀란 서대균이 입을 다물었고 시선도 내렸다. 정영옥은 특별반으로 키는 작지만 예뻤다. 꼭 TV 탤런트 최소라 같다고 소문이 난 새침데기다. 서대균의 입을 다물게 한 이경훈이 자리에서 일어섰다. 이쯤 능력은 아무것도 아닌 것이다. 머리에 대상을 떠올리기만 하면 알고 싶은 내용이 다 펼쳐진다. 딱 요점만 펼쳐지는 터라 족집게 과외를 받는 것 같다.

"엄마, 괜찮아?"

진수정이 물었을 때 어머니는 숨을 들이켜는 소리를 내더니 낮게 대답한다.

"응, 걱정 마. 너, 학교지?"

"응, 근데, 엄마."

"저녁 사먹었니?"

"응."

"정말이지?"

"그렇다니까."

했지만 저녁은 물 한 컵으로 때웠다. 천 원으로 사먹을 음식은 거의 없다.

떡볶이도 1천 5백 원. 우유 한 팩은 먹을 수 있겠지만 돈이 아깝다. 아직 특별반 수업이 시작되지 않았으므로 진수정은 베란다 난간에 두 손을 짚은 채 어둠에 덮여지는 교사를 본다. 이제 2학년이니 1년 반을 더 다녀야 졸업하고 취업을 할 수 있는 것이다. 2학년 성적이 상위권에 들었으므로 이대로만 유지한다면 고졸 사원으로 취업 하는데 문제는 없다. 그러나 하루가 1년 같은 요즈음이다. 어머니는 식당 알바로 하루에 10시간 일하고 5만 원을 받지만 한 달 이자가 180만 원이나 되는 사채를 갚아야 한다. 이자가 넉 달이나 밀렸고 7백만 원 원금이 1년 반 만에 5천 5백만 원이 되어있는 것이다. 작년 초에 뺑소니 사고로 돌아가신 아버지의 2년 동안 병원비로 전세금은 진작 다 날렸고 그 동안 사채업자에 이자로만 2천 8백을 주었는데도 빚이 5천 5백이나 되었다. 다시 가늘게 숨을 뱉은 진수정이 머리를 돌렸다가 깜짝 놀랐다. 옆쪽 난간에 남학생 하나가 서 있는 것이다. 큰 키에 넓은 어깨. 그리고 이 얼굴은. 진수정의 가슴이 뛰었다. 3고 짱, 히어로, 백기사, 챔피언, 귀신, 악마, 대장. 수없이 많은 별명을 갖고 있는 일진 회장 이경훈이다. 모든 여학생들의 선망의 대상. 동계 중학인 국일중 여학생들은 인기가수 사진 대신 몰래 찍은 이경훈의 사진을 메달로 만들어 목에 걸고 다니는 것이 유행이다. 그것이 차츰 3교 계열의 여중생들에게도 번져가고 있다. 고등학교에 중학생 출입을 금지 시켰기 망정이지 그렇지 않다면 꽤나 소란스러웠을 것이다. 숨도 죽이고 몸을 굳힌 채 서 있는 진수정은 몇 초가 몇 시간 같았다. 이곳은 교사 뒤쪽의 볼품없는 창고가 바로 앞에 세워져서 사람이 잘 안 오는 곳이다. 그때 짱이 말한다. 진수정에게.

"너, 내가 누군지 알지?"

낮고 굵지만 부드러운 목소리. 상반신을 이쪽으로 돌린 이경훈이 진수정을 보고 있다.

"네에."

겨우 대답한 진수정이 침을 삼켰다. 대장이 말을 걸다니. 나보다 예쁘고 날씬한 애들이 쌔고 쌨는데. 주위는 어두워지는 중이었지만 붉어진 얼굴이 들킬까봐서 진수정은 이경훈쪽 볼에다 손바닥을 붙인다. 그때 이경훈이 말했다.

"네 이름은 진수정, 맞지?"

"네."

진수정은 무섭게 뛰는 심장이 겁나 손바닥으로 가슴을 눌러야만 했다. 정신이 없어서 얼굴이 빨개진 건 잊었다. 눈과 입을 반절쯤 벌린 채 서 있는 진수정에게 이경훈이 다시 묻는다.

"너, 나하고 오빠, 동생 할래?"

"네에?"

이제 숨이 막혀버릴 것 같았으므로 진수정은 외마디 소리만 뱉는다. 그때 이경훈이 손을 뻗어 진수정의 어깨를 부드럽게 쥐었다.

"오빠라고 해, 어서, 싫어?"

"아뇨."

"해."

"오, 오빠."

그것만으로도 쓰러질 것 같았지만 진수정은 이를 악물고 버틴다. 마치 지금 꿈속에 떠 있는 것 같다. 이경훈의 손은 아직 떼어지지 않았다. 그때 이경훈이 말했다.

"자, 오빠하고 갈 데가 있어, 따라와."

택시가 아현동의 '승리'식당 앞에서 멈춰 섰을 때 놀란 진수정은 하얗게 굳어진 채 입도 열지 않았다. 베란다에서 이경훈을 만난 순간부터 진수정에게는 충격의 연속이었다. 이경훈이 따라 나오라고 해서 가방을 싸들고 나왔더니 바로 이곳으로 온 것이다. '승리'식당은 어머니가 알바 하는 곳이었다. 택시에서 내렸을 때 이경훈이 말했다.

"연락했으니까 곧 식당으로 최 사장이 올 거다."

그 순간 진수정의 얼굴이 또 하얗게 굳어졌다. 걸음을 떼다가 비틀거렸으므로 이경훈이 겨드랑이에 손을 넣어 부축했다. 대번에 온몸이 뜨겁게 달아오른 진수정의 걸음이 더 허둥거렸다. 그러나 뿌리치지는 않았고 그대로 이경훈이 식당 문을 열고 들어선다.

"어머나."

손님을 맞던 종업원 아줌마 하나가 진수정을 보더니 깜짝 놀랐다. 진수정처럼 갸름한 얼굴형에 눈이 가는 용모였지만 수심이 가득 찼다. 안색도 창백해서 병자 같다. 이경훈이 말했다.

"방으로 들어갔으면 좋겠는데요."

저녁 8시 반이어서 식당 안에는 술손님이 대여섯 테이블을 차지했고 빈자리가 많다. 둘은 어머니의 안내를 받고 안쪽 방으로 들어간다. 자리에 앉으면서 이경훈이 어머니에게 말했다.

"곧 최 사장이 올 겁니다."

어머니도 깜짝 놀란 듯 눈을 크게 떴을 때 이경훈이 빙그레 웃는다.

"저한테 맡기시고 오면 어머니도 같이 들어오시지요."

"무, 무슨 일로?"

하고 어머니가 기를 쓰듯 물었다가 이경훈의 시선을 받더니 머리를 끄덕인다.

"알았어, 데려올게."

옆에 앉은 진수정은 입을 꾹 다물고는 말이 없다. 차츰 안정이 되어 가는 것 같다.

10분쯤 후에 방안으로 두 사내가 들어섰는데 하나는 마르고 다른 하나는 비대했다. 마른 사내는 키가 큰 반면에 다른 사내는 땅딸막했다. 두 사내의 뒤를 진수정의 어머니가 따라 들어왔지만 마치 사형장에 들어선 사형수 같다.

"자네가 수정이 오빠인가?"

마르고 키가 큰 사내가 묻는다. 목소리도 쇳소리가 났다. 이 사내가 최동술, 사채업자다. 최동술은 들고 온 검정색 가방을 방바닥에 던지듯이 놓더니 털썩 앉는다. 날카로운 눈매, 콧날이 길고 뾰족한데다 입술은 암팡지게 다물고 있어서 독한 인상이다. 옆에 앉은 비대한 체격은 보디가드인 것 같다. 입만 꾹 다물고 사정없이 시선을 보내고 있다. 최동술이 이경훈을 향하고 말을 잇는다.

"오늘 해결한다는 연락을 받고 반가웠어. 나는 두 식구만 사는 줄 알았더니 오빠가 있었구만 그래."

최동술의 시선이 다시 옆쪽에 앉은 어머니의 얼굴을 스치고 지나갔다. 놀란 어머니의 얼굴이 굳어졌다. 나무토막처럼 빳빳하게 보인다. 그때 최동술이 가방을 열더니 한 움큼의 서류를 꺼낸다.

"그래, 여기 계약서, 차용금, 확인증, 보증서 다 있어. 가만있자. 이자, 원금 합해서 얼마인가 보자."

서류를 뒤적이던 최동술이 곧 머리를 들고 말했다.

"지금 6천1백5십5만 원만 내면 다 끝나네?"

"뭐라고요?"

어머니의 목소리는 비명처럼 들린다. 눈을 치켜뜬 어머니가 절규하듯 말한다.

"원금 7백에서 지금까지 일 년 반 동안 이자만 2천8백을 가져가 놓고 6천1백5십이 되었다고요?

차라리 나를……."

"여기 신체 포기 각서도 있군."

서류 한 장을 꺼내든 최동술의 눈이 번들거렸다. 목소리도 가라앉았다. 최동술이 말을 잇는다.

"난 법에 걸릴 게 아무것도 없어. 자, 지금 돈 내고 끝내느냐. 아니면 곧 내가 채권자 권리를 행사하기로 하지."

그때 이경훈이 말했다.

"여기 있습니다."

이경훈이 지갑을 꺼내더니 수표 한 장을 집어 최동술에게 내밀었다.

"7천만 원 수표니까 받으시지요."

얼굴을 굳힌 최동술이 수표를 받더니 눈앞에 바짝 붙이고는 살펴보았다. 그러더니 힐끗 이경훈에게 시선을 주고 나서 다시 본다.

"이거, 은행에 가져가서 확인해야 되겠는데, 지금은……."

수표를 보면서 혼잣소리처럼 최동술이 말하자 이경훈이 빙긋 웃는다.

"그럼 내일은 또 이자가 늘어나겠지요?"

"어쨌든."

심호흡을 한 최동술이 똑바로 이경훈을 보았다. 그러면서 수표는 손에 꼭 쥐고 있다.

"오늘은 수표 확인이 안 돼. 그러니까 내일 처리하기로 하지."

"그럼 수표는 돌려 주셔야지요."

"아니, 이건 내가 보관하겠네."

하면서 최동술이 수표를 지갑에 넣었으므로 어머니가 소리쳤다.

"이 도적놈아! 왜 수표를 넣어! 이리 내! 왜 수표만 가져가!"

"허어, 이년이."

눈을 치켜떴던 최동술이 머리를 돌려 이경훈을 본다.

"내가 보관증을 써주지. 수표를 보관한다는 증명서 말이네, 그럼 됐지?"

"그러시죠."

선선히 머리를 끄덕인 이경훈이 어머니에게 부드럽게 말한다.

"종이하고 펜을 갖다 주시지요."

그로부터 10분쯤 후에 최동술과 보디가드는 활기찬 걸음으로 방을 나선다. 멍한 표정으로 서 있는 두 모녀에게 이경훈이 말한다.

"제가 잠깐 따라 나갔다 오지요."

최동술은 서둘러 식당 밖으로 나오더니 건성으로 이경훈을 향해 손을 들어 보였는데 시선도 주지 않았다.

"그럼 내일 봐."

내일 몇 시라고도 하지 않았다. 길 아래쪽 주차지역에 세워놓은 차로 뛰듯이 다가갔던 최동술이 문득 머리를 들었다. 그 순간 밤하늘을 찢는 것 같은 쇳소리가 이어지더니 다음 순간에 요란한 충격음이 일어났다. 최동술과 보디가드가 차선을 이탈한 트럭에 치인 것이다. 두 몸뚱이는 10여 미터나 공중으로 날다가 길바닥에 패대기가 쳐졌는데 휴지처럼 구겨진 몸은 움직이지 않는다.

잠시 후에 식당 안으로 들어선 이경훈이 어머니에게 다가가 가방을 건넸다. 최동술이 들고 나갔던 가방이다.

"안에 든 서류를 주방으로 가져가 다 태우시지요, 그럼 끝납니다."

"아이고, 돌려받았네?"

반색을 한 어머니가 가방을 받아들더니 주르르 눈물을 쏟는다.

"내가 무슨 영문인지 모르겠지만 이 은혜는 죽기 전에 꼭……."

"어서 태우세요."

"그, 그래야지."

어머니가 서둘러 주방으로 들어갔을 때 밖에서 손님 하나가 들어서며 말한다.

"어휴, 끔찍해. 저 아래쪽에서 차 사고가 나서 둘이 구급차에 실려 갔어."

그때 진수정이 이경훈에게 묻는다.

"오빠, 7천만 원이나 주고 가방 찾은 거예요?"

"응?"

무슨 말이냐는 듯 눈을 둥그렇게 떴던 이경훈이 주머니에서 구겨진 수표를 꺼내 진수정에게 내밀었다.

"이거 말이냐?"

조금 전에 최동술에게 준 수표였다. 진수정에게 수표를 보이고 난 이경훈이 다시 주머니에 넣으면서 말했다.

"그냥 돌려주더구나. 미안하다면서."

그러고는 빙긋 웃는다.

"이제 다 끝났어. 앞으로 그놈은 나타나지 않을 거다."

둘은 죽지 않았다. 다만 머리를 조금 다쳐서 기억이 깡그리 지워졌을 뿐이다. 본인 이름은 말할 것도 없고 글도 말도 다 잊어버렸다. 막 태어난 상태의 뇌가 되어 있는 것이다. 물론 먹고 자고 뛰기까지는 할 것이다. 이미 몸이 성장되어 있으니까. 아이를 낳을 수도 있을 것이다. 그러나 말과 글부터 다시 배워 돈을 벌어야겠지. 진수정이 이제는 잠자코 이경훈을 보았지만 이경훈은 그 머릿속의 생각을 읽는다. 생각은 말로 들려졌다.

"진짜 히어로야, 오빠는. 근데 오빠는 날 좋아하는 걸까?"

진수정과 헤어져 버스 정류장으로 걷던 이경훈이 주춤 걸음을 늦춘다. 앞에서 사내 하나가 다가오고 있다. 40대쯤으로 보이는 사내는 처음에 술을 마신 것으로 알았다. 비틀거렸기 때문이다. 그러나 시선을 주었을 때 강한 기운이 느껴졌다. 가슴이 먹먹해지면서 목이 멘다. 그러더니 여자 아이의 얼굴이 눈앞에 떠올랐다. 선옥이. 그때 사내의 시선과 마주쳤을 때 애절한 목소리가 들린다. 물론 사내는 입을 꾹 다물고 있었지만 머릿속 생각이 목소리로 들린 것이다.

"선옥아, 어디 있는 거냐? 선옥아."

사내의 번들거리는 눈에는 초점이 잡혀져 있지 않았다. 이경훈이 옆을 스치고 지나는 사내의 팔을 잡았다. 무의식중의 행동이어서 이경훈 자신도 놀랐다. 팔을 잡힌 사내가 눈의 초점을 잡더니 멈춰 서서 이경훈을 보았다. 그때 이경훈이 말했다.

"선옥이 찾으러 가십시다."

"에에?"

외마디 소리를 뱉은 사내가 이경훈을 본다. 아직 실감이 가지 않는 표정이다.

"누, 누구라고 했지?"

"선옥이요. 한 달 전에 용산에서 잃어버리셨죠?"

"그, 그런데."

사내가 바짝 다가섰다.

"학생이 어, 어떻게 아나? 전단지를 보았나?"

떨리는 목소리로 말한 사내가 이경훈의 팔을 움켜쥐었다.

"이 사람아, 사람 좀 살려주게. 정말 학생이 선옥이 있는 데를 아나?"

"KTX로 부산으로 가십시다. 지금 당장 말입니다."

그러자 사내가 이제는 두 손으로 이경훈의 팔을 쥐었다. 그러고는 울부짖듯 말한다.

"가지, 찾기만 한다면 어디라도 가겠네. 그런데 정말인가? 정말 선옥이가 있는가?"

사내의 눈에서 눈물이 줄줄 흘러내린다. 지나던 사람들이 힐끗거리다가 잠깐 멈춰 서기도 했지만 사내는 아랑곳하지 않는다. 이경훈이 머리를 끄덕였다.

"가십시다. 아이 어머니가 같이 가도 됩니다, 삼촌들도."

그러더니 정색하고 사내를 보았다.

"다만 경찰이나 언론에 말하면 안 됩니다. 그 약속을 지켜야 내가 찾아드립니다.

"지키고말고!"

소리쳐 말한 사내가 주머니에서 휴대폰을 꺼내다가 서두르는 바람에 땅바닥에 떨어뜨렸다.

10시 반에 출발한 부산행 KTX에는 이경훈까지 포함해서 9명이 일행이 되었다. 사내 이름은 송천섭. 38세이며 전자제품 대리점 사장이다. 일행은 아내 박명숙 36세, 송천섭의 동생 35세 송경섭, 33세 송한섭, 송한섭의 친구 최상태, 조택규, 장인 63세 박기동, 처남 33세 박만호까지 모두 남자로 여자는 선옥이의 엄마 박명숙뿐이다. 내려가는 동안 모두 이경훈에게 줄기차게 물었으나 뚜렷한 대답은 듣지 못했다. 그러나 반신반의 하면서도 이경훈이 혹시 미치지나 않았는가 하고 떠보기도 했다. 송선옥은 5살, 유치원에서 버스를 타기 전에 실종되었는데 5분도 안 된 사이에 사라졌다고 했다. 그때부터 한 달 동안 부모는 물론이고 일가친척 친지가 모두 나섰지만 종적이 없다. 유괴되었다면 유괴범의 연락이 왔을 텐데 그것도 없다. 부모는 반 실성 상태가 되었고 박명숙은 두 번이나 자살 소동을 벌였다. 경찰에 신고를 하고 전단지는 물론 방송, 인터넷에도 비쳤지만 흔적도 발견되지 않았던 것이다. 부산에 도착했을 때는 새벽 2시경이 되었을 때다. 역 앞 광장에 나온 이경훈이 일행을 둘러보며 말한다.

"광안리의 삼경 연립주택 2차."

모두 숨을 죽였고 이경훈이 말을 잇는다.

"택시 운전사가 다 압니다. 대한 주유소 옆길로 들어가면 됩니다. 그 2차 연립주택 앞에서 다시 모여야 합니다."

"몇 동 몇 호야?"

하고 장인 박기동이 묻자 이경훈이 조심스럽게 대답한다.

"저하고 같이 가야 합니다. 선옥이는 지금 유괴범 세 놈한테 잡혀 있거든요."

"아이고머니."

자지러지듯 비명을 지른 박 명숙이 땅바닥에 털썩 주저앉았을 때 이경훈이 다시 일행을 둘러보았다.

"우리가 선옥이를 찾고 유괴범을 경찰에 넘겨도 됩니다. 유괴범들은 선옥이를 해코지할 수가 없거든요."

"아, 아니, 그걸, 어떻게."

하고 박기동이 눈을 치켜뜨고 나섰을 때 이경훈이 말했다.

"곧 땅바닥에 앉게 되실 겁니다."

그 순간 박기동이 얼굴을 부풀렸다. 그러더니 가쁜 숨을 뱉고 나서 털썩 땅바닥에 앉는다. 그러고는 온몸을 떨었다.

"이, 이게 어떻게 된 일이야?"

박기동이 하얗게 질린 얼굴로 이경훈을 보았다.

"학, 학생이요, 요술을 하는가?"

"요술 아닙니다."

차갑게 말한 이경훈이 일행을 둘러보았다.

"이런 소문이 나면 견디기 힘들어서 경찰을 나중에 부르라는 겁니다. 자, 가시지요."

발을 떼면서 이경훈이 덧붙인다.

"세상에는 신기한 일이 많다고만 생각하시면 됩니다."

일가족 8명이 일제히 열려진 연립주택 문 안으로 쏟아져 들어갔을 때 유괴범 셋은 눈만 멀뚱하게 뜨고 앉거나 누운 채로 잡혔다. 송선옥은 윗방에서 자다가 가족을 만났는데 멀쩡했다. 조금 야위었을 뿐 엄마, 아빠, 할아버지, 외삼촌까지 다 알아보았다. 유괴범 셋은 정신이 멀쩡했지만 전혀 사지를 움직이지 못했는데 그것도 모르고 삼촌들이 두들겨 패다가 한참이 지난 후에야 그치고 빨랫줄로 꽁꽁 묶었다.

"아니, 학생 어디 갔지?"

이경훈이 사라진 것을 맨 처음 발견한 것도 장인 박기동이다. 서둘러 문밖으로 나갔다온 박기동이 길게 숨을 뱉으며 말한다.

"그렇지, 그 학생 이야기는 하지 말기로 하자. 우리가 이놈들을 찾아내 잡은 것으로 하자꾸나."

선옥이의 머리를 쓸던 박기동이 물기로 지저분해진 눈으로 일행을 둘러보았다.

"그 학생은 신령님이다. 우리 가족을 가상하게 여겨 출현하신 신령님이여. 그러니까 모두 입을 다물어라."

이경훈이 서울행 KTX에 앉아 있다. 오전 5시 반, 객차 안에는 승객이 열 명도 되지 않는다. KTX는 새벽 대기를 뚫고 화살처럼 달려가는 중이다. 한동안 창밖을 보던 이경훈이 입을 열었다.

"나한테 억울하고 불쌍한 사람을 도우라는 뜻인가?"

입술만 달싹여 혼잣소리처럼 이경훈이 말을 잇는다.

"난 초능력이 없어도 견딜 수 있어. 그 어떤 놈한테도 지지 않고 살아갈 수 있단 말이야?"

그때 이경훈의 머릿속에서 낮은 웃음소리가 울렸다. 긴장한 이경훈이 눈을 치켜떴을 때 이제는 귀에 익은 목소리가 들렸다. 신(神)이다.

"나는 네 몸을 빌려 오감(五感)과 희로애락을 느낀다. 그러나 너는 네 의지대로 행동하면 되는 거야."

"나쁜 짓을 해도 된다는 말입니까?"

불쑥 이경훈이 묻자 신(神)의 목소리에 웃음기가 띠어졌다.

"나는 어떤 것이 나쁘고 좋은 것인지 너희들 세상 물정은 아직 모른다."

"왜 나한테 왔는지 아직 알려주지 않으셨습니다."

"네가 하늘을 우러러 보면서 흘렸던 눈물."

신(神)이 한 마디씩 또박또박 말을 잇는다.

"그것이 날 부른 거야."

그때 객차의 앞쪽 문이 열리더니 여자 한 명이 들어섰다. 20대 초반쯤으로 등에 배낭을 멨고 바지에 운동화 차림이다. 다가오던 여자가 이경훈과 시선이 마주치다 곧 외면했다. 그 순간 이경훈의 눈앞에 여자의 지난 인생이 순식간에 펼쳐지면서 자료가 머릿속에 입력되었다. 여자 이름은 오주현, 20세, 동지대학 1학년이다. 갸름한 얼굴에 수심이 덮여 있다.

"주현아, 아빠가 도와주지 못해서 미안해. 정말 미안해."

아버지 오윤섭은 지금 폐암 말기로 대전 근처의 호스티스 병동에 들어가 있다. 지난주에 오주현을 만난 오윤섭이 그렇게 말했다. 택시 운전사였던 오윤섭은 성실했다. 7년 전 오주현이 13살 때 아내 심영선이 가출한 후부터 오주현과 세 살 아래 동생 오미현을 키웠는데 한 번도 신세 한탄을 한 적이 없다. 그러나 작년 말에 폐암으로 쓰러져 이제 죽음을 맞게 되었다.

"아빠, 걱정마. 미현이하고 이겨낼 거야."

오윤섭의 여윈 손을 잡고 오주현이 한 말이다. 이제 오윤섭의 살 날은 며칠 남지 않았다. 오주현이 왼쪽 창가의 자리에 앉았다. 생각에 잠긴 옆모습이 곱다. 오주현은 오늘 아버지한테 다녀오려고 하루 8시간씩 알바를 해서 두 달 반 동안 모은 돈 65만 원을 가져간다. 그 동안 병원비 때문에 전셋집에서 월세방으로 옮겨왔고 대학은 휴학을 했지만 아버지한테는 전혀 내색하지 않았다. 이경훈은 오주현의 옆모습을 보면서 심호흡을 했다. 오주현과 함께 대전에서 내릴 작정을 한 것이다.

〈신의 전설 끝〉